中公文庫

デルフィニア戦記外伝3

ポーラの戴冠式

茅 田 砂 胡

中央公論新社

目　次

第一話　西離宮の灯《あか》り

——凱旋日当夜〜二日目朝

夜が更けても、サヴォア館はお祭り騒ぎだった。

本宮の祝宴からバルロとロザモンドが戻ってきたので、一言挨拶《あいさつ》をしようと、貴族たちが続々と訪ねてくる。

非常識な時間ではあるが、絶望的な戦況から一転、奇跡の大勝利を迎えた後だけに無理もなかった。

中でも本宮の祝宴に参加できなかったリュミエント卿は、じりじりしながら伯母《おば》と義理の伯父《おじ》の帰りを待っていた。

若い顔を興奮《こうふん》と感激に真っ赤に染めて、館に戻った二人に挨拶した。

「伯母上、サヴァア公！　無事のご帰還おめでとうございます！」

ロザモンドは年若い甥に笑いかけた。

「苦労を掛けたな、リュミエント卿」

「いいえ、滅相《めっそう》もない。わたしごときの苦労など……」

十六歳のリュミエント卿は涙ぐんでいた。

縁起でもないことなので口に出しはしなかったが、一時は二度と伯母にも義理の伯父にも会えないかと覚悟したのだ。眼に涙を滲ませながら、卿は満面に笑みを浮かべている。

一門の中で留守を預かった者たちも次々にやってきて、深夜にも拘《かか》わらず、サヴォア館は昼のように明々と火を灯《とも》し、たいへんな賑《にぎ》わいだった。

子どもたちもまだ起きていた。

一階でこれだけ騒いでいたら、普通なら二階の子ども部屋もうるさくて寝られない。

だが、何しろ、広大なサヴォア館である。

子ども部屋には階下の喧噪《けんそう》が微《かす》かに届くくらいで、至って静かなものだったが、それでも寝台に入ったユーリーは寝付けなかった。

将来のサヴォア公爵の証《あかし》であるグラスメア卿を名乗っていても、ユーリーはまだ十一歳の少年だ。

久しぶりに両親と再会した際には、きちんとした口調で勝利を祝う挨拶をしたが、とても両親と席を並べて祝宴に出られるような歳ではない。

子守に「お休みになる時間ですよ」と、いつものように寝室に追いやられたが、眼は冴え渡っている。

彼はとうとう諦《あきら》めて起きあがり、廊下に出た。

隣の部屋の扉をそっと叩《たた》く。

「……セーラ。起きているかい？」

双子の妹は返事をしなかったが、部屋の中から物音がした。

子ども部屋に鍵はない。ユーリーが扉を開けると、硝子《ガラス》窓から入り込む月の明かりが室内をほんのりと照らしていた。

寝台と書き物机、暖炉があるだけの、少女の部屋にしては質素《しっそ》な室内だが、その寝台がこんもりと盛り上がっている。

今は火も要《い》らない暖かい季節なのに、妹は頭から夜具を被《かぶ》って丸くなっているのだ。

「セーラ?」

話しかけても答えはない。ユーリーは妹の寝台に腰掛けて、ずっと気になっていたことを尋ねてみた。

「大広間のことだけど、妃殿下に何か……失礼でもしたのかい?」

途端、夜具の塊《かたまり》がユーリーに飛びかかってきた。

呆気《あっけ》にとられている間に勢いよく寝台に倒され、頭から夜具をかぶせられる。

真《ま》っ暗闇《くらやみ》の中で、妹の震える声が囁《ささや》いた。

「……ユーリー、どうしよう……」

泣きそうな声だった。気の強い妹がこんなふうになるのは珍しい。

同い年の兄妹だが、片方が感情的だともう一人は必然的に落ちついた性格になるもので、ユーリーは焦《あせ》らずに話しかけた。

「……セーラ。ちょっと離れて。これじゃあ話もできないよ」

のろのろと夜具が離れたので、ユーリーは寝台に座り直した。

セーラは何とも言えない顔で膝《ひざ》を抱えている。

「……本当に、妃殿下が聞いていらっしゃるなんて思わなかったのよ」

それだけで何となく事情を察したユーリーだった。

同い年の妹は兄の眼から見ても才気煥発《さいきかんぱつ》で、口が回るが、口は災いの元という諺《ことわざ》もある。

「何を言ったの？」

薄暗がりの中で、セーラは思いきり兄に顔を近づけて囁いた。

「……言ってもいいのかしら」

「えっ？」

「……ここで、あの言葉を言ったら、また妃殿下に聞こえてしまうのじゃないかしら」

よほど身に染みているらしい。それ以上に王妃に悪く思われることが耐え難いようだが、
ユーリーはあっさり言った。

「気にしなくていいよ。だって、妃殿下はおまえが何を言ったか、もうご存じなんだろう？」

これは少々、兄の物言いに繊細《デリカシー》さが欠けていたというべきだろう。

妹は絶望的に呻《うめ》いて、再び亀《かめ》のように丸くなってしまった。

「どうしよう。どうしたらいいんだろう。わたし、わたしもう……死んでしまいたい！」

「セーラ！　落ち着いて」

兄は慌《あわ》てて妹をなだめたのである。

「大丈夫だよ。さっきだって妃殿下はお怒りではなかったじゃないか。——おまえを叱《しか》りに来たとはおっしゃったけど」

「言わないで！」

よほど居たたまれないのか、セーラはまた夜具を頭から被ろうとしたので、ユーリーは慌てて夜具を摑《つか》んで引っ張った。

「だから、妃殿下は怒ってなどいないよ！」

「……ほんとに？　本当にそう思う？」

妹は必死だ。兄も大真面目に答えた。

「思うよ」

なぜなら、こんなことは決して口には出せないが、国王を叱りつけている時の王妃は凄《すさ》まじく恐かったからだ。

特に声を荒らげたわけではないが、緑色の瞳には冷たい炎が燃えていた。

あの視線が自分に向けられたら、はっきり言って、生きていられる自信がない。

比べたら、妹に話しかける時の声は優しかったと言っていい。

「妃殿下はセーラを許してくれたんだよ。……何を言ったか知らないけど」

丸まっていた妹はあらためて寝台に座り込んだ。

母親譲りの金髪もくしゃくしゃだが、今の彼女はそれどころではないらしい。

ひどく真剣な表情でユーリーに顔を寄せると、恐ろしい秘密を打ち明けるように囁いた。

「……内緒よ。わたし、わたし、こう言ったの」

ごくりと唾《つば》を飲んで少女は勇敢《ゆうかん》に続けた。

「『何が王妃よ。十年も陛下の隣に立ったこともないくせに』って」

ユーリーの顔がさすがに引きつった。

「なんてことを！　ポーラさまに聞かれたら……」

「……ポーラさまの前で言ったの」

ユーリーは天を仰《あお》いだ。

ポーラ・ダルシニは謙虚《けんきょ》な女性である。

都会から離れた地方の小身貴族の出身だからかもしれない。

中央の覇者《はしゃ》であるデルフィニア国王の寵愛《ちょうあい》を一身に受ける愛妾《あいしょう》という立場でありながら、虚栄とは無縁の性格だ。公《おおやけ》にこそしていないが、未《いま》だに台所に立つのが好きで、国王や子どもたちの食事を手ずからつくっているという。

こんなことは他の王家では（大貴族の家でもだ）ありえない。

現に兄妹の母は台所になど近寄りもしない。

下働きの女たちに任せている。

ロザモンドはサヴォァア公爵夫人であると同時に、サヴォァア家に匹敵《ひってき》する大貴族、ベルミンスター公爵その人でもあるから当然だ。

そんな母には大勢の取り巻きがいる。それも新興貴族などはとても近寄れない。ほとんどが由緒ある家の女性たちだ。家格の等しい公爵家の夫人もいる。

その中には母よりずっと年上の、ユーリーの祖母のような老婦人もいるが、彼女たちは母のことを『ロザモンドさま』もしくは『ベルミンスター公爵さま』と呼んでいる。

そして、ユーリーの知る限り、母はその人たちのことを、『何々夫人』と呼び、未婚なら『何々嬢』もしくは『誰々どの』と呼びかけている。

ポーラはそのロザモンドが唯一『ポーラさま』と敬称《けいしょう》をつけて呼ぶ女性なのだ。

相手が国王の愛妾だからといって、媚《こ》びるような母ではない。

ポーラは真実、母の尊敬を勝ち得ているのだ。

そして、そのポーラは王国でも屈指《くっし》の王妃の信奉者《しんぽうしゃ》である。

それを知っていたから、ユーリーは眉《まゆ》をひそめて注意した。

「そんなことをご面前で口に出したりしたら……、ポーラさまに叱られるだろう？」

セーラは殊勝に頷《うなず》いた。

「お怒りだったわ、とても。すぐに許してくださったけれど……恐かった。でも、わたし、どうしても黙っていられなかったのよ。だから……本当にこの人がデルフィニアの勝利の女神なら、わたしを叱りに来てくれればいいって、そう言ったの」

そうしたら本当に王妃が現れたのだ。

セーラの恐怖も周章狼狽《しゅうしょうろうばい》ぶりも頷けるが、同時に、彼女は初めて見た自国の王妃に魅了されていた。

「わたし、今までお父さまもお母さまも、妃殿下のことを……ずいぶん大げさに話していると思っていたのよ。だって、どう考えても無理があるでしょ？　ありすぎるくらいよ。この世の者とも思えないほど美しい人がお父さまや陛下を凌《しの》ぐ剣の達人だなんて。それなのに……独騎長《どっきちょう》さまやシャーミアンさままで同じことをおっしゃるんだから、がっかりしたわ。大人はみんなこうやって口裏を合わせて、子どもを騙《だま》すのねって思ってた」

「わかるよ。確かに無理がある」

寝台に腰を下ろしたユーリーは真顔で頷いた。

「そもそも父上のお話は少し割り引いて聞いたほうがいい。——母上の言葉だけどね」

冷静な長男である。

セーラはうっとりとため息を吐《つ》いた。

「……心臓《しんぞう》が止まるかと思った。本当に光り輝いていらした。あんなにきれいな方、見たことない」

「ぼくもだ」

一目で魅了されたのはユーリーも同じだ。

二人とも美しい女性なら見慣れている。母の取り巻きの宮廷夫人たちは皆、最新の豪華な衣裳《いしょう》を身につけ、高級な化粧をし、髪も複雑な形に結い上げて凝った飾りを差している。

そんな彼女たちが一堂に会しておしゃべりしていると、まるで生きた花たちが咲き誇って妍《けん》を競っているようだ。

比べて王妃は化粧もしていない。猟師《りょうし》のような粗末な服装で、言葉遣《ことばづか》いもまるで荒くれ男なのに、どんなに着飾った宮廷夫人より堂々として誇らしく、崇高《すうこう》な感じすらしたのだ。

だが、どうしてももう一つの疑問が残る。

「本当にあの妃殿下が父上よりお強いのかな？」

思わず呟《つぶや》くと、妹も勢い込んで頷いた。

「わたしも同じことを思った。だって、あんなに細いお身体で、お母さまよりずっと小柄《こがら》でいらっしゃるのに……」

「後でブライス兄さまに訊《き》いてみよう」

双子の母親違いの兄ブライスは下で行われている祝宴に参加しているはずである。

セーラは兄に提案した。

「ねえ、上に行かない？」

「いいね」

サヴォア館はただ豪華《ごうか》なばかりの館ではない。

見張り台を兼ねた屋上がある。非常の際には館の扉を固く閉ざして立てこもり、この屋上から眼下の敵に攻撃を仕掛けるためだ。

鍵は掛かっていない。二人は難なく屋上に出た。

ここは二人のお気に入りの場所だった。

昼間だと、二人の姿が丸見えになってしまうから、主に夜にこっそり上っている。

両親にも内緒の二人の秘密だった。

月の明るい夜なら、月光にほの白く浮かび上がる一《いち》の郭《かく》が一望できる。

暗い夜なら正門から大手門まで延々《えんえん》と続く灯籠《とうろう》の灯りが美しい。

今夜の景色はそのどちらでもなかった。

二人は思わず感嘆《かんたん》の声を発したのである。

「……うわあ！」

一の郭のどこもかしこも煌々《こうこう》と灯りが点《とも》り、真昼のような明るさだった。

深夜にも拘わらず、正門、郭門、大手門がすべて開放され、人の持つ手燭《てしょく》の灯りが蛍《ほたる》のように、たくさん行き来しているのが見える。

大手門の外に広がる城下町の様子もよく見えた。

街の至るところに灯《ひ》が点り、活気に満ちている。

ここまで人の賑わいが伝わってくるようだった。

遠いトレニア湾にもいくつも灯りが浮かんでいる。

商人の船が戻ってきているのだ。

たった十一歳の二人は特別な感慨《かんがい》を持って、その光景に見入ったのである。

前にここへ上がって見た時は、コーラルはまるで死んだ街のようだった。

苦しい戦《いくさ》が続いていた。父の砦《とりで》も奪われた。

街には活気がなくなり、最低限の灯りが頼りなく点っているだけで、胸が押しつぶされそうに辛《つら》くて、とても見ていられなかった。

比べると、まるでお祭りのように華やかで楽しい。

王妃が戻ってきた特別な夜だ。

今夜はきっと、コーラルは眠らない。

「——セーラ！　ご覧よ」

兄が指した方向を見て、セーラは息を呑《の》んだ。

そちらには昼間ならパキラ山の青々とした姿が見えるのだが、夜には真っ黒に迫る巨大な影でしかない。

その中腹に今、灯りが点っている。

そこにある建物はたった一つだけ。

王妃の住居の西離宮だ。

この十年、その建物はずっと無人だった。一度も火が点ることはなかったが、今は違う。

あの灯りの下に王妃がいる。

デルフィニアの勝利の女神が——。

眼下に広がる煌々とした灯りとは比較にならない、ぽつんとした小さな灯りではあるが、今の二人には何よりも崇高な輝きに見えた。

寝間着が汚れるのも構わず、セーラはその場に跪《ひざまず》いた。

その灯りを見つめ、灯りに向かって手を合わせると、祈るように言った。

「妃殿下。お願いします。どうかあの恐ろしいわたしの発言はお忘れください。決して本心から言ったのではないのです」

ユーリーも妹の隣に跪き、十一歳の少年とは思えないほど厳粛《げんしゅく》な口調で言ったのである。

「妃殿下。この国を救ってくださって、ありがとうございます。父と母を、そして兄を、わたしたちの元に返してくださって、心から感謝致します」

セーラはちょっぴり赤くなった。

兄に倣《なら》って、おもむろに付け足した。

「――感謝致します」


エミールとサイラスはまだ暗いうちに起き出して、部屋の窓からそっと建物を抜け出した。

この行動は、実は昨日のうちに、密《ひそ》かに相談して決めていたことだった。

二人が昨日泊まったのは、この城に来た時にいつも滞在しているドラ伯爵邸ではない。

それだと子ども部屋は二階にあるから、窓からは出られない。

第一、ドラ伯爵邸は二の郭に建っている。

二人は両親に熱心に頼み込み、特別に、父が時々使っている一の郭の離宮に泊まることが許されたのだ。

「急げよ、サイラス」

「うん」

離宮には彼らの子守をする召使いがいる。

彼らが起き出す前に戻らなければならなかった。

コーラル城には城の各所に寝ずの番が立っている。

薄暗がりの中、二人は見つからないように急いだ。

目指すは王宮の馬が揃《そろ》っている厩舎《きゅうしゃ》である。

そこに今、ロアの黒主《くろぬし》がいるのだ。

王妃が黒主に騎乗して凱旋《がいせん》し、その黒主が王宮の厩舎にいると聞いた時から、これを見に行かないという選択肢は彼らにはあり得なかった。

ロアの領主の孫に生まれた二人にとって、黒主は祖父にも匹敵する、もしくはそれ以上の英雄である。

二人とも今まで、本当に遠くからしか、その馬を見たことがない。

黒主は人間が近づくことなど許さないからだ。

その相手が今は手の届く厩舎にいる。

しかし、素直に見たいと頼んでも、聞いてもらえないのはわかっていた。二人とも馬には慣れ親しんでいるが、王宮の馬ともなれば恐ろしく高価なもので、王族でもない子どもが厩舎に近づくことなど許されるはずがない。見つかったら、こっぴどく怒られてしまう。

まだ朝靄《あさもや》が残る中、二人は大冒険に緊張しながら、そっと厩舎に近づいていった。

思ったとおり、既《すで》に人の気配がする。

この大きな厩舎は二階が厩番《うまやばん》たちの住居になっていて、夜明けと同時に扉を開けるのが日課らしい。

二人が隠れて見ていると、厩番の男たちが次々に馬を引いて厩舎から出てきた。

朝の運動をさせるためだろう。

ロアでは馬は放し飼いである。いちいち引き出す必要はないが、厩舎で飼育する馬はこうして馬場で運動させてやらなくてはならない。

物陰に隠れた二人はどきどきしながら見ていたが、運動場に引き出された馬の中に黒主はいなかった。

ロアの黒主はその名の通り、真っ黒な馬体だ。見逃すはずはない。

「いないね……」

「どうしたんだろう？」

人が誰もいなくなったので、二人は思い切って、そっと厩舎を覗《のぞ》き込んでみた。

反対側の入口も開いていて、中は意外に明るい。

大きな厩舎の中にはまだ何頭も馬が残っていた。

危急の用件の時に馬がなくては話にならないので、半数は残してあるのだろう。

さすがは国王の騎乗する馬だけあって、ロアでも滅多に見ないような立派な馬ばかりだ。

訓練も行き届いているようだった。突然知らない子どもが入って来ても騒がない。

忍び込んできた二人を不思議そうに、大きな眼で見つめているだけだ。

二人は、きれいな馬たちを見上げながら、足音を立てないように厩舎の中を進み、揃って足を止めた。

一番端《はし》の馬房に真っ黒な巨大な姿が見えたからだ。

エミールとサイラスの興奮は最高潮に達した。

これ以上はとても近づけなかったので、馬を脅《おど》かさないように小声で囁き合った。

「——いた！」

「ほんとに黒主だ！」

「ちゃんと馬房に入ってる！」

「でも、兄さん。柵《さく》が掛かってないよ……」

通常、馬が馬房にいる時は柵を掛ける。

こうしておかないと、馬は自由に外に出て行ってしまうからだ。

現に他の馬房にはきちんと柵が掛かっているのに、黒主の馬房だけは柵が掛かっていない。

こんな状態を発見したら、馬を扱う人間としてはただちに柵を掛けるのが正しい行動だが、
だからといって、あの馬のすぐ前まで進んで柵を掛ける？

とんでもなかった。

エミールは九歳、サイラスは八歳だ。

普通なら、まだ馬を扱えるような年齢ではないが、ロアの男もタウの自由民も、歩くより先に馬に乗る。

その両方の血を継いだ二人は、今では立派に馬の世話だってできる。

もちろん乗馬も得意中の得意だ。

もっと小さい頃、初めて鞍《くら》に乗せられた時だって馬を怖いと思ったことなどない。

それなのに、根が生えたように足が動かなかった。

反対側の入口から誰かが近づいてくる気配がして、二人は慌てて、空《から》だった手前の馬房に隠れた。

息を潜めている二人には気づかず、ゆっくりした足取りで入って来たその誰かは、黒主の馬房の前で足を止めた。

「お馬さま。まだお帰りになりませんので？」

老いた声だった。話しかけている相手は位置から考えると『ロアの黒主』だ。

当たり前だが、馬は返事をしない。

ただ、騒いだりしない馬の様子から判断すると、機嫌《きげん》は悪くなさそうだと二人は思った。

「それじゃあ、ちょっくら失礼します」

恐ろしく丁重に言って、その老人は何と、黒主の馬房に入って行ったようだった。

馬体のすぐ近くである。こんな振る舞いをしたら、黒主が機嫌を害さないわけがない。

老人が蹴《け》られるか嚙《か》まれるか、二人ははらはらしていたが、何も異変が起きる様子はない。

代わりに、慣れ親しんだ音が聞こえてきた。

馬櫛《まぐし》で馬体を擦《す》る規則正しい音である。

それを聞いた二人は今度こそ驚きのあまり硬直し、互いの顔を見つめ合った。

とても信じられなかったからだ。

「黒主に……馬櫛を掛けてる⁉」

まさかそんなことのできる人がこの世にいるとは思わなかった。

焦った二人はうっかり物音を立ててしまい、作業中の老人が気がついた。

その声がちょっと厳しかったのは、馬の世話をする係の誰かがさぼっているのかと疑ったからだろう。

「誰かいるのか?」

エミールもサイラスも心臓が口から飛び出るかと思ったが、逃げ出したりはしなかった。

勇気を奮《ふる》い起こして、恐る恐る空の馬房を出て、黒主の馬房から少し離れた通路に立った。

怖い顔で馬房から出てきたのは厩番の老人だった。

隠れていた相手が手下《てか》の若者ではなく、まだ幼い少年たちだったので意外に思ったらしい。

しかも、二人の服装を見れば、身分の高い家の子どもであることは明らかだから、口調をあらためて尋ねた。

「坊《ぼっ》ちゃん方。どっから来なすったね?」

エミールとサイラスは直立不動の姿勢を取った。

この老人は黒主に馬櫛を掛けられる人なのだ。

両親も、ロアの領主の祖父でさえ、そんなことはできない。

ロアでは馬の扱いに長《た》けた人がもっとも尊敬されるのだ。

それは単に乗りこなすことだけを言うのではない。

馬に信頼されるのはそれ以上に立派な才能である。

家の召使いとは普通に話しているが、この老人に対しては最上級の敬意を払わなくてはならないと、二人は幼いなりに肝《きも》に銘じ、よそ行きの声で言った。

「お邪魔して、すみません。エミール・ドラです」

「弟のサイラスです」

老人の顔に微笑が広がった。

「将軍さまのところのお孫さんかね？」

「はい」

「お馬さまが気になって見に来なすったか？」

「はい」

揃って頷いたが、二人は馬房に近づこうとはしなかった。

正確には近づけなかったのだ。

間近に見た黒主の迫力、存在感、威厳《いげん》すら感じるその姿は到底ただの馬とは思えなかったからである。

どきどきしながら、エミールが勇気を振り絞って老人に話しかけた。

「黒主にさわれる人を初めて見ました」

「へい。わっしも、今のお馬さまにさわらせてもらうのは初めてですがねえ。驚きましたよ。前のお馬さまと、ちっとも変わらない」

「……先代の黒主ですか？」

「へい。前のお馬さまが十歳になるまででしたかね。お城へいらした時は、わっしがお世話をしてました。最初はなかなかお側へ寄らせてくれませんでしたが、六年も通ってくださいましたからねえ。最後は蹄《ひづめ》を磨《みが》かせてくれましたよ」

エミールとサイラスの顔がさらなる尊敬に輝いた。

「黒主の蹄にさわった⁉」

そんなことをして足を踏まれないなんて、すごいとしか言いようがない。

恋する乙女のような熱い視線を少年たちから向けられていることに気づいているのかいないのか、老人は再び作業に戻り、大きな漆黒《しっこく》の馬体をせっせと磨きながら話を続けた。

「わっしは、ロアに行ったことはありませんがね、お二人のお父上から、お馬さまが代替わりしなすったことは聞いてました。お暇《ひま》をもらったら、一度、今のお馬さまを見に、ロアへ行ってみたいもんだと思ってましたが、いやはや、長生きはするもんです。まさか王妃さまと一緒に戻ってきてくださるとはねえ……」

手入れの終わった黒主がぶるっと長い首を振って、一歩を踏み出した。まるで小山が動き出したような迫力だった。

子どもたちは悲鳴を呑み込んで立ちつくしたが、老厩番は平然と馬に話しかけた。

「おや、お帰りですか？」

馬は答えなかったが、老厩番は歩き出した黒主の後を追うように厩舎を出た。

硬直していたエミールとサイラスも我に返って、おっかなびっくりその後をついていった。

黒主は鞍も乗せていない。手綱も掛かっていない。

こんな状態の馬を人の傍《そば》で自由に歩かせたりなど、ロアの男たちでもやらない。基本的に放し飼いでも、牧場から馬を連れてくる時は必ず手綱を掛ける。

言うまでもなく事故を防ぐためだ。

黒主はこの王宮に初めて来たはずなのに、堂々と足を進めている。

昇ったばかりの朝日が黒い馬体を燦然《さんぜん》と輝かせている。

そこにもっと眩《まぶ》しい人がやってきた。

遠目にその人の姿をちらっと見ただけで、二人は飛び上がり、慌てて物陰に隠れた。

「グライア」

王妃は昨日、大広間で見た時と同じ服装だった。

違うのは表情だ。はじけるような笑顔だった。

朝日以上に輝かしいと二人は思った。

王妃は自分たちにはとても近づけない黒馬に手を伸ばし、太い首筋を撫《な》でてやっている。

黒主も嬉《うれ》しそうに、大きな顔を優しく王妃にすりつけている。

子どもたちは息をするのも忘れて見入っていた。

十年に満たない彼らの人生経験でも、『とってもきれいだ』と感動して見つめたものはいくつもある。ポーラさまの焼いたつやつやのチョコレートケーキ、色紙で飾られた油の滴る鳥の丸焼き、父がつくってくれた子ども用の新品の鞍、華やかな衣裳を着て父の隣で微笑《ほほえ》む母。何より風を切って走る馬の姿。

しかし、こんなにも心奪われる光景は見たことがなかった。

ロアに君臨する覇王と、天から降りてきた勝利の女神はそれほど美しかった。

紫光《むらさきびか》りする漆黒の馬体と、王妃の黄金色の髪は見事な対比を成している。

まだ幼い彼らには、今の自分の感情を的確に表現することはできなかったが、ほとんど恍《こう》惚《こつ》となって、うっとり見惚《みと》れていた。

王妃はひらりと身軽に黒主にまたがった。

鞍も手綱もないのに、それを合図に馬はゆっくり歩き出し、足下の老厩番が馬上の王妃に声をかける。

「下までお供致しますです」

「そうだな。二人でグライアを見送ろうか」

「へい」

厩番の足取りに合わせて、黒主は妙にのんびりと、まるで散歩を楽しむかのように正門へ向かっていった。

エミールとサイラスは惚《ほう》けたようにその後ろ姿を見送っていたが、我に返って、慌てて離宮に駆け戻った。

急がないと、召使いが二人を起こしに来てしまう。

誰にも見つからずに無事に部屋までたどり着き、たった今起き出して着替えましたという何喰わぬ顔をして、二人は居間に出て行った。

朝食は二の郭の屋敷で取る予定になっている。

兄弟は召使いと一緒に離宮を出て、正門をくぐった。

つい先程、この道を、黒主と王妃が下っていったはずだ。

二人は大手門のほうを見ながら、小声で囁き合った。

「すごかったね……！」

「ああ、すごかった……」


ユーリーとセーラはいつもの時間に眼を覚まし、朝食前の鍛錬《たんれん》に向かった。

他国には日々遊び暮らしている大貴族もいるらしいが、サヴォア・ベルミンスター両家の日常は禁欲的《ストイック》なもので、特に子どもたちは、毎日の予定がきちんと決まっている。

早朝から乗馬や剣の稽古《けいこ》に励《はげ》み、王国の歴史、国内の地理、他国との関係、礼儀作法など、学ぶことはいくらでもある。

ユーリーはこの頃、鬱々《うつうつ》として、日々の修練にも身が入らない様子だったが、今朝は別人のように熱心に馬を駆って、剣の稽古をしていた。もちろんセーラも負けじと剣を振るった。

その後は屋敷に戻って朝食である。

すると、そこに母親のロザモンドが待っていた。

「おはよう、二人とも」

公爵家ともなると家族のありようも庶民とは違う。

母親が台所に立って料理をするなどあり得ないし、子どもと一緒に食事を取ることもまずないのだが、今のロザモンドは戦から帰ったばかりだ。

昨日もほとんど子どもたちと話せなかったので、二人とも嬉しそうに母親に挨拶した。

「おはようございます、母上」

「お母さま。お父さまは？」

「公はもう宮廷に行かれたぞ。昨夜遅くまで呑んでいたのに、お元気なことだ」

貴族の家でも『教育上悪い』という理由から、普通こんなことは子どもには言わないが、ロザモンドは大家《たいけ》の総領娘として生まれ、異母弟亡き後は敢然とベルミンスター家を背負って立った女丈夫《じょじょうふ》である。並みの母親とはわけが違う。

食卓についたセーラは、昨夜のことを思い出して訊いてみた。

「妃殿下は昨夜は西離宮でお休みになったの？」

「もちろんだ。もともと妃殿下のお住居《すまい》だからな」

「護衛はどのくらいお連れになったのかしら？」

ロザモンドは笑いを嚙み殺した。

「護衛など、とんでもない。あの方はそんなものはお側にも寄せまいよ。妃殿下はパキラの狼《おおかみ》と親しいそうだからな」

ユーリーが驚いて尋ねる。

「妃殿下は野生の狼まで従えているのですか？」

「いや、陛下のお言葉によれば、パキラの狼たちは妃殿下の友であるらしい」

ユーリーもセーラも眼を丸くした。

食事中も、双子は王妃の情報を少しでも得ようと母親を質問攻めにした。

特に先日の戦における王妃の活躍を知りたがった。

「母上は妃殿下のご降臨をご覧になりましたか？」

息子のこの問いにロザモンドは首を振った。

「いや、見ていない。ラモナ騎士団とともに陛下のお側にいたからな。陛下につき従って、急いで駆けつけたのだが、その時には妃殿下はレゼンスクール公の軍勢に勝利されていた。我らの勝利の女神は、時にサヴォア公以上に疾風迅雷《しっぷうじんらい》でいらっしゃる」

双子は顔を輝かせて、身を乗り出した。

「それなら、お母さまは陛下と妃殿下が再会されたその場にいらしたの？」

「お二人はどのようなご様子でした？」

ご様子とは何のことかとロザモンドは不思議そうだったが、兄妹のきらきら輝く眼差《まなざ》しを見て、はたと気がついた。

子どもたちはどうやら、十年も離れ離れだった国王と王妃が『きっと、見ている者も胸を打たれるような感動の再会を果たしたはず』と思っているらしい。

感動の再会どころか、国王は王妃渾身《こんしん》の怒りの拳《こぶし》を食らって吹っ飛ばされていた――とは、さすがに言えないので、ロザモンドはさりげなく娘に尋ねた。

「妃殿下が昨日おっしゃっていたが、セーラは何か妃殿下に叱られるようなことをしたのかな？」

セーラは椅子の上で飛び上がった。その顔がみるみる青ざめる。

父親に似て自信家で、毒舌家《どくぜつか》の素質充分の長女が世にも奇妙な顔をして硬直しているので、母親は驚いて問い質《ただ》した。

「どうした？　セーラ」

「ちょっと……心臓が止まりそうなの」

「何？　それはいけないな。セーラの心臓にはまだ動いていてもらわなくては困る」

真面目な口調だが、これはロザモンドの冗談だ。

セーラはそれにも気づかず、真剣な顔で尋ねた。

「お母さま……。わたしが今ここで妃殿下のお話をしたら、妃殿下にも聞こえてしまうの？　妃殿下は天上世界の方だから……」

母親は訝《いぶか》しげな顔になったが、少し考えて首を振った。

「いや、妃殿下は天界から下界の様子は見えないとおっしゃったぞ。現にビルグナが奪われたことを、ご存じなかった」

「そうなの⁉」

「ああ。ここで話したことは、西離宮の妃殿下には聞こえないから安心しなさい」

「でも、それなら、どうして……」

あの恐ろしい言葉をご存じだったのかとセーラは悩んだ。

ロザモンドはその悩みの内容は知らなかったが、娘を安心させるように微笑みかけた。

「何より、おまえが何を言ったところで、ご気分を害されるような妃殿下ではない」

「……ほんとう？　お母さま」

「ああ、本当だ」

自信たっぷりにロザモンドは頷いた。

これも子どもたちには言えないが、何しろ彼女の夫という華々しい実例がある。

「こんなものは女のうちに入らん！」という、あの暴言すら笑って聞き流す（というより端《はな》から相手にしていない）王妃が、十一歳の少女の発言に本気で腹を立てたりするわけがない。

ユーリーも笑顔で言った。

「そうだよ。ポーラさまだっておまえを許してくれたんだろう？」

セーラは思わず顔色を変えて兄を睨《にら》んだ。

どうもこの兄は貴公子然とした見た目とは裏腹に、いささか失言大王の素質がある。

ロザモンドはすかさず笑顔で身を乗り出した。

「ほう、それなら、わたしにも教えてもらおうか」

「だめ、だめよ！　秘密なの。お母さまには絶対！　言えないわ！」

いくら王妃が怒っていないと言われても、ポーラが許してくれても、あの恐ろしい言葉を母親の前で言う勇気はなかったのだ。

「ごちそうさま！　わたしもう行かないと！」

朝食の後は勉強が待っている。

飛び出したセーラに続き、ユーリーも急いで食堂から逃げ出したが、ロザモンドはこれで諦めるような女性ではなかった。

少し考えて芙蓉宮《ふようきゅう》のポーラを訪問し、世間話をした後、単刀直入に質問した。

「あなたの前で、娘が妃殿下に何か失礼なことを言ったようですが、どんな言葉だったのか教えてもらえませんか？」

ポーラはちょっと眼を見張った。

何のことかと思ったのだ。既に忘れかけていたが、少女の言動を思い出し、微笑して首を振った。

「ロザモンドさま。あれはもう済んだことです」

「わかっています。叱るつもりもありません。それはあなたがしてくれたのでしょう？」

途端、ポーラは慌ててロザモンドに頭を下げた。

「も、申し訳ございません。差し出がましいことを致しました。王妃さまのことでしたので、つい……お許しください」

ロザモンドは逆に微笑した。

国王の愛妾となり、事実上この城の女主人として扱われて早十年になるというのに、少しも変わらず謙虚な人である。

「あなたの口から叱ってもらってよかったのです。娘も反省しているようですし、これ以上、責めようとは思っていません」

ポーラは不思議そうな顔になった。

それならセーラの発言にこだわる理由もないはず――という無言の問いに、ロザモンドは笑って説明したのである。

「わたしはこれでも一応あの子の母ですので。一人だけ仲間はずれにされているのはおもしろくありません」

ポーラは困ってしまった。

ただの母親とはわけが違う。大公爵という身分のこの母親に、十一歳の娘の軽率な発言をどのように告げたらよいものかと、ひたすら焦った。

結局、王妃本人が偶然芙蓉宮にやってきて、その言葉をあっさりロザモンドに教えるまで、ポーラの苦悩は続くことになった。

第二話　ヴァンツァーの手紙

――二日目朝

ドラ将軍の家では、子どもたちは、両親と一緒に食事を取るのが慣例になっている。

下級貴族ならまだしも、これは伯爵という家にあってはかなり珍しい習慣だった。

しかし、将軍は早くに妻を亡くしている。一人娘のシャーミアンと二人暮らしだったので、自然と食事は一緒に取るようになったのだ。

一方、シャーミアンと結婚したイヴンはと言えば、これはもうはっきり庶民階級の出身だ。家族が別々に食べるほうが違和感がある。

そんなわけで、今朝も、イヴンとシャーミアンは三人の子どもたちと一緒に食卓についた。

ドラ将軍は既に王宮に顔を出していて不在である。

エミールとサイラスは朝食に間に合うように一《いち》の郭《かく》の屋敷から戻ったところで、まだ興奮《こうふん》さめやらぬ表情だった。眼がきらきら輝いているし、二人ともそわそわしている。何か言いたくてたまらないが、一生懸命《いっしょうけんめい》黙っているのが丸わかりの様子である。

父親も母親も笑いを噛《か》み殺していた。

この兄弟が両親に黙って、妹にも内緒で、何やら秘密の冒険をしてきたのは間違いない。

どのみち、ずっと隠しておけるわけがないので、イヴンは空とぼけて言ってみた。

「黒主《くろぬし》がまたこの城に来るとは思わなかったなあ。まだ厩舎《きゅうしゃ》にいるのかな？」

「さっき帰ったんだよ！」

「すごいよね！　乗り手もいないのに！」

エミールもサイラスもここぞとばかりに叫んだが、慌《あわ》てて口をつぐんだ。

案の定、末娘のイヴリンは一瞬、ぽかんとなり、みるみる真っ赤になった。

「ずるい！　兄さまたち、黒主を見に行ったの⁉」

兄たちが自分だけ仲間はずれにしたと、朝からたいへんなお冠《かんむり》だったが、父親は珍しく真面目な顔で兄弟を見た。

「おまえたち、本宮の厩舎に行ったのか？」

二人とも青ざめて、父の眼差《まなざ》しに耐えられなくてうつむいた。

「それはやっちゃあいけないことなのは知ってるな？」

兄弟は蚊《か》の鳴くような声で「はい」と返事をした。

答えないで黙っていたら余計に怒られるからだ。

本宮の厩舎に蓄《たくわ》えられているのは王家の馬だ。

故郷のロアでも馬は貴重な財産だが、それ以上に高価な馬が揃っている。

子どもが無断で近づいていい場所ではないのだ。

父は明るくて楽しい人だが、怒ったら本当に恐い人でもある。

生きた心地がしなかった。

「誰かに見られたか？」

「……厩番《うまやばん》の人」

弟が小さな声で言い、兄はもう少しはっきり答えた。

「黒主に馬櫛《まぐし》を掛けられる人です」

イヴリンが顔色を変えて叫んだ。

「黒主に⁉　ほんとう⁉」

シャーミアンが笑顔で答える。

「本当よ。ベン爺《じい》ね。前の黒主の時も、ずっとお世話をしていたの。今の黒主も、やっぱり彼には世話をさせてくれたのね」

一方、イヴンはさらに兄弟を詰問した。

「他の馬を脅《おど》かしたりしていないな？」

兄も弟も反射的に顔を上げ、力いっぱい否定した。

「してません！」

「それならいい」

イヴンは笑って、しかし、すぐに真顔になって、息子たちに釘を刺した。

「黒主が厩舎に入ってたんじゃあな、見に行きたくなっても仕方がない。今回だけは特別に許してやる。――ただし、二度はやるなよ？」

「はい！」

二人ともほっとした。

これで黒主の話ができるからだ。

初めて間近で見た黒主がどれだけ立派だったか、妹の「ずるい！」という抗議もものともせずに夢中でしゃべり続け、両親には、戦《いくさ》の最中の黒主の様子を夢中でねだった。

子どもに戦の話はいけないなどという禁忌《きんき》はこの世界にはない。六歳のイヴリンもロアの娘だから、兄たちに負けじと両親を質問攻めにし、両親も臨場感たっぷりに話してやった。

「黒主は他のどんな馬よりも立派だったわよ」

「妃殿下は相変わらず手綱を掛けないいんだ。あれで自由自在に剣を振るうんだからな」

三人とも揃って大きな声を出した。

「手綱なしで⁉」

「どうやって馬を操るの⁉」

「その状態で剣が使えるんですか⁉」

シャーミアンもイヴンも笑って頷《うなず》いた。

「妃殿下は昔からそうなのよ。わたしが見た時には鞍《くら》も乗せていなかったわ。――それでも、あの方はパラスト軍を圧倒していた。たったお一人で」

「おう。さすがは我が国の勝利の女神だ」

子どもたちは眼を輝かせていたが、イヴリンがふと、心配そうに問いかけた。

「お母さま。妃殿下は天界の方でしょう」

「そうよ。陛下の危機に駆けつけてくださったの」

「それじゃあ、黒主は妃殿下と天界に行ってしまうの？」

少年たちが血相を変え、シャーミアンは榛色《はしばみいろ》の眼を軽く見張って考え込んだ。

「どうかしら？　確かに、妃殿下は黒主ほど立派な馬は天界にもいないとおっしゃっていたけれど……」

ますます兄弟の顔が青くなる。

さっき見た光景が頭の中から消えてくれない。

黒主と王妃の姿は一枚の絵のように美しかった。

でも、黒主がロアからいなくなってしまうなんて、それはだめだ。

イヴリンも心配そうな顔をしている。

よく似た名前の父親が、そんな娘に笑って提案した。

「そんなに心配なら妃殿下に訊《き》いてみたらどうだ？　黒主を天界にお連れになるのかって」

イヴリンはとたんに身震いして、兄たちを見た。

「……兄さま。お願い」

しかし、二人とも硬い顔で黙り込んでいる。

普段なら、

「しょうがないなあ、イヴリンは」

「兄さんたちに任せろ」

と自信たっぷりに請け合うところなのに、いつも元気な子どもたちが揃って押し黙ってしまったので、食卓に異様な静寂《せいじゃく》が訪れた。

弟と妹は思わず長兄を見つめ、長兄は苦し紛《まぎ》れに父親にすがった。

「……父さまが訊いてよ」

「なんで？」

イヴンはきょとんとなった。

王妃はここから目と鼻の先の一の郭にいるのに、子どもたちは明らかに尻込みしている。

「なんだ、おまえたち。妃殿下が恐いのか？」

王妃と古いつきあいの父親は笑い飛ばす口調で言ったが、エミールもサイラスもイヴリンも答えられなかった。


朝食の後片づけを済ませたアランナは、うきうきしながら二の郭の自宅を出た。

王妃の帰還を喜んでいるのはもちろんだが、もう一つ、昨日とびきり嬉《うれ》しい知らせがあったのだ。

弾《はず》むような足取りで通い慣れた正門への大通りを上っていくと、正門前に佇《たたず》む意外な人を見つけて、明るく声をかけた。

「おはようございます、シェラさま！」

「……敬称はよしてください、アランナさま」

苦笑しながらシェラは言った。

王妃に仕えていても自分は単なる召使いで、アランナは地方豪族《ごうぞく》とはいえ、貴族である。

シェラより遥《はる》かに身分の高い人なのだ。

身分制度の下で育ったシェラが、身分の高い人に『さま』づけで呼ばれたりするのは居心地が悪いことこの上ないのに、ラモナ騎士団長の妹は真顔で首を振った。

「とんでもないことです。妃殿下のお供をされて天界へ上られた方に、ぞんざいな口などきけませんわ」

きっぱりと言い切って、不思議そうに問いかけた。

「こんなところで何をしているんですの？」

「妃殿下のお帰りをお待ちしているんです。黒主を見送りに行くと言って出られたのですが、もうずいぶん経ちますので……」

西離宮を出て、実に二時間近くも戻ってこない。

アランナは心配そうに言った。

「まさか、ロアまで見送りに行かれたんでしょうか？」

「さすがにそれはないと思いますけど……」

シェラは困ったように微笑している。

アランナはそんなシェラの銀雪のように輝く髪や紫水晶の瞳《ひとみ》、光沢のあるつややかな肌をしげしげと見つめて尋ねてきた。

「天界でお過ごしですと、人も歳を取らなくなるのかしら？　シェラさまは妃殿下と違って、わたしたちと同じ人ですのにね、昔よりお若くなって、おきれいになったように見えます。

やっぱり天界は食べ物が違うのかもしれません。――シェラさま、日頃はどんなものを召しあがっているんですか？」

アランナにしてみれば、十年が過ぎたというのにまったく歳を取ることなく未《いま》だに十代の娘に見えるシェラに（実は男だが、アランナはそれを知らない）興味《きょうみ》が尽《つ》きないのだろう。

その原因として食べ物を連想するのが、いかにも主婦のこの人らしい。

シェラは笑って答えた。

「それほど奇抜なお食事はいただいておりません。あまりこちらと変わらないと思いますよ。牛も豚《ぶた》も鶏《とり》もいますし、そう……猪《いのしし》も」

「まあ！」

アランナはびっくりしたらしい。

「そうなんですか？　それじゃあ、楓蜜《かえでみつ》の流れる川とか、チョコレートの実がなる木とか、氷砂糖の妖精とかはいないんですか⁉」

今度こそシェラは噴き出してしまった。

「いません。――仮にいたとして、アランナさま。空を飛ぶ氷砂糖を召しあがるんですか？」

アランナは慌てて否定した。

「食べませんよ！　今のはもののたとえですから。そういうものが飛んでいたら綺麗だろうなと思っただけなんです！」

シェラはますます笑いの発作に襲われた。

もう三十代の半ばになるはずなのに、相変わらず朗《ほが》らかで純朴な人である。

この時、王妃が大通りを戻ってきた。

大手門から正門まではかなりの距離だが、そこは桁《けた》違いの王妃の足だ。

あっという間に駆け上がって、息も乱さずに声をかけてきた。

「おはよう、アランナ」

「妃殿下！　おはようございます」

王妃に元気よく挨拶《あいさつ》するアランナを見て、番兵たちが息を呑《の》んで硬直している。

彼らにとって王妃は文字通り雲の上の存在だから無理もない。

その王妃に恐れる様子もなく、親しげに話すアランナには羨望《せんぼう》の眼差しを向けているが、彼女は気づかない。

三人は一緒に正門をくぐり、一の郭の敷地を歩きながら、アランナは王妃に尋ねた。

「妃殿下もこれから芙蓉宮《ふようきゅう》ですか？」

「いや、その前にアヌア侯のお見舞いに行ってくる。昨日は時間がなかったからな。あんまり朝早くても迷惑だけど、もうそろそろいいだろう」

黒主を遠くまで見送ったので、戻るのが遅くなったと王妃は言い、ふと訊いた。

「──いい匂いがする。何か持ってる？」

アランナが笑顔で、持っていた籠《かご》を掲《かか》げてみせた。

「はい。さっき焼きあげたばかりなんですよ。妃殿下に召しあがってもらおうと思って」

「嬉しいな。アランナの手料理は久しぶりだ」

お世辞ではなく王妃は笑顔になって、再び尋ねた。

「ずいぶん嬉しそうだけど、何かいいことがあった？」

「はい！」

アランナは顔を輝かせて、弾む声で答えた。

「妃殿下には前に一度、お話ししたと思いますけど、覚えていらっしゃいますか。わたしがフリーセアにいた頃の知り会いで、ヴァンツァーっていうんですけど……」

シェラの顔が微妙に引きつった。

王妃は、しょっちゅうその男と顔を合わせているなどとはおくびにも出さずに頷いた。

「覚えてるよ。近くの館の召使いだったっけ？」

「そうなんです。昨日、あの子から手紙が届いたんですよ！」

「へえ？」

王妃は本当に驚いて眼を見張った。

シェラも同様だった。

そんな気の利いたことができる男とは思わなかったからだ。

アランナは二人の様子には気づかず、夢中で話し続けている。

「最後に会ったのがもう十年も前です。今度、ご主人に従って北のほうに行くことになったんですって。ずっと気になっていたものですから、元気そうで、本当にほっとしました」

アランナがここまで手紙を喜ぶ理由を、シェラは知っていた。

今の自分が暮らしている世界を思い返してみる。

水は井戸から汲《く》む必要はなく、泉や川へ行く必要もなく、家の中にいながらいつでも好きな時に手に入る。火を使わずに調理をすることも、遠く離れた人の顔を見て話をすることもできる。

どれもこれもこの世界では決して不可能なことだ。

大都市のコーラルは水路を引いていて贅沢《ぜいたく》に水を使えるが、少し離れた郊外では泉や川を頼るか、井戸を掘って地下水を汲み上げるしかない。

移動は徒歩か馬、もしくは船という世界である。

空を飛ぶ乗り物も、星を渡る船も、ここでは夢物語に過ぎない。この世界では、遠方に旅立った知人と再会することは決して約束された未来などではないのだ。

それどころか、永久《とわ》の別れになってしまうことも少なくない。

だからこそ、手紙とはいえ、その人が元気で暮らしているという知らせは、受け取った者には得難《えがた》い喜びになるのである。

しかし、アランナにとってヴァンツァーは、近所の屋敷で働いていた顔見知りの召使いに過ぎない。いわば、単なる知人のはずだ。

それにしては、空でも飛びそうな様子で浮かれている。

王妃は苦笑しながら訊いた。

「アランナはそんなにその子と仲よくしてたのか？」

ラモナ騎士団長の妹は急に真面目な顔になって王妃を見た。

何か言おうとしたが、思い直したらしい。

「後でお話ししますわ。妃殿下は先に、侯爵さまのところへ行ってさしあげてください」


病室に使われている部屋は陽の光が射し込んで明るく暖かく、居心地がよさそうだった。

まだ傷の癒《い》えないアヌア侯爵はさすがにやつれていたが、何とか危機は脱したらしい。

最近は食欲も少し出てきたという。

今朝はやわらかく煮込んだ穀物を、碗《わん》に半分ほど口にできたと侯爵が話すのを聞いて、王妃は笑顔で頷いた。

「よかった。食べられるようになったらもう一息だ。おれも怪我《けが》をした時はひたすら食べて治してるからな」

高貴な女性にはふさわしくない乱暴な口調だが、アヌア侯爵は懐《なつ》かしさに涙ぐんでいた。

この人は少しも変わっていない。朝日に照り映える黄金の髪、宝石のような緑の瞳、粗末な衣服にも拘《かか》わらず、どんな名だたる美姫も足下にも及ばないほど輝かしい。

臥所《ふしど》に身を横たえながら、さも嬉しげに、そして眩《まぶ》しそうに、侯爵は傍《かたわ》らに腰を下ろした人を見つめていた。

「この世にあるうちに再びお目にかかれるとは……思ってもみませんでした」

それだけで寿命が延びる思いが致しますと続けたアヌア侯爵に、王妃はちょっと笑って、悪戯《いたずら》っぽく肩をすくめた。

「――本当は、こんなことは言っちゃいけないんだろうけど、またこっちの世界に来られるきっかけをもらったことだけは、オーロンに感謝してやってもいいかなと思ってる」

つい先日終結したばかりの、デルフィニアという国家が危うくなるほどの大戦を思い、侯爵は何とも言えない声で言った。

「これほどの大事《だいじ》に、陛下のお役に立てないとは、我が身の情けなさ、不甲斐なさを悔《く》やんでも悔やみきれませんでしたが……」

「それはもう言うなよ。全部終わったことなんだから。後はアヌア侯爵が元気になることが一番だぞ」

開け放っていた扉の外から、緊張した声がした。

「――失礼致します。王宮より参りました」

まだ若い召使いがひどく強《こわ》ばった顔つきで入って来て、ぎくしゃくと一礼する。

「妃殿下。アヌア侯爵さま。お話し中恐れ入ります。陛下のお言伝《ことづて》を持って参りました」

王宮には伝令係のこうした若い召使いがいる。

正式な使者ではなく、文字通りの使い走りとして、一の郭の重臣の館をよく訪れる。

この召使いも、この館には何度も足を踏み入れているはずなのに、これほど緊張しているのは相手が人間ではないからだ。

天上から降りてきた救国の英雄にして勝利の女神。

直視することすら憚《はばか》られるのに、その相手に対し、直《じか》にものを言う羽目になったことに、召使いはひたすら緊張して畏《かしこ》まっている。

「ウォルが何だって？」

国王というものは言うまでもなく至高の存在だ。

名前を呼び捨てにするなど、許されるはずもない。

しかも、この人は『王妃』である。誰よりも率先して国王に傅《かしず》かなければならない人のはずなのに、街の若い男が友達を呼ぶような気安さだ。

こんな高貴な女性を今まで一人も見たことがない召使いは冷や汗すら浮かべて言った。

「――『まことにすまぬが本宮に顔を出してくれぬか』との仰《おお》せでございます」

他の国ならこうした台詞《せりふ》は国王の託宣《たくせん》とばかりに誇らしく告げるものだが、デルフィニアでは事情が違う。若い召使いはいかにも申し訳なさそうに恐る恐る告げている。

さらに、国王のお呼びとあれば、他国の王妃は何を置いても、いそいそと立ち上がる。

しかし、デルフィニアに限ってはやはり例外で、王妃は忌々《いまいま》しげにため息を吐《つ》いた。

「……おれはゆっくり見舞いもできないのか」

アヌア侯爵が臥所から、渋い顔の王妃に笑いかける。

「どうぞ、行ってさしあげてくださいませ」

王妃も笑みを返し、侯爵の手を握って言った。

「大事にな」

「……もったいないお言葉、ありがとうございます」

立ち上がった王妃は室内の召使いたちに眼をやり、声をかけた。

「ちょっと外してくれないか」

病床の主の世話をするために二人の召使いが控《ひか》えていたが、彼らは王妃の言葉に従って、しずしずと出て行き、室内には王妃とアヌア侯爵の二人きりになった。

王妃はおもむろに身体を屈《かが》め、横たわるアヌア侯爵の額《ひたい》に軽く唇《くちびる》を落としたのである。

「——妃殿下！」

侯爵は仰天《ぎょうてん》した。

己《おのれ》の額に自国の王妃の唇という、およそ絶対にあってはならないものが接触してしまったのだ。

何かの間違いだと思いたかったが、やわらかな今の感触は夢ではない。

常に穏やかなアヌア侯爵には似合わない突拍子もない悲鳴をあげたのも当然だが、王妃は屈託《くったく》なく笑っている。

「怪我が早く治るように、おまじないだよ。自分で言うのも何だけど、けっこう効くんだ」

「……あいにく、心《しん》の臓《ぞう》が止まりかけました」

臣下の身で王妃にこんなことをされては、国王に申し訳が立たない。確実に不敬罪だが、当の王妃はいっかな気にせずに笑い飛ばした。

「それなら今頃ドラ将軍の心臓も止まってなきゃあいけないな。同じことをしたからな」

颯爽《さっそう》と出て行った王妃の背中を見送って、アヌア侯爵は天を仰《あお》いだ。

一足先に逝《い》ってしまった朋友の名を思わず唱え、厳かに呻《うめ》く。

「……ヘンドリック伯。どうか恨《うら》まんでくだされよ」

自分だけ王妃の接吻《せっぷん》を受け取れなかったとなると、あの一刻者《いっこくもの》の伯爵がどれだけ悔《くや》しがることか……。

つい先日まではすぐにでも再会できるものと覚悟をしていたが、今ではその可能性は低くなっている。いつかあの世で会った時、盛大に文句を言われることになりそうだった。


本宮の執務室で、バルロは胸を張って、ふんぞり返って言ったものだ。

「これでいよいよフェルナンさまが次代の国王です。待遇もあらためなければなりません。まずは一家を立ててさしあげないといけませんな」

「……従弟《いとこ》どの。いささか気が早すぎるぞ」

ウォル・グリークは従弟の勢いに押され気味だったが、バルロの言うことにも一理ある。

どこの国でも国王の世継ぎは他の子らとは別格に扱われる。

生まれてすぐに両親の元を離れ、乳母と守り役が親代わりとなって、父国王とは違う建物で暮らすところもあるくらいだ。

デルフィニアの場合、それほど極端ではないが、ある程度成長したら、本宮の中に別の館を与えられ、両親とは離れて、召使いに囲まれて暮らすのが慣例になっている。

国王の長男フェルナンは十歳になる。一家を与えるには遅すぎるくらいだが、ウォルが今までそれをしなかったのは、自分はもちろん息子も庶子《しょし》だからだ。

それでは正当な王位継承者とは言えないのである。

この従弟の前では間違っても口には出せないが、型破りな国王は、自分の血筋の存続が王国の安寧《あんねい》に必須であるとは考えていない。

しかし、今のウォル・グリークがデルフィニアの国王として、市民と諸外国に認められているのも確かだ。

王国の危機を脱したら、今度は真剣に家のことを考えなくてはならなくなったのだ。

覚えず嘆息して、ウォルはぼやいた。

「考えれば考えるほど、頭が痛いわ。フェルナンを王妃の養子にするということで、一応、問題を収めはしたが……」

「従兄上《あにうえ》。そこは『妃殿下が収めてくださった』の間違いでしょう」

従弟の突っ込みにはあえて聞こえないふりを貫き、国王は再度、深く嘆息《たんそく》した。

「国王稼業というものは、従弟どののように高貴な生まれならばともかく、庶子にとっては苦労ばかり多い損な役割だからな。王冠《おうかん》を戴《いただ》くことが、果たして本当に息子のためになるかどうか……」

ティレドン騎士団長は楽しげに笑って、その実、眼には少し剣呑な光をたたえて、主君に訴えた。

「従兄上《あにうえ》。そのようなことは人前ではおっしゃらぬよう切《せつ》にお願い致します。ついでに申しあげるなら、王冠の価値ももう少し真摯《しんし》に認めていただきたいものですな。普通はどの国の王も真っ先に息子に与えようとするものなんです。普通は」

「そこまで念入りに普通を強調せんでもいいだろう。——そもそも、従弟どのの態度は到底、頼んでいるようには見えんぞ」

「これはしかり。俺にとっては死活問題なんですぞ。フェルナンさまが王位を継いでくれないと、うちの息子が王冠泥棒に仕立てあげられてしまうんです」

「泥棒ではないだろう。血筋で言えば、ユーリーのほうが遥かに由緒正しい生まれなのだ」

「お言葉ですが、先代国王の甥《おい》と、現国王の長男を秤にかけないでいただきたい。そもそも、従兄上《あにうえ》がそんなふうだから増長する者が現れるんです」

「庶子と世子《せいし》では普通は秤にもかからんだろう」

「何事にも特例は存在します。王子を生まない王妃が今や国民の誰もが認める王妃であるのと同じことです。今や従兄上《あにうえ》こそが我がデルフィニアの象徴なんですぞ。フェルナンさまはあなたの長男です。何の不足があると言うんです？」

「おおありだ。俺とポーラは正式な結婚はしていない」

「従兄上《あにうえ》。それ以上おっしゃると王妃の必殺技《わざ》が出ますぞ」

両者、大真面目に王冠を押しつけ合っている。

これも他国では決して見られない光景だった。

一方、王妃は大忙しだった。

かつての知人が続々と王宮に伺候《しこう》してきたからだ。

その中にはタウの人々もいた。

アデルフォのダリ、ヌイのフレッカなど懐かしい顔ぶれだった。

「妃殿下！　お久しぶりです！」

「驚きましたねえ、ちっともお変わりない！」

そう言う彼らも変わっていないように見えたが、十年の間に彼らの立場は大きく変化したらしい。最初に会った時イヴンに従っていた彼らは今ではそれぞれ頭目や組頭となり、村を束ねる立場となっている。

懐かしい人との再会は王妃にとっても嬉しいことだったが、王宮を訪れる人の列は絶えることなく、とうとうたまりかねて逃げ出すはめになった。

「続きはまた後で！　御飯食べてくる！」

太陽は既《すで》に中天近くまで昇っている。

朝から何も食べていない王妃は空腹を抱えて芙蓉宮を訪れ、台所にシェラとアランナしかいないのを見て、首を捻《ひね》った。

「ポーラは？」

「先程、本宮に行かれました。入れ違いになったんですね」

シェラが答え、アランナが付け足した。

「祝勝会のお料理のことで、料理長がポーラさまのご意見を聞きたいそうです。諸侯たちの好みはポーラさまが一番よくご存じなので。すぐに戻るとおっしゃっていましたわ」

「へえ。すごいな、ポーラは。ちゃんと働いてるんだ」

王妃は感心すると同時に、情けない悲鳴をあげた。

「とりあえず何か食べさせてよ。腹ぺこで死にそうだ」

働き者という点ではアランナもシェラもポーラに引けを取らない。

特に芙蓉宮は、アランナにとっては勝手知ったる他人の家だから、手早く先程のお手製のキッシュを切り分けて出した。

「ひとまずこれでしのいでください。お食事ももうすぐできるんですけど、ポーラさまがお昼は妃殿下と一緒に召しあがるって、楽しみにされているんです」

王妃の胃袋は底なしである。丸ごと一つ食べても満腹になったりしないが、仕方がない。

今は四分の一のキッシュで我慢である。

「美味《おい》しい！　うん。久しぶりのアランナの味だ。懐かしいな」

料理を褒められてアランナは嬉しそうだったが、ちょっぴり残念そうでもあった。

「妃殿下が召しあがってくれるなら毎日でも焼くんですけど。天界までお届けできたらいいのに……」

「気にしなくていいよ。今食べられたんだから充分だ」

台所仕事が一段落したので、シェラは自分たちの分のお茶を用意して、王妃と対面の位置の長椅子にアランナと並んで腰を下ろした。

他の国なら、王妃と中流貴族の妻、加えて召使いが一緒にお茶を楽しむなど言語道断だが、芙蓉宮にはそんな決まりはない。

アランナは天界での王妃の様子をしきりと知りたがったが、王妃はさりげなく話を逸《そ》らして問いかけた。

「それより手紙をくれた子のことを聞かせてよ。そんなに仲良しの友達だったのか？」

すると、アランナは何を思ったか、真顔になった。

茶器を置いて、姿勢を正した。

「妃殿下。わたし、昔からとても寝付きはいいほうなんです」

「そんな感じがするよ」

「一度眠ったら朝までぐっすりです。夜に眼を覚ますなんてほとんど覚えがないんですけど、あの夜だけは違いました。なぜあんな時間にぱっと眼が覚めたのか、どうして暗い階段を降りて台所を覗《のぞ》こうと思ったのか、自分でも不思議なくらいです。わたしは、あれは神さまの思《おぼ》し召《め》しだと思いました。あの子を助けるようにって、わたしを起こして台所へ向かわせてくれたんです」

「…………」

「神さまがあの子に生きるようにとおっしゃった。わたしはそう信じています。ですけど、その神託を受け取れるだけの……何と言いますか、気持ちの余裕が人にないのでは……」

「ないように見えたんだ？」

「はい。家を出ていった時も、十年前にこのお城で再会した時もです。見違えるほど立派な姿になっていましたけれど、なぜでしょうね。どこか脆《もろ》くて、何だかひどく……危ういような感じがして……まだ安心できなかったんです」

シェラはあらためてアランナを、侮《あなど》れない人だと思った。

危険で当然なのだ。

あの頃のヴァンツァーは現役の刺客《しかく》として、人の命を奪うことを生業《なりわい》としていたのだから。

あの男のことだから完璧《かんぺき》に装っていたはずなのに、アランナは異常を感じたと言う。

この人は至って普通の主婦なのに――だからこそかもしれないが、尋常《じんじょう》ではない存在に敏感に気がつくのかもしれなかった。

それにしては、シェラのことは娘と信じて疑っていないのが不思議だが、アランナは急に硬い表情を消して、本当に嬉しそうに破顔一笑した。

「ですけど、昨日の手紙を読んで思いました。あの子はもう大丈夫だって、しっかり自分の人生を生きているんだって」

この世界の人たちは手紙に綴《つづ》られた文字からその相手の人格や、現在の境遇、籠《こ》められた感情までを見て取ることができる。

アランナは手紙を読んで、以前のヴァンツァーとは違うと感じ取ったのだろう。

王妃も笑顔で頷いた。

「そうか。よかったな」

「はい！」

元気よくアランナが返事をした時、扉が開いて、侍女《じじょ》を連れたポーラが慌ただしく入って来た。

「――王妃さま。お待たせして申し訳ありません」

すかさずシェラが立ち上がり、明るい声で言う。

「お帰りなさいませ。ポーラさま。ちょうど煮込みができたところです」

アランナも立ち上がった。

「妃殿下、ポーラさま。それでは、わたしはこれで失礼させていただきます」

王妃は拍子抜けしたような顔になった。

「何で？　一緒に食べればいいのに」

「もうじき夫が戻ってくるんです。わたしがいないと、うちの人ががっかりしますから」

アランナは笑って言い、ちょっと胸を張った。

「何より、妃殿下やシェラさまのご様子をうちの人に話してやらないと。きっと羨ましがりますわ」

ポーラが思わず笑みをこぼした。

「まあ……」

シェラは相変わらず困っている。

「わたしのことはお話しにならなくて結構ですよ」

「そうは参りません。天界へ行くと、普通の人でも歳を取らなくなるんだって話さないと。

――それでは、失礼致します」

アランナは王妃たちに挨拶して芙蓉宮を出たが、すぐに意外な人に呼び止められた。

エルウィンとジェラルディンの兄妹である。

茂みの陰に隠れながら、そっと声をかけてきた。

「……叔母《おば》さま、こっち」

子どもたちはなぜか周囲をしきりと気にしながら、忙《せわ》しく手招きしてくる。

その様子が何だかおかしく、同時に微笑ましくて、アランナは笑顔で近づいた。

「なあに、あなたたち？　内緒のお話？」

しかし、二人には笑う余裕もないらしい。

ジェラルディンが、とっても重要な秘密について尋ねるように、声を低めて訊いてきた。

「……叔母さま。妃殿下にお会いしていたの？」

「ええ、そうよ。芙蓉宮にいらっしゃるわ。あなたたちもお会いしてきたら？」

何気なく言ったのに、二人とも飛び上がった。

妹は青くなってうつむいてしまうし、兄はひどく狼狽《ろうばい》している。

しかも、揃って尻込みしているので、アランナは驚いた。

「どうかしたの？」

二人とも答えない。答えられないのだ。

幼いなりに賢《かしこ》い子たちなのに、言いたいことが言葉にならないくらい緊張している。

おまけに、数が増えた。

他の茂みの陰から、独立騎兵隊長の子どもたちに公爵家の双子に、国王の子どもたちまで現れたので、アランナは眼を丸くすることしきりだった。

「あらあら、まあ、皆さんでかくれんぼですか？」

兄の子たちに話しかけるのと、公爵や国王の子に対して口調が変わるのは当然だ。

国王の長男のフェルナンは尊敬と憧憬《しょうけい》の眼差しでアランナを見つめている。

思い切ったように尋ねてきた。

「……アランナさまは、妃殿下のご寵愛《ちょうあい》を受けていらっしゃるのですか？」

特別に可愛がられているのかという意味である。

アランナはきょとんとなった。

わざわざ肯定する必要もない質問だったからだが、フェルナンの弟妹たちも、公爵家の双子も、ドラ伯爵家の三人も真剣そのものの顔でアランナを見つめ、息を呑んで彼女の言葉を待っている。

アランナはますます眼を丸くして、甥に質問した。

「もしかして……あなたたち、妃殿下が恐いの？」

子どもたちはいっせいにうなだれてしまった。

姪《めい》のジェラルディンが恐る恐る尋ねてくる。

「叔母さまは……恐くないの？」

「妃殿下を？　どうして？」

無邪気《むじゃき》な笑顔で問い返されて、子どもたちはますます縮《ちぢ》こまってしまった。

「だって……」

「昨日は、とっても……」

「本当に……ほんっとうに恐かったんです」

国王さえ圧倒するほど凄まじい王妃の怒気に、子どもたちは文字通り震えあがったのだ。

それなのにアランナは大勢の家臣たちの眼の前で、大胆に王妃に抱きついてみせたのだ。

あの『勇姿』に、子どもたちがどれほど衝撃《しょうげき》を受けたことか。

自分たちばかりではない。むしろ、両親以外のほとんどの大人たちが度肝を抜かれていたのを、子どもたちは鋭く察していた。

「すごいよね……」

「妃殿下を恐れないなんて……」

「あの人こそ本当の勇者だ」

感心しきりの子どもたちはみんなで相談した結果、アランナに『妃殿下との失礼にならない接し方』を教えてもらおうと思ったのだ。

ところが、この時だ。芙蓉宮から王妃が出てきた。

「アランナ。忘れ物」

手に持っているのはアランナの籠である。

こんな役目は普通は侍女がするものだが、身軽な王妃のことだ。

自分のほうが足が早いのだからと、さっさと出てきたのだろう。

アランナも気にせず、礼を言って籠を受け取った。

「ありがとうございます。——妃殿下、今……」

振り返った時には子どもたちは姿を隠している。

見事なものだ。たとえるなら、天敵の山猫の姿を見かけた瞬間、いっせいに巣穴に飛び込む小ねずみの群れのようだった。

だが、こんな動きに王妃が気づかないわけがない。

(あの子たちは何をしているのかな?)と、困ったように眼で尋ねたが、アランナは答えず、胸を張って、大きく両腕を広げてみせた。

王妃は不思議そうな顔をしながらも、アランナにつられる形で両腕を広げた。

アランナはその王妃を思いきり抱きしめたのである。

茂みの陰では小ねずみ集団がまたしても絶句・硬直・顔面蒼白《がんめんそうはく》と大忙しだったが、王妃は笑って、アランナの背中を抱き返してやった。

「なに？　どうした」

「妃殿下を堪能《たんのう》しているんです」

あながち冗談でもなかった。アランナは無意識に、王妃がまた天界へ帰ってしまうことを悟っている。

でも、今はまだ自分の腕の中に確かな感触がある。

そのことに安心し、満足して、アランナはそっと身体を離して、王妃に笑いかけた。

「——もう行きませんと。妃殿下、また明日」

「ああ、また明日な」

その言葉に嬉しくなった。

少なくともまだ明日があるのだ。

王妃が芙蓉宮に戻って行った後、小ねずみ集団は恐る恐る茂みの中から現れ、アランナは姪を呼んだ。

「ジェラルディン。いらっしゃい」

先と同じように大きく手を広げると、少女は一瞬、意味がわからなかったらしい。

きょとんとなったが、叔母の意図を呑み込むと、はじけるような笑顔で走ってきてアランナに抱きついた。

「——ほらね？　妃殿下は恐い方ではないでしょう」

優しく抱きしめる叔母の腕のぬくもりに王妃の名残を感じてジェラルディンは頷き、兄のエルウィンも進み出た。

九歳の男の子が抱擁《ほうよう》を求めたりするのは恥ずかしいことだが、今は状況が違う。

真顔で訴えた。

「叔母さま。ぼくもお願いします」

「ええ、いいですとも」

甥にも王妃の『おすそわけ』をしてやる。

すると、他の子たちが我も我もとこれに倣《なら》った。

イヴンの子どもたちはいい。

国王の子どもたちもだ。

みんな赤ん坊の頃から知っている子たちだから、苦笑とともに抱きしめたが、公爵家の双子までこの流れに加わった。

「アランナさま。わたしも……」

「ぼくも、お願いしてもいいでしょうか」

「あらまあ、セーラさま、ユーリーさままで？」

アランナは困惑した。この双子の父親も母親も、王国屈指の大公爵である。

普通ならアランナのような中流貴族の女は、まともに口をきけるものではないのだ。

とはいえ、その誇り高い少女に捨てられかけた子犬のような眼ですがられ、次期サヴォア公爵であるグラスメア卿に必死の眼で嘆願されてしまっては致し方ない。

アランナは潔《いさぎよ》く胸を張ると、足を踏ん張って、手を広げた。

「わかりました。――どうぞ」

「ありがとうございます！」

双子は声を揃え、勇者に最敬礼すると、代わる代わる慎重《しんちょう》に抱きついた。


自宅に戻ったアランナは家事を済ませた後、夫を待つ間に、またあの手紙を開いてみた。

昨日から幾度となく読み返しても飽きない。

知りあった頃は明るくて元気で、可愛い子だった。

しかし、勤め先と故郷で立て続けに起きた不幸のせいで、一時は生きながら死んだようになっていた。

あの夜、無我夢中で包丁《ほうちょう》を取り上げた時、少年が浮かべた、ぞくっとするほど美しい笑顔が不吉で、どうしようもなく胸が騒いで、あの子はいったいどうなってしまうのだろうと心配したが、手紙を読めば成長した少年の様子がまざまざと見て取れる。

落ち着いた文章だった。

達者な文字だ。のびのびと流麗な文体だ。

彼はしっかり自分の人生を生きているのだろう。

今の暮らしに満足して、生き甲斐《いがい》を感じているのだろう。

昔の明るい笑顔が見えるようで、手紙を胸に抱き、アランナは深い感謝の言葉を述べた。

「――神さま。ありがとうございます」

あの子を生かしてくださって。

その少年を生かした『神』が今まさにこの王宮にいるとはアランナの夢にも思い及ばないことだった。

第三話　リュミエント卿の葛藤《かっとう》

――二日目午後

ステファン・ベルミンスターは木刀を二本持って、伯母《おば》を訪ねようとしていた。

苦しい戦《いくさ》も終わり、ようやく王宮に平和が戻ってきたのである。

久しぶりに剣の稽古《けいこ》をつけてもらおうと思い立ち、昨日のうちに約束を取り付けたのだ。

十六歳のステファンはいかにも育ちの良さそうな色白の品のある顔立ちで、王宮を歩けば若い侍女や貴婦人たちが眼を輝かせている。

今はまだ頰の辺りがやわらかく、少年らしさを残しているが、数年も経てば白皙《はくせき》の貴公子という表現が似つかわしくなるだろう。

本宮にいる時のステファンは、一《いち》の郭《かく》のベルミンスター館で寝起きしている。

本来なら当主の伯母の館だが、昨年、ステファンが十五歳になった時から、伯母は王宮を訪れた際には、夫であるサヴォア公爵の館に寝泊まりするようになり、ベルミンスター館の管理はステファンに任せてくれている。

「卿ももう十五歳だ。次期当主たる者、まずは家の中をきちんと監督できるようにならなくてはな」

伯母は常々、自分はあくまで暫定的な当主であり、甥が一人前になったら、ただちに甥に爵位を譲ると、家の中に対しても外に対しても宣言している。

だから、一の郭のベルミンスター館の家来たちに、今後、自分の留守中は、ステファンに従うようにと言い含めてくれたのだ。

彼らは伯母に対しては極めて忠実で従順である。

「お方さまのご意向ならば……」

と恭《うやうや》しく尽《つ》くしてくれるが、長年ベルミンスターの当主として領地を守ってきた伯母と自分とでは、やはり家来たちの態度も微妙に違う気がする。

子ども扱いされているようで面白くなかったので、ステファンは義理の伯父《おじ》のバルロに助言を求めた。

「家の者たちが心から恭順するようにしたいのです。どのように振る舞えばよいでしょうか」

いかにも十五歳の少年らしい言葉に、バルロは笑って言った。

「それは一朝一夕には難しい問題だぞ。卿の父君もずいぶんと心を砕《くだ》いていたはずだ」

「そうなのですか？」

「ああ。卿もご存じだろうが、卿の祖母は、あまり身分の高くない家の出身だったからな。公爵家の召使いとなると気位《きぐらい》も相当に高い。元は手かけの、小身貴族の娘ごときが産んだ坊《ぼっ》ちゃまに仕えるのはいやだと、反発しても不思議はあるまい」

この答えに、ステファンはびっくりした。

祖母が後妻だったことはステファンも知っている。

後妻に迎えられる前の祖母が祖父の『囲いもの』であったことも、父が誕生して、かなり成長した後で、祖母は祖父と結婚し、父は正式なベルミンスターの跡取りとなったことも、親戚たちの言葉の端々から耳にしている。

ステファン自身は、幼い頃からベルミンスターを継いで当然の者として扱われている。

祖父と祖母が正式に結婚した時点で、父も同じ待遇を得たはずと思っていたが、バルロの話では違うらしい。

眼を見張ったステファンは、喘ぐように言った。

「家の者たちは、わたしの父や祖母に……意地悪をしたのですか？」

「いいや。それはない。そんな真似を卿の伯母御《おばご》が許すはずがない」

バルロは若くして亡くなったステファンの父親をよく知っている。

二人は同い年だったそうで、仲のいい遊び友達だったらしい。

この義理の伯父の口から亡き父の様子を聞くのはステファンにとっても楽しいことだった。

伯父の語り口は軽妙で、まるで生きているように話してくれるので、一度も会ったことのない父親に親しみを感じることができる。

この時もそうだった。義理の伯父は笑って言った。

「何より、卿の父上が己《おのれ》を侮《あなど》らせたままでいるはずがない。お父上は立派だった。俺の眼から見ても、ベルミンスターの跡を継ぐにふさわしい若者だった。――卿もそうならねばな」

そうありたいとステファンは心から思っていたが、先日の戦では悔《くや》しい思いをした。

伯母に出陣を止められたのだ。

まだ早すぎると言われたが、自分はもう十六歳。

戦乱の世なら、初陣を迎えて当然の歳である。

剣も馬も弓矢も小さい頃から学んで、自信がある。

ベルミンスター公爵の後継者の証《あかし》であるリュミエント卿を名乗ってもいる。

当然、出陣して然《しか》るべきなのに、何度懇願《こんがん》しても伯母に退《しりぞ》けられたのだ。

「伯母上。子ども扱いはやめてください」

「もちろん、卿が叙任《じょにん》されて騎士となり、セーラと結婚した暁《あかつき》には、卿を一人前と認めて爵位をお返ししよう。それまではわたしがベルミンスター公爵だ」

現当主である伯母にここまで言われてしまっては抵抗もむなしく、ステファンは渋々引き下がったのだ。

従妹《いとこ》との結婚には特に不服はない。何年も前から決まっていたことだし、自分の立場では結婚相手を自由に決めることはできない。

ただ、ステファンには未《いま》だに、思い出すと赤面する痛恨の大失敗がある。

やはり昨年のことだ。

十五歳の誕生日を祝うために、バルロがステファンをサヴォア館に招待してくれて、ステファンは伯母と一緒に一の郭のサヴォア館にしばらく滞在した。

その義理の伯父がステファンと二人きりになった時だ。

妙に悪戯《いたずら》っぽく笑いながら、真面目な口調で言ってきた。

「リュミエント卿ももう十五歳。そろそろ子ども扱いはいかんな。今夜よいところに連れて行ってやろう」

嬉しくなって、よいところとはどこでしょうかと尋ねたが、バルロは内緒だと笑って、詳しく話してくれなかった。さらに、義理の伯父は、妙な念を押してきた。

「ベルミンスター公には内緒だぞ」

ステファンは理由がわからないながらも、伯母には言わないと約束したのである。

その夜、家人が寝静まるのを見計らって、バルロはそっとステファンの部屋に現れた。

「これに着替えろ。卿の外出着は目立つからな」

公爵自ら着替えを手渡してくる。そのことにまず驚いた。

こんなことは普通は召使いに任せるものだ。

さらに、その衣服はほとんど飾りのない、地方貴族のような服と靴《くつ》だったので、不思議に思った。

「伯父上。この衣服はどうされたのですか？」

「なあに、昔の記念品だ。館を出るまで静かにしろ。家の者に気づかれたら厄介《やっかい》だからな」

笑っているバルロも、ずいぶん砕けた服装である。

こんな時間に、皆に内緒で城の外へ出ようという。

ステファンは驚き、戸惑《とまど》いながらもわくわくして義理の伯父に続いたが、外出はかなわなかった。

足音を忍ばせて、こっそり廊下を進む二人の前に、ロザモンドが立ちはだかったからだ。

ここは一の郭のサヴォア館だ。いざという時のために、深夜でも最低限の灯りは絶やさず、広い廊下を照らしている。

その灯りに照らされる伯母は完全武装していた。

ベルミンスター公爵家の紋章は獅子だが、ロザモンドは個人の紋章として好んで一角獣を使っている。その紋章も鮮やかな白銀の鎧《よろい》を身につけ、草摺《くさずり》、臑当《すねあ》て、腰には優美な細身の長剣を吊《つる》している。

凜々《りり》しくも美しい女公爵は、早くも剣の柄《つか》に手をかけながら、冷ややかに言ったのだ。

「サヴォア公爵ノラ・バルロ。今すぐ甥《おい》から離れてもらおう。さもなくば決闘を申し込む」

ステファンは絶句して立ち尽くした。

わけがわからなかった。

妻に決闘を申し込まれる夫など、あっていいものではない。

しかも、ただの夫でもなければ妻でもない。

王国の西と東を代表する大公爵同士の夫婦である。

だが、ロザモンドは本気だった。

返答如何《いかん》によっては本当に剣を抜き、夫に斬りかかろうとする気魄《きはく》が、ステファンにすらひしひしと感じ取れるのだ。

ステファンは激しく混乱していた。

声も出せなかったが、バルロは潔《いさぎよ》く両手をあげ、降参の意を示したのである。

「――わかった。ここは引こう」

義理の伯父は自分の居室へ歩き去り、暗い廊下にステファンとロザモンドが残された。

「伯母上……」

立ち尽くすステファンの口から、苦しげな非難の声が漏れたのは言うまでもない。

剣の柄から手を離したロザモンドは一つ息《つ》を吐き、庶民《しょみん》の格好をしたステファンに、事務的に言った。

「話は明日だ。リュミエント卿。――今夜は離れで休むように」

その言葉を受けて、廊下の陰から、伯母に忠実な古参の召使いたちが現れ、ステファンを促《うなが》した。

案内された離れというのは、遠方から来た使者を泊める場所で、建物の中に召使いが待機する部屋があり、すぐ外にも門番を兼ねた召使いの小屋がある。

彼らの眼を盗んで抜け出すのは不可能な場所だ。

この扱いにステファンはさらに驚き、今になって静かに怒りが湧いてきた。

伯母が自分に見張りをつけたと彼は感じたし、事実その通りでもあったのである。

翌日の朝――。

ステファンは朝食もそこそこに、伯母の執務室に憤然《ふんぜん》と乗り込んだ。

この時間、伯母が仕事中なのはわかっていたが、とても待てなかったのだ。

王宮に滞在している時でも、ロザモンドは忙しい。

広大な領地をいくつも持つ大領主だから当然だ。領民たちの相談事や揉《も》め事《ごと》の子細、祝い事、責任者の代替わりの知らせや訃報などが次々に伯母の元に届く。

この状況は義理の伯父も同じはずだが、バルロは騎士団の活動のほうに力を入れていて、領地の管理はほとんど人に任せているらしい。

伯母は手紙に眼を通しながら側に控《ひか》えた召使いと何やら話していたが、ステファンの顔を見て、話を止めた。

「お話があります、伯母上」

緊張に身構えながらも、尖《とが》った声になった。

どんな理由があるにせよ、昨夜の仕打ちはあまりにひどいとステファンは憤慨《ふんがい》していた。

ロザモンドは困ったように甥を見つめたが、その表情には苦笑めいたものが漂っている。

小さな子どもの駄々をたしなめる大人のような顔だった。

それがまたステファンの神経を逆なでする。

ロザモンドはひとまず召使いたちを下がらせて、室内にステファンと二人きりになると、おもむろに切り出した。

「リュミエント卿。わたしはセーラの母親だ」

言われるまでもない。

「そして、卿は娘の夫となる人だ」

それもわかっている。

正直、従妹との結婚はまだ実感できないが、次期公爵の義務としてわきまえているつもりだった。

それがどうしたのかと小さな苛立《いらだ》ちを覚えているステファンに、伯母は真顔で言った。

「結婚する前から、卿に他の誰かの気配があるのは好ましくない。誤解しないでほしいが、それを咎《とが》め立《だ》てるつもりはないのだ。卿がいずれ爵位を継いで、名実ともにベルミンスター公爵となれば、多少のたしなみも必要になるだろうからな。その折こそサヴォア公に大いに手引きをしていただくとよいと思う。公は女性に関しては百戦錬磨《れんま》の達人だ」

ステファンは絶句した。昨夜と同様、愕然《がくぜん》と立ち尽くした全身にみるみる血が上った。

顔から火を噴きそうだった。

バルロの言った『よいところ』の意味が、この時ようやくわかったのだ。

十五歳という年齢では無理もないことではあるが、我ながら何たる迂闊《うかつ》と歯がみする思いだった。

伯母はステファンの心境には気づかない。あくまで真面目に諄々《じゅんじゅん》と、道理を説くように話している。

「サヴォア公なら卿にふさわしい相手を見繕《みつくろ》ってくれるはずだ。卿にとってもよい勉強となるだろう。それは心配していないし、止めるつもりもない。——しかし、重ねて言うが、娘の母親としては、少なくとも今はまだ容認しかねるのだ。ご理解してもらえないか?」

あまりの羞恥《しゅうち》にステファンは破裂して死にそうだった。

床に頭がつきそうなほど深々と一礼して、這々《ほうほう》の体《てい》で伯母の執務室から逃げ出した。

己の童貞が原因で伯母夫婦が危うく決闘寸前まで行ったなどと、しかもそれに気づかずに伯母に説明を求めに行くなど、大恥と言うにもあまりある。

身の置き場がないとはまさにこのことだ。

同時に、従弟《いとこ》のことが気になった。

ユーリーはバルロの総領息子である。まだ十歳の彼も、いずれ父親に手引きしてもらうのだろうか。

さらにユーリーの異母兄であるブライスのことも考えた。

ブライスは伯母が産んだ息子ではない。

ステファンと血のつながりはないのだが、ユーリーもセーラもブライスを兄と慕《した》っている。

伯母も夫の最初の子であるブライスを尊重している。

ステファン自身、子どもの頃からブライスを「従兄《あに》さま」と呼んで大きくなったのだ。

伯母には口が裂けても言えないが、バルロの言う『よいところ』に興味がないと言ったら嘘《うそ》になる。

ブライスは二十二歳になる。きっと父親の薫陶《くんとう》を受けたに違いないと思ったステファンはブライスと二人きりになるのを待ち、『よいところ』について、おずおずと尋ねてみた。

ところが、ブライスはきょとんとなった。

この義理の従兄《いとこ》は眼も髪も黒く、顔立ちも背格好も父親のバルロによく似ているのだが、性格は大違いだ。素直で優しく、慎重《しんちょう》で、忍耐強い。

ステファンの言葉を理解するにつれて、バルロにそっくりのその顔がみるみる赤くなり、寂《さび》しそうな微笑に変わった。

「……父上は、ぼくにはそれはなさらなかったな」

「えっ?」

「ひとかどの騎士になろうと思うなら、若いうちは、その、女性に気を散らすようなことはならんとおっしゃった。だから……ステファンの言うような場所は知らない。ごめんね」

質問に答えられなくて——と義理の従兄は律儀《りちぎ》に詫《わ》びたが、ステファンは今度こそ、居ても立ってもいられなくなった。憤《いきどお》りさえ感じた。

庶子《しょし》だという理由で、伯母がブライスを差別したことはステファンの知る限り一度もない。それなのに、バルロが庶子の長男と総領の次男を差別している。

こんな不公平は見逃せない。

おとなしいようでも、伯母に似て一本気な気質のステファンは、その足でバルロを訪問し、さすがに人払いを頼んで詰問した。

「伯父上。昨夜わたしに与えてくれようとなさったご教授《きょうじゅ》は先に従兄さまにこそお授けになるべきです」

バルロは眼を丸くした。ついで盛大に吹き出した。

ステファンは動じず、笑い転げるバルロを非難の眼差《まなざ》しで見つめていた。

その視線に気づいたバルロは何とか笑いを収め、真面目な顔をつくったものの、口元にはまだ微笑が残っている。

一つ咳払いして、言い出した。

「――それに関しては、いろいろと事情があるのだ、リュミエント卿。ブライスは確かに俺の長男だが、ハイデカー夫人の息子でもある」

ステファンは驚いた。

サヴォア公爵に異を唱える女性など（伯母は例外中の例外である）ステファンの感覚ではあり得ない。

「ハイデカー夫人が……伯父上のなさることに難色を示すのですか？」

「いいや」

バルロは真顔で否定した。

「あの人こそは賢夫人と呼ぶにふさわしい女性だ。――ジャンペール夫人と同じくらいにな。ブライスを俺に預けた以上、俺のすることにいちいち口を挟んだりはしないはずだ」

ではなぜ？　と、ステファンは疑問に思った。

「俺は基本的に団員たちに同じ指導をしている。未熟な若者があまり早く性に耽溺《たんでき》するのは、百害あって一利なしだ。日々の修行に身が入らなくなるのはもちろん、堕落《だらく》の道まっしぐらだからな。俺の息子にそんな憂《う》き目《め》は見させられん」

ならば、なぜ自分には――？　という甥の追加の問いに、義理の伯父はちょっと笑った。

「卿はブライスとは立場が違う」

ステファンは何とも言えない気持ちになった。

それは結局、差別ではないかと思ったが、不満と失望をあらわにするステファンを制して、バルロは伯母と同じように諄々と諭《さと》してきた。

「――リュミエント卿。いい機会だから言っておく。卿はいずれベルミンスター公爵となる身だ。しかし、そうなれば誘惑も非常に多くなるだろう。今はまだ卿の伯母御が眼を光らせているからな、伯母御の不興を買ってまで卿をたぶらかそうと企《たくら》む命知らずの女は一人もいないが、卿が爵位を継いだらその途端、ベルミンスター公爵の血筋を欲する女たちが手段を選ばず、蜜《みつ》にたかる蟻《あり》のようにいっせいに群がってくるぞ。そうした女たちは男を虜にする方法を熟知している。獰猛な捕食者の顔を清楚で可憐な乙女の仮面の陰に隠して、卿の気を引こうとするだろう。卿はその対処法を学ばねばならん。恥を知らない猛獣どもと本物の淑女を冷静に見極める眼力を養わねばならんのだ。ベルミンスター公爵家を守るためにも、卿自身を守るためにも、セーラのためにもだ」

ステファンは緊張の面持ちで耳を傾けていた。

ベルミンスター公爵家とはそれほどの大家《たいけ》なのだ。

「俺自身、かつて卿と同じ立場に置かれていたが、俺には最高の教師がついていてくれた。その教授のおかげで自分の身を賢く守り、サヴォア公爵家の名誉も汚さずに済んだと、今もありがたく思っている。卿の伯母御は立派な方だが、何分こうしたことには不慣れな女性だ。ならば僭越《せんえつ》ながら、義理の伯父の俺が一肌脱ごうと思ったのだが……」

この時、ロザモンドが部屋に入ってきた。

バルロは横目で妻を見やり、苦笑を浮かべながら言ったのである。

「いかに俺が厚顔でも、さすがに公爵夫人に決闘を申し込まれるのは遠慮したい」

伯母はステファンとバルロが何の話をしていたか、すぐに察したらしい。

困ったような顔で言ったものだ。

「サヴォア公。わたしは何も反対しているわけではない。公のなさることに間違いはないと信じているが……」

男装の麗人であるロザモンドは夫に対しても、男のような言葉遣《ことばづか》いで話しかけている。

「今はまだ時期尚早だと思うのだ。公のご指導は、リュミエント卿がセーラと結婚した後にお願いしたい」

意外にもバルロが顔色を変えた。

「その発言は聞き捨てならんな。ベルミンスター公。娘婿《むすめむこ》となった甥御に女性を世話しろと言うのか?」

「いかにも。何事にも順序というものがある」

「順序の前に秩序と常識があるだろう!　貴公はセーラの夫に浮気を奨励《しょうれい》する気か!」

ロザモンドは眼を見張り、怒れる夫をまじまじと見つめて、心配そうに問いかけた。

「……サヴォア公。何か悪いものでも召しあがったのか？　両手に余る美女たちと浮き名を流した方のお言葉とは到底思えないのだが……」

「真面目な話だ。娘の夫に妾《めかけ》など持たせられるか！」

結婚前なら問題はないとするバルロと、結婚後なら容認するというロザモンドで意見の相違があるわけだが、ロザモンドは苦笑した。

「それも極端な話だな。何も側女を置くとは言っていない。わたしもそこまで寛大《かんだい》にはなれないからな。卿の社会勉強はあくまで外でお願いしようと思う。その時は公ご推薦《すいせん》の女性を紹介してくれ」

これをまったく他意なく言っているところが怖い。

バルロは天を仰《あお》ぎ、険《けわ》しい顔で妻に向き合った。

「いやしくもサヴォア公爵たる俺が、娘婿を手引きして、遊郭に連れて行けると思うのか？　それが仮にも実の母親の言葉か？　セーラがどれほど傷つき、悲しむと思っている」

娘を案じる父親として当然だが、ロザモンドには理解できないようで、不思議そうな顔になった。

「わたしは公の女性関係で傷ついたり悲しんだりした覚えは、一度もないぞ」

「それはな、自分で言うのも何だが、この俺が滅多にない度量を持った夫だからだ」

天敵のイヴンが聞いたら吹き出すような台詞を、堂々と胸を張って宣言したバルロだが、本音《ほんね》は少し違う。

自分が特に優れた夫なのではない。

自分の妻こそが、実に得がたい奇特な妻だと、まさに千人に一人の女性だと思っている。

その妻は先程の夫の発言に、不思議そうに首を傾げて、問い返した。

「手引きはできないと言うが、つい先日、やろうとしたはずでは？」

「今だからいいのだ。爵位を継ぐ前なら若気の至りですむ」

「これはまた異なことを」

ますますロザモンドの眼が丸くなる。

「サヴォア公。少しはご自分の行動を顧みられたほうがよい。グラスメア卿時代の貴公と、爵位を継いだ後の貴公とを比べてどちらのほうが女性関係が華々しかったか、貴公は忘れてしまったかもしれないが、わたしは覚えているからな」

だから、女遊びをするなら結婚後だ――と主張する妻にバルロは唸《うな》った。

実際、この公爵夫人は間違っても普通の人妻ではなかった。

真正面から夫を見つめて、笑顔で頷《うなず》いた。

「――そう。確かに公はその点、達人でいらっしゃる」

二人のやりとりの間、ステファンは引きつった表情で控えていた。

従妹と結婚したら、この二人が義理のとは言え、自分の父と母になるのだ。

その時のことを考えると身が竦《すく》む。

この人たちに挟まれて、自分は果たして婿としてやっていけるのだろうかと何とも複雑な気分だった。心配でもあった。

そんな苦すぎる去年の思い出を振り払い、十六歳になったステファンは歩みを進めながら、二本の木刀を握る手に力を込めた。

伯母は女性ながら剣の名手でもある。ステファンは一度も勝てたことがない。

次期公爵として、せめて伯母と互角に打ち合えるようになりたい。

そんなことを思いながらサヴォア館の召使いに来訪を告げて館内を通り、中庭も奥の庭も通り過ぎ、伯母と約束した裏庭を目指した。

すると、そこには伯母以外の先客がいた。

ベノアのジルは妻を伴って王宮に伺候《しこう》してきた。

ジルは既《すで》に六十歳に近いはずだが、髪も髭《ひげ》も黒々として、頬《ほお》の色つやもよく、相変わらず若々しい。

反対に、妻のアビーは驚くほど様変わりしていた。

アビーはロムの女頭目ベネッサの一人娘で、生粋《きっすい》のタウの女だ。

十年前は荒くれ男たちに交ざって馬を駆り、弓を使い、もちろん剣も得意だった。

ジルと結婚して人妻となった後も男の服を好んで身につけ、髪も顔もほったらかしだった。

それが今では茶色の髪をきれいに結い上げ、薄く化粧も施して、艶《あで》やかな赤い衣裳《いしょう》の襟《えり》や胸には雪のようなレースがあしらわれている。

眼を丸くしている王妃に向かって、そのドレスの裾《すそ》をつまんで、アビーは優雅に一礼した。

「お久しゅうございます、妃殿下。再びお目にかかれまして、恐悦至極《しごく》に存じます」

呆気《あっけ》にとられた王妃は無言で隣に座る国王を見た。

いつからこんなふうなんだ？　と眼で問いかける王妃に、国王は苦笑して言った。

「ジルどのは今は押しも押されもせぬタウの領主だ。アビーどのはその奥方だからな。俺はアビーどのの努力を高く評価しているぞ」

「過分なお言葉、恐れ入ります、陛下」

上品な笑顔で恭しく頭を下げるアビーに、王妃は啞然《あぜん》とした。

「……すごいな。見た目も話し言葉もぜんぜん違う人みたいだ」

「とんでもないことでございます。十年ぶりに妃殿下にお目にかかるのでございますから、臣下として礼を尽くすのは当然でございましょう」

王妃はますます呆気にとられた。

かしこまる妻の横でジルが困ったような笑いを嚙《か》み殺している。

「驚かせてしまったようで、すみません。俺は昔のままの装束でいいだろうと言ったんですが……」

「いいえ、あなた。そんなわけには参りません」

あくまでしとやかな口調で夫をたしなめながらも、アビーは丁重に辞去の言葉を述べた。

「それでは、妃殿下。積もる話もおありでしょう。わたくしはこれで失礼致します」

これには多少の方便が入っている。

終戦後の今、夫と国王と王妃が顔を合わせれば、当然、政治の話になる。

自分が口を出してもよい場面ではないと判断して、アビーは自ら下がったのだ。

本宮には国王が人と会うための部屋は複数ある。彼らがいたのはさほど広くはない略式の謁見《えっけん》の間《ま》で、本宮の入り口にも近いので、人通りも多い。

部屋を辞して、廊下の角を一つ曲がっただけで、色とりどりの女性たちが近づいてきた。

以前から比較的アビーに好意的な若い貴婦人たちだ。

アビーの顔を見て嬉しそうな笑みを浮かべ、興味津々《しんしん》の様子で口々に話しかけてきた。

「タウの奥さま。お久しぶりでございます」

「奥さまがいらっしゃらなくて、皆、寂しい思いをしていたんですのよ」

ジルは貴族ではない。家を示す名も持っていない。

王宮では彼は『タウのご領主』と呼ばれ、アビーも『タウの奥さま』と呼ばれている。

女性たちの一人が遠慮がちに尋ねた。

「奥さま、妃殿下にお目にかかりました？」

「はい。ご挨拶させていただきました」

女性たちは憧《あこが》れと興奮《こうふん》に眼を輝かせた。

「奥さまにお声をかけてくださいました？」

「どんなお話をなさったのですか？」

皆わくわくした様子だったが、そこに新たな声が割り込んだ。

「ごきげんよう、タウの奥さま。まあ、ずいぶんとご無沙汰《ぶさた》ですこと」

「またお目にかかれて嬉《うれ》しいですわ」

現れたのは五十年配の婦人たちだ。グローブナー公爵夫人、ハミルトン公爵夫人、さらにその取り巻きたちで、最初にアビーに話しかけた女性たちが口をつぐんでその場に控えた。

サヴォア、ベルミンスターには遠く及ばなくても、公爵は貴族の最高位だ。気位も高い。

グローブナー夫人らは普段はアビーを『山賊の女房』程度に見下しているが、あの王妃と親しいらしいという事実は公爵夫人たちにとっても無視できない要素なのだ。

「ちょうどいいこと。今からお茶会なんですのよ」

「ペンタスから特別に、滅多に手に入らない珍しいお茶菓子を取り寄せましたの」

「ぜひ召しあがっていただきたいわ。わたしどもも久しぶりにいただくんですのよ」

言葉は好意的でも、声の響きは隠しようもない。

タウのような田舎《いなか》では見たこともない高級菓子を特別に分けてやるから感謝して味わえ
――と如実《にょじつ》に言っている。

しかも、目的はアビーから王妃の話を聞き出すことなのは歴然としている。

グローブナー夫人が化粧の濃い顔に、ねっとりした笑みを浮かべて問いかけた。

「何でも、聞いた話ですと、奥さまは妃殿下と戦に行かれたこともおありとか？」

アビーは神妙に答えた。

「はい。ケイファード攻略の際に……」

「まあ、それはぜひ聞かせていただかなくては」

「そうですとも。さあ、こちらへ。紫檀《したん》のお部屋で開くんですよ。光栄なことでしょう？」

本宮の一室を私用に使えるのは大貴族の階級《ステイタス》を如実に示すものだ。

特別に仲間に入れてやるから、ありがたく思えというのだろう。

十年前のアビーだったら、むっとして無言で立ち去ったに違いない。しかし、今の彼女は丁重に頭を下げて、この誘いを辞退した。

「申し訳ありません。グローブナー夫人。妃殿下に御用を言いつかっておりますので……」

「ま、残念……」

王妃の名前はここでも絶大だ。

アビーは再び丁寧《ていねい》に一礼して、謁見の間のほうへ戻ったが、角を曲がったところでそっと振り返り、誰もついてこないのを確認すると、廊下の途中から外へ出た。慣れた足取りで庭を進み、奥を目指した。

遊歩道から離れた本宮の裏に、ちょっとした森が広がっている。人は滅多に来ないので、ここなら多少、大きな声を出しても誰にも聞かれる心配はない。

太い楢《なら》の木を拳《こぶし》で叩き、アビーは盛大に舌打《したう》ちした。

「か――っ！　ったく！　鬱陶《うっとう》しいったらありゃあしないね！」

自分一人だと思って吐き捨てるように言ったのに、頭上で、がさりと音がした。

はっとして見上げると、太い枝に腹ばいになった王妃が眼を丸くしてアビーを見下ろしていた。

アビーの眼と口がまん丸になる。

その顔がみるみる絶望に染まり、この世の終わりのような悲鳴を発して駆け出した。

「うわあああっ！」

「わあっ！　ちょっと！　ちょっと待って！」

王妃も焦《あせ》って悲鳴をあげた。

一瞬で枝から飛び降りた王妃は、驚異的な脚力と瞬発力を発揮《はっき》してアビーの前に回り込み、両手を広げて通せんぼをした。

行く手を遮《さえぎ》られたアビーは完全に恐慌状態に陥《おちい》って手を振り回している。

「すみません！　今のは違います！　聞かなかったことにしてください！」

「だから、ちょっと待ちなってば！」

王妃は急いでアビーの手を摑《つか》んだ。

落ち着かせようとしたのだが、効き過ぎたようで、アビーはその場にへなへなと座り込んでしまった。

下はきれいな芝生《しばふ》で服が汚れることもない。だから王妃も無理に立たせようとはせず、同じく芝生にしゃがみ込んで、心配そうに話しかけた。

「大丈夫？」

アビーは両手をついて、がっくりうなだれている。

「……せっかく格好つけてたのに……台無しだあ」

昔の口調に、王妃は顔をほころばせた。

「安心した。おれはそっちのほうがアビーらしくて好きなんだ。何も無理しておしとやかにしなくてもいいんじゃないか？」

「……無理はしてないです。ほんとですよ。ジルはタウの領主で、あたしは領主の奥方なんですから。あたしが山出しの田舎者のままじゃあ、ジルに恥を掻《か》かせることになるんです。——そんなのは絶対にだめですから」

怯《ひる》みながらも、王妃を見つめて、はっきり言う。

「すごいなあ……」

お世辞抜きに王妃は感心した。

愛する夫のためならどんな努力も変身も厭《いと》わない、アビーはそういう女性だった。

「ウォルから聞いたよ。アビーはすっかり貴婦人になってて、うるさい大物の公爵夫人たちともうまくつきあってるって」

アビーは顔をしかめて、小さく舌打ちした。

「さっき会いましたよ。あの意地悪ばあさんたち。お腹《なか》ん中じゃあ、あたしのこともタウのことも塵屑《ごみくず》くらいに思ってるくせにね。ほんと気色悪いったら。眼はこっちを馬鹿にしきってるのに、顔はにこにこ笑って、猫なで声で話しかけてくるんですから」

「同感だ。嫌いなら寄ってこなければいいのにな」

心の底から言った王妃だった。

「おれなんか、最初はアビーよりもっとひどい扱いだったんだぞ。身分や血筋以外に何にも誇れない人たちだから、しょうがない。かわいそうな人たちだと思って適当に相手をすればいいよ。今のアビーはうるさい虫の払い方も知ってるだろう？」

アビーは小さくなって、正直に告白した。

「……すみません。妃殿下を口実に使いました」

「かまうことはない。おれで役に立つならどんどん使えばいいよ」

ざっくばらんに言う王妃にアビーは照れたように笑うと、不意に表情をあらためて、真顔になった。

「妃殿下。あの、お目にかかれたらお話ししたいことがあったんです」

「なに？」

「秘密の話なんですけど、よかったら聞いてもらえませんか。ずっと誰かに聞いてほしくて……でも誰にも言えなかったんです……」

王妃は無言で了解の意を示した。

アビーはほっとしたような顔になった。

それでも、本当に思い切った様子で身を乗り出し、躊躇《ためら》いがちに声を低めた。

「タウの誰も知らないことです。ジルは親の顔も名前も知らない身の上だって自分で言ってますけど……本当は、あの意地悪ばあさんたちと同じような家の生まれなんです」

王妃も真顔になってアビーを見た。

「どうしてそう思った？」

「そりゃあわかりますよ。夫婦ですもん。それに、あたしに正式なお作法を教えてくれたのがジルなんです。俺も見よう見まねだけどなって笑って言ってましたけど……」

言葉遣いから始まって、挨拶の仕方や食事の作法、舞踊に至るまで、ジルの教えは確かなものだった。

王宮に伺候して、貴婦人とつきあうようになって、アビーはそれを悟った。

決して見よう見まねなどではない。

これは夫がもともと持っていた教養だと。

これが夫が生まれ育った世界なのだと。

そう察しはしたものの、アビーは夫にそのことについて尋ねたりはしなかった。

アビーにとって夫は『ベノアの頭目ジル』であり、それ以外の何者でもなかったからだ。

はっきりと口にして尋ねることが恐くもあった。

結果として自分一人の胸にしまっていたのだろう。

アビーは悄然とうなだれていた。

「こんなこと……、うちの男連中には言えなくて。――母さんにも」

「言わなくていいよ」

アビーは救われたような眼で王妃を見た。

夫の生まれを知ったら『意地悪ばあさん』たちはころりと態度を変えるだろう。

その代わり、ジルを慕うタウの人々の心には見えない亀裂《きれつ》が入ってしまう。

そんなふうに思い悩んでいたアビーの気持ちを、王妃はしっかりと受け止めて、真面目に言った。

「生まれ育ちは関係ない。それがタウの掟《おきて》だろう？　ジルは今では文句のつけようのないタウの領主なんだから、意地悪ばあさんたちだって無視できない。ジルもそれをわかってる。――アビーの夫は上手《じょうず》に二つの世界を生きてるよ」

アビーはほっとしたように微笑んだ。夫はタウのみんなを騙《だま》しているのではないと頭ではわかってはいても、気まずさを感じていたに違いない。

そんなアビーに、王妃は優しく笑いかけた。

「おれも一つ、内緒の話をしてもいいかな？」

「はい」

「おれとウォル、ドラ将軍しか知らない秘密なんだ。当事者のジルとイヴンは別だけど――。少なくとも十年前はそうだった。イヴンがジルの何なのか、アビーは知ってる？」

タウ領主の妻は息を呑《の》んだ。

予想外の質問だったからではない。密かな懸念《けねん》を指摘されたが故《ゆえ》の驚きだった。

青い眼を見張って、緊張をはらんだ声で、そっと確認する。

「……やっぱり？　ジルもイヴンも知ってるんですね」

王妃は無言で頷き、先と同じ質問をした。

「どうしてそう思った？」

「そりゃあ、そっくりですもん。イヴンの肌を白くして、髪と眼を黒くして、髭をつけたら、きっと若い頃のジルそのものになりますよ。——あたしは見たことないですけど」

三十も歳の離れた夫婦だから、無理もない。

「シャーミアンは知ってるのかな？」

この質問に、アビーはとても真剣な顔でじっくり考えると、慎重に首を振った。

「いいえ。知らないと思います。何となくですけど、あの奥さんは……嘘がつけない人だと思うんですよ。知ってたら、もっと態度に出ると思います。だから将軍も、奥さんは将軍の実の娘さんなのに、何も言わないいんじゃないでしょうか」

「確かにそうだ。アビーは見る目があるな」

「とんでもない。家族ぐるみで仲良くさせてもらってるんで。——あの奥さんは、ほんとにいい人ですよ。あっちの子たちも、うちの子たちと仲がいいんです」

「アビーのところは、子どもは何人？」

「二人です。女の子と男の子。ジョゼットとアルベールです」

「連れてこなかったのか？」

「二の郭の家で留守番させてます。まだ子どもで、陛下に拝謁《はいえつ》はさせられないんで」

「その子どもたちのことなんだけど……」

王妃は、なぜ今、こんな話題を持ち出したのかを説明した。

「イヴンのところの末娘が言うには大きくなったらアビーの長男と結婚したいらしい。小さな子どもの言うことだから、いずれ気が変わるかもしれないし、考えすぎかもしれないけど、アビーには知っていてもらったほうがいいと思ったんだ」

アビーの息子のアルベールは親子ほど歳は離れているものの、イヴンの異母弟にあたる。当然、イヴンの娘とは叔父《おじ》、姪《めい》の関係になる。

一笑に付されるかと思いきや、アビーは真面目に頷いた。

「わかります。全然考えすぎなんかじゃないですよ。あたしだって最初にジルがいいなって思ったのは、ジョゼと大して年が違わない頃ですもん。もちろん、その頃は特に意識はしてなかったんです。ただ、優しくて格好《かっこ》いい小父《おじ》さんって感じでしたけど……」

アビーは慌《あわ》てて言い、はにかんだように微笑した。

「でも……何でですかねえ。大きくなってからも、ジル以外、眼に入らなかったんですよ」

「今でもでしょ？」

「はい」

紫檀の間には扉がない。略式の居間だからだ。

故に、この部屋を使用する人は、通常衝立《ついたて》を立てて廊下からの視線を遮るのだが、グローブナー夫人と取り巻きの女性たちは、あえて衝立を使わず、廊下を行く人々に茶会の様子を見せていた。自分たちのほうが上にいるという優越感を味わうためだ。

ところが、その廊下をアビーが王妃と楽しそうに談笑しながら通り過ぎたのである。

大物夫人たちは凍り付いた。次に慌てて立ち上がった。

王妃が通ったとなれば茶会を中断して挨拶に伺《うかが》うのは当然である。

しかし、王妃は夫人たちを一顧《いっこ》だにしなかった。

笑顔でアビーと話しながら本宮の玄関に向かって歩いて行った。

「後で子どもたちの顔を見に行くよ」

「ありがとうございます。お待ち申しております、妃殿下」

アビーが嬉しそうな笑顔で王妃に挨拶している。

グローブナー夫人たちは廊下に整列して、王妃が引き返してくるのを待ちかまえていたが、王妃はそのまま本宮を出て行ったので、空《むな》しく立ち尽くす羽目になった。

サヴォア館の裏庭は薔薇《ばら》の盛りだった。

この裏庭は建物の陰にあって館の正面からは見ることができない。剣の稽古にはちょうどいいのだが、そこにいた知らない人の姿を見て、ステファンは眼を見張った。

変わった風体の人だった。

ステファンより少し上くらいの年齢だろうか。

黒い髪は腰まで流れ、地面まで届く黒一色の服を纏っている。

その服越しにも、すらりとした肢体の様子が見て取れる。

ステファンはこんな風体の人を今まで見たことがなかった。

それ以上に、薔薇を背景に立つ人の姿と眼差しに、どきりとした。

陶器《とうき》のような白い肌と、宝石のような青い瞳《ひとみ》だ。

ステファンの持つ木刀を見て、笑いかけてくる。

「――こんにちは、ステファン。剣のお稽古？」

その笑顔に、ステファンは一瞬、心を奪われ、返事をするのを忘れてしまったが、慌てて、次期公爵らしく、そっくり返って詰問した。

「わたしをご存じのようだが、どなたなのか？」

「ぼくはルーファス・ラヴィー。――ステファンがいるってことは、ここ、ベルミンスターの庭なの？」

男か、と思った。

同時に男にしてはずいぶん軟弱な――と、軽侮《けいぶ》の気持ちが湧いた。

男の長髪は貴族なら珍しくはない。

ステファン自身、栗色《くりいろ》の髪を肩の下まで伸ばしているのだが、腰に届くほどというのは、いくら何でも長すぎる。油断せずに、さらに問いかけた。

「――ここがサヴォア館と知らずに入ったのか？」

「うん。こっちから来たからね」

相手が示したのは裏庭の先だ。

そこには手つかずの茂みが広がっており、その先には一の郭を守る城壁しかない。

つまり、この若者は不法侵入者である。

人を呼んで排除させなくては――と警戒を強めたステファンを見透かしたように、相手はまるで水の上を滑るような動きで、すうっと近づいてきた。

「一本、貸してね」

言われた時には、ステファンの手から木刀が一本、相手の手に移っていたのである。

「――何をする⁉」

「ぼくは勝手にサヴォア館に入り込んだ不審人物で、追い出さなきゃいけないんでしょ？だから、ほら、掛かっておいでよ」

言われるまでもない。

ステファンは無意識に木刀を構えて打ちかかった。

こんな相手は一撃で叩き伏せるつもりだった。

――が、あっさりとあしらわれた。

馬鹿なと思った。木刀を握り直し、前にも増して勢いよく踏み込んだのに、またしても、するりと躱《かわ》され、極めて軽く、こつんと小手《こて》を打たれた。

逆上して、さらに踏み込む。

また躱されて、今度は胴《どう》を軽く叩かれる。

相手が本気でないのは歴然としていた。

地面にまで届く長い衣裳は動きにくいはずなのに、らくらくと裾を捌《さば》いて、ステファンの攻撃を優雅に、華麗に受け流している。

信じられなかった。

次期公爵として、こんな相手に遅れを取るなど、断じて許されない。

髪を振り乱し、裂帛《れっぱく》の気合いで打ちかかったが、木太刀の先は空を切るだけだ。

「――踏み込みが浅いよ」

やんわりと言われて、また太股を軽く叩かれる。

木刀で打たれて、まったく痛くないということが信じられない。

本当に軽く当てているだけなのだ。

互いに静止した状態ならともかく、自分も相手も激しく動き回りながら、これほど絶妙な力の調節をしてのけている。並大抵の技倆ではこんなことは不可能だが、今のステファンにはそれに気づく余裕もなく、ただ、闇雲に攻撃した。

今度こそと気合いを入れて思い切り振りかぶって振り下ろすも、難なく剣先を逸《そ》らされる。

「遅いよ」

相手は笑って言い、初めて両手で木刀を握ると、大上段に振りかぶった。

「こう構えるなら、もっと早く振り下ろさないと」

この時とばかり、ステファンは猛然と突っ込んだが、その鼻先ぎりぎりを目にも止まらぬ速さで相手の剣先がかすめたのである。

鼻先に感じた風圧のすさまじさ、太刀筋の鋭さに、全身が一気に冷や汗に濡れた。

当たっていたら、たとえ木製の刀であっても、ステファンの顔は縦に切り裂かれていたに違いない。

「ね？　このくらいでないと、胴ががら空きだよ」

もちろん、それを狙って突っ込んだのに、危うく顔を割られるところだった。

愕然としたが、相手は何でもないように笑っている。

「ステファンは今度の戦に出ないで良かったね。間違いなく死んでたよ」

「──わたしを愚弄《ぐろう》するのか！」

ステファンはますます向きになった。

それでも、人を呼ぼうとは思わなかった。

次期ベルミンスター公爵たるものが、こんな不審者一人を倒せないとあっては、伯母に顔向けできない。

しかし、ステファンがどれだけ必死になっても、まるで蜃気楼を相手にしているようで、どうしても捕らえられず、とうとう激しく息を切らせ、地面に膝《ひざ》をついてしまった。

かろうじて倒れ込むことだけは避けたが、木刀で身体を支えても、とても力が入らない。

伯母の姿に気づいたのはその時だった。

困ったような顔のロザモンドは、失態を見られて狼狽《ろうばい》するステファンではなく、不審人物に向かって話しかけた。

「――甥が何か失礼をしたのではありませんか？」

「ううん。剣の練習をしてただけだよ。筋がいいね、この子」

敬語で話しかける伯母と、普通の口調で答える不審者に、ステファンは絶句した。

あんぐりと口を開けてしまったステファンを見て、不審者は苦笑している。

「――ただ、ちょっと剣筋が素直すぎて、危ないね。留守番を言いつけたのは正解だったと思うよ」

「おっしゃるとおりです。かたじけない」

伯母が人に頭を下げることなど滅多にない。激しく胸を上下させながら、目を白黒させている甥に、ロザモンドはあくまで真面目な顔で言った。

「よい勉強をさせてもらったな。リュミエント卿」

「……はっ？」

「この方は妃殿下の剣術の師匠《ししょう》でいらっしゃる」

ステファンは愕然とした。

膝をついたまま、呆然と伯母を見上げ、不審者を――もとい、天界から来た王妃の『友人』を見る。

穴があったら入りたいとはこのことだ。

羞恥のあまり消え入りそうなステファンだったが、そこに新たな人が現れた。

「やあ、ステファン」

今度こそ、ステファンは動けなくなった。

顔を見るのは初めてでも、この人が誰であるかは一目でわかる。

猟師のような粗末な身なりで、化粧気もない。

それなのに、今まで見たどんな貴婦人より眩しく、崇高なまでに美しかった。

無造作に結い上げた髪は黄金の冠のように光り輝いている。

ステファンを見下ろす緑の瞳はさながら本物の宝石のようだ。

木刀を持った若者とステファンを交互に見やって、その人は楽しそうな口調で言った。

「ルーファに稽古をつけてもらったのか？　それはすごいな。面倒くさがりで、おれも滅多に相手してもらえないんだ」

ステファンはまだ歳が若いので、大広間で行われた凱旋祝いの宴には出られなかった。

しかし、伯母は近いうちに必ず正式な拝謁の儀を設けるよう、妃殿下にお願いすると言ってくれた。

ステファンにとっては最大の名誉である。国王の謁見をたまわった時よりも緊張したかもしれない。

そのため、最高の礼装を用意して、拝謁した時の口上《こうじょう》も何度も入念に練習したのに……。

はっきりいって、これはない。

限界まで肉体を酷使した後に、この衝撃《しょうげき》はあまりに大きすぎた。
ステファンは生まれて初めて意識を失って、その場に倒れ込んだ。

第四話　コーラルの十年

――三日目朝

港の活気は大変なものだった。

人足たちがひっきりなしに船と波止場を行き来し、大きな二輪車に積み上げている。二人がかりで車を引いて走り去ったかと思うと、入れ違いに空の荷車がものすごい勢いでやってきて、新たな荷を積んでは、また走り去る。

陸揚げされた荷にはたちまち商人が群がり、その場ですぐさま競《せ》りが始まり、あちこちで威勢のいい声があがっている。

シッサスの飯屋では、やっと短い休憩《きゅうけい》を取れた人足たちが勢いよく昼食を食べていた。

「まったくよう、商人連中ときたら現金だよな!」

「おうよ、王妃さまが戻られたと知った途端によ、いっせいに船を出しやがった!」

「おかげでこっちはてんてこ舞いだぜ!」

そんな彼らに、レティシアは親しげに声をかけた。

「兄さんたち、一杯奢《おご》らせてくれよ」

華奢な見た目とは裏腹に、大胆な口を利く若者に、人足たちは怪訝《けげん》そうな顔になったが、レティシアは自ら椅子を持って、彼らの食卓の端に割り込んだ。

「遠慮《えんりょ》すんなって。勝ち戦祝《いくさ》いだ。コーラルには久しぶりに来たんだけどよ。いろいろとよくない話も聞いてたが、昔みたいに活気があって嬉《うれ》しいぜ」

楽しげに笑って、店の者に酒を運ばせる。

人足たちは相好《そうごう》を崩してレティシアに礼を言い、ますます威勢よくしゃべり出した。

「昔みたいになったのは王妃さまが戻られたからさ。ちょっと前まで港には閑古鳥《かんこどり》が鳴いてたんだぜ！」

「おお、冗談抜きに、この国も王さまも終わりかと思ったもんさ！　それが今じゃあ、沖を見ねえ！　見渡す限り船がびっしりだ！」

「――ああ、見たぜ。すごいよな。昔以上だ」

相槌《あいづち》を打ちながら、レティシアは言った。

「けどよ、王妃さんがコーラルに戻ってきて、まだ三日しか経ってないんだろう？　それにしちゃあ、船主の連中、ずいぶん手回しがいいんだな」

「いやいや、兄さん、そうじゃあねえよ」

「王妃さまが天界から戻られたってことは、あっという間に南のほうまで伝わったのさ」

「勝利の女神が戻った以上、デルフィニアに負けはない！　船主も商人連中も、みんなそう考えたのよ」

「調子いいよなあ、あいつら！」

どっと笑いがわき起こった。

「俺たちはまだちょっとは休めるからいいけどよ」

「水先人の連中は大忙しだ。この三日、寝る暇もないくらい、大車輪で働いてるぜ」

話を聞いていたレティシアは驚いて尋ねた。

「夜に水揚げ？　危ないんじゃないか？」

陸地が近くなれば水路も複雑になるのが普通だ。

どんなに松明を灯しても、夜の海では限界がある。

男たちはいっせいに頷いた。

「おうよ。よっぽどの腕っこきじゃないと、夜中の水揚げなんざ、まずできねえ」

「だから腕利き連中はここんとこ、ずっと夜昼逆の生活になってるぜ。昼間の水先案内は若いのに任せてる」

「そうでもしねえと荷揚げが間に合わねえんだよ」

「俺たちも稼げる時に稼がねえとな！」

盛大に文句を言いながらも、彼らの顔は明るい。

豪快な笑い声の後で、一人が不意に、しみじみと呟《つぶや》いた。

「本当によう、ありがてえこって……」

他の面々も無言でいっせいに頷《うなず》いた。

荒くれ男には似合わない神妙な面持ちだったが、それも一瞬《いっしゅん》である。

「いけねえ！　次の船が来ちまう！」

時間に追われる人足たちは慌《あわ》ただしく食事を終え、笑顔で立ち上がった。

「じゃあな、兄さん。ご馳走《ちそう》さん！」

　レティシアも笑って応《こた》えた。

「おう、しっかり稼ぎなよ」

　レティシアは久しぶりに訪れたコーラルの市場や繁華街を興味深げに見物していた。

　彼が最後にこの街を訪れたのは一年と少し前だが、こちらの時間では既《すで》に十年が経過している。見覚えている町並みと変わらないようでも、よく見れば違いも多かった。

　建物は同じでも、中に入っている店が違う。

　何度か立ち寄った飲食店の親爺《おやじ》がいつの間にか、すっかり皺《しわ》が増えて白髪《しらが》頭になっている。

　そうした様子を見ると、確かにここでは十年という時間が流れたのだと実感する。

　それ以上に違うのは街の雰囲気だった。

　奇跡の大勝利の後だけに、街も大いに活気づいて、お祭りのような賑やかさだ。

　先程の飯屋も大繁盛していたが、飲食を提供する店には客があふれ、大きな荷を背負った商人たちが急ぎ足で通りを行き交っている。

　商店には品物が次から次へと運び込まれて、たちまち売れていく。

　この圧倒されるほどの活気は、裏返せば先日まで続いた戦の間、コーラルがどれだけ追い詰められ、苦しい状況にあったかを物語っている。

　実際、コーラルは直接の攻撃に晒《さら》されることこそなかったものの、相当物資が不足していたらしい。

そうした事情を語ってくれたのは街の女たちだ。

黒い天使から十分な資金をもらったレティシアは、コーラルに入ってからというもの、酌婦《しゃくふ》や娼妓《しょうぎ》に心付けを渡して、戦の間の様子を尋ねていた。

昨夜は久しぶりに女を抱いた。

ココというその娼妓に決めたのは、かれこれ十年、コーラルで客を取っていると言ったからだ。と言っても、まだ二十三、四歳だろう。

なかなかの器量《きりょう》よしで肌は白く、唇《くちびる》は小さく、豊かな黒髪を婀娜《あだ》っぽく結い上げている。寝物語にはふさわしくないが、レティシアが戦争中の話に興味を持って聞きたがったので、ココは生活の苦労を生々しく語ってくれた。

「ちょっと前まで、本当にひどかったのよ。食事は毎日毎日、薄いスープと古いパンだけ。お肉はほとんど食べられなかった。お砂糖なんか全然よ！　お酒もそう！　まさかシッサスから火酒《ひざけ》がなくなる日がくるなんて思ってもみなかった……」

「ほんとかよ。シッサスに火酒がない？」

驚いて聞き返したレティシアだった。

デルフィニアには大穀物庫《だいこくもつこ》のポリシア平原がある。

小麦の他に、酒の原料になる大麦もつくられている。

その大量の資源は巨大都市のコーラルに真っ先に運ばれてくるはずだが、それが市井の人々には手に入らなくなったというのだ。

「街道を押さえられたせいよ。あたし、ペンタスの白粉と紅を使ってたんだけど、そういうのも全然、入ってこなくなって、前に船乗りの相手をした時、お酒や小麦は海側から運んで来られるみたいなことを言ってたけど、入ってきても兵隊さんたちに回されるし、お店には並ばないから。あたしたちの口には入らなかったの」

「へぇえ……。大変だったんだなあ」

決して口先だけではない同情を見せると、ココも神妙な顔で頷いた。

「ほんとにそう。仲間の女《こ》たちもね、コーラルはもう先がないねって、そろそろ見切りをつけて、よその土地で稼いだほうがいいかもしれないねって、みんなで話してたくらいだもん。――だけど、戦に勝つって、すごいのね！　びっくりした！」

ココにとって先日の戦は初めて体験する戦だったらしい。

敗戦ぎりぎりまで追い詰められた苦しさも、勝ち戦による好景気も初めてなのだ。

「お客さんも大勢来てくれて、ちょっと前から新しいパンやお肉が食べられるようになって、今じゃあ戦の前には食べたことのない美味《おい》しいものも食べられるようになったの！」

「よかったじゃないか。王妃さまさまだな」

「本当よ」

王妃の話題になると、ココの表情が変わった。

単純に賛美したり、崇拝したりするのとは違う。敬虔《けいけん》な気持ちすら表れている顔だった。

レティシアは現在の王妃を知らないことになっているので、何食わぬ顔で尋ねてみた。

「十年ぶりに戻って来たんだってな？　驚いたぜ。三日前に凱旋《がいせん》したらしいが、王妃さんはどんな様子だった？」

「それが……見に行ったんだけど、人がいっぱいで、お姿は見られなかったの」

ココは気の毒なくらい落胆していた。

「昨日のお客さんが、王妃さまは十年前とちっとも変わってらっしゃらなかったって教えてくれたけど、あたし、昔の王妃さまを知らないし……」

「見たことないのか？」

「うん。あたしがコーラルに来たのは十三の時で、ちょうど十年前。王妃さまが天界へお帰りになったすぐ後だったから、あの頃はコーラル中がその話でもちきりだった」

「へえ？」

レティシアは本当に興味を持って身を乗り出した。

「どんなことが言われてたんだ？」

「どうって……最初は信じられなかったけど、見た人が何人もいたのよ。みんな同じことを言ってたわ。王妃さまは大空に舞い上がってパラストの兵隊に雷《いかずち》を落としたんですって。王妃さまは本当に人間ではなかったのだ、あの方は正真正銘、天からいらした勝利の女神であったのだって……夢中で話してた」

レティシアは笑って言った。

「醜女《しこめ》が代名詞のハーミアにしちゃあ、美人すぎるけどな」

ココは顔を輝かせて身を乗り出してきた。

「お客さん、王妃さまを見たことがあるの？」

「ああ、昔な」

今でも、しょっちゅう見ているとは言えない。

せいぜい得意そうに、昔の自慢話をする口調で、レティシアは言った。

「――その時の俺はまだほんの小僧だったけどよ。デルフィニア軍の小者として王妃さんと同じ戦場に行ったこともあるんだぜ」

ココは歓声をあげて、ますます熱心に尋ねてきた。

「すごい！　ねえ、教えて。王妃さまはどんな方？　本当にあの歌みたいにおきれいなの？　戦に行ったら、本当に男の人よりお強いの？」

「そりゃあもう。保証するぜ。――ありゃあ、いい歌だよな。一個も間違ってない」

太鼓判《たいこばん》を押したレティシアだった。

「あの王妃さん以上にきれいな女はどこを探してもいないし、あの王妃さん以上に強い男もまあ滅多《めった》にいないだろうぜ。真っ黒な大きな馬にまたがってよ。俺のすぐ眼の前を、颯爽《さっそう》と駆けて行ったんだ。辺りは一面の雪でよ、照り返しで眼が痛いくらいだったが、王妃さんの金色の髪はそれ以上に眩《まぶ》しくて、それを目印にタンガのでっかい騎士たちが次々に名乗りをあげて群がった。ところが、王妃さんは片っ端からそいつらを払いのけるのさ。大の男がまるで子犬か何かみたいな扱いだったぜ。俺はすぐ傍で見ていて不思議でしょうがなかったね。

あんな細腕で、あの華奢《きゃしゃ》な身体で、なんであんなことができるのかって。俺だけじゃないぜ。みんな下手《へた》をすると戦うのもそっちのけで、呆気《あっけ》にとられて見惚《みと》れてた。醜女で名高いはずのハーミアがなんでこんな別嬪《べっぴん》なのかって。特に敵の連中は痛烈に思っただろうな」

ココは熱心に言ってきた。

「それって、王妃さまが怪我《けが》をされた時のことね。卑怯《ひきょう》なタンガの奴らが王妃さまを毒矢で狙った時でしょう？」

「そうさ。よく知ってるじゃないか」

その毒矢を射たのは他ならぬレティシアなのだが、もちろんそんなことは言わないでおく。

「普通の人間なら、たちまちあの世行きの猛毒だったんだぜ。それなのに、王妃さんは死ななかった。それどころか、次の日には平気な顔で馬にまたがってた。つくづく……」

常識外れの化け物だと思ったぜ——とはさすがに言えないので、無難な言葉に変更する。

「あのお人は人間じゃねえと思ったよ」

ココは眼を輝かせてレティシアの話に聞き入っていたが、レティシアは笑って、話題を変えた。

「俺もここへ来るのは十年ぶりでね。コーラルではどんなことが起きてたか、聞かせてくれないか？」

「どんなって言われても、そうねえ……」

髪を直しながら、ココはちょっと考えた。

「お客さんが面白いと思うようなことはなかったんじゃないかな？　パラストと戦争になるまで、コーラルは大陸で一番の街だった。あたしはフリーセア北部の出身なんだけど、地元とは大違い。安心して商売できるし、お腹《なか》いっぱい食べられるし、王さまはいい男だし……、そうだ！　何年か前に、王さまに結婚話があったのよ」

演技でなしにレティシアは眼を丸くした。

「結婚って……そいつは無理だろう。王さまはもう王妃さんと結婚してるんだぜ？」

ココは困ったような顔になった。

「それはそうなんだけど……でも、ほら、この国の王妃さまは普通の王妃さまと違って……天界の方なわけでしょう。ちゃんと戻って来てくださったけど、あの頃は王妃さまがいなくなって何年も経ってて、たぶんもう二度と王妃さまは……地上には降りてこないだろうって言われてたの。でも、それだと、王子さまが誕生しないことになっちゃうでしょう」

「ははあ……」

「だから、王妃さまとの結婚は神さまと結婚したってことで、特別にそのままで、王さまはちゃんと人間のお后《きさき》さまをお持ちになったほうがいいんじゃないかって話になったみたい」

予想外の情報に、レティシアは驚いて尋ねていた。

「すげえこと言うなあ。――誰がそんなことを言い出したんだ？」

「わからない。街の噂《うわさ》だから。いつの間にか、みんなそういう話をしてたと思う」

「けどよ、新しいお后って言っても、具体的に誰かこれっていう候補がいたのか？」

「知らない。ただ、外国のお姫さまがいいんじゃないかって。これも噂だけど……」

「へえ……」

なるほど、女神と結婚した王など前例がない。

しかも、その女神は跡継ぎを残さずに王の前から姿を消し、恐らく二度と戻ってはこない。となれば、残された人々は今後のことを、彼らの思いつく範疇《はんちゅう》の中で考えなければならなかったわけだ。

わかってはいても、思わず皮肉な笑みを浮かべたレティシアだった。

「王さまの子どもなら何人もいるのにな」

ココは真顔で頷き、ちょっと得意そうに言った。

「一度、フェルナンさまをお見かけしたことがあるわ」

「へえ？　もう城の外へ出てくるのか？」

「十歳だもの。あたしが見た時は、王さまと一緒に狩りに行くところだったみたい。一人で大きな馬にまたがって、とてもご立派だった。――お母さまのポーラさまも本当にいい方よ。あたしたちみたいな者にも、いつも優しくしてくださる。でも、それでも……フェルナンさまは庶子《しょし》だもの」

「王子じゃないから王位は継《つ》げないか？」

「うん。だから、次の王さまはサヴォア公爵さまのご長男のほうがいいんじゃないかって、街でも結構、噂になってた。天界の王妃さまも仕方ないと思ってくれるんじゃないかって……」

とんでもない話だ。

王妃が聞いたら怒髪天《どはつてん》を衝《つ》く形相《ぎょうそう》になるのは必至である。

レティシアはココには聞こえないように、胸の内で、そっと呟いた。

（王妃さんに聞かれたら、そんな噂話に興じた奴は間違いなく袋叩きにされるだろうぜ……）

むしろ、袋叩きで済めば幸いという次元だ。

「ココは王さまの結婚には反対だったんだ？」

黒髪の娼妓は真顔で頷いた。

「あたしだけじゃないわよ。ほとんどの市民は反対だったと思う。——市民だけじゃないわ。オーリゴ神殿が大反対したの。そんなまやかしを許すことはできないって。神殿で交わした結婚の誓約《せいやく》は、相手が天上世界の人であっても有効なはずだって。王さまご本人もそう言ったって聞いてる。新しい王妃など不要だって、自分は一生、王妃に操《みさお》を立てるって、結婚を勧《すす》める人に宣言されたんですって」

あの王なら言いそうだとレティシアは思った。

「王さまは結婚しなくて大正解だったな」

「本当にそうよ！　だって王さまがそんな不誠実なことをしてたら、王妃さまはこの間の戦でデルフィニアが危なくなって、パラストに負けそうになっても、戻って来てくれなかったかもしれないじゃない！」

「だよなあ……」

二人は娼館の一室で話していたが、控《ひか》えめに扉が叩かれた。

宿の女将《おかみ》が申し訳なさそうに顔を覗《のぞ》かせる。

「お客さん。すみませんねえ。ココの馴染《なじ》みが来てしまったもんですから……」

「ああ、かまわねえよ。ちょうど出ようと思ってたところだ」

レティシアはあっさり言って立ち上がった。

その際、花代とは別にココに心付けを渡したので、ココは大いに喜んだ。

「ありがとう！　コーラルに来た時はまた寄ってね。約束よ。待ってるから」

「ああ、そうだな。——来られたら、また寄らせてもらうぜ。面白い話をありがとうよ」


ヤーニス神殿の祭司長はこの世の終わりのような表情で、そっと天を仰《あお》いだ。

（やはり……来てしまった。来てしまわれた……）

『絶望』という言葉をこれほど実感したことはない。

神殿の最高責任者に就任して以来、最大の難関が襲いかかってきたのを、祭司長は肌身で感じていた。そんな悲壮感一色の祭司長に、王妃は至って明るい笑顔で挨拶《あいさつ》してくる。

「初めましてかな？」

「いえ……」

祭司長は首を振った。

「妃殿下は覚えておられないでしょうが、改革派を一掃したあの夜、あなたさまが陛下に王冠を載せてさしあげたあの時、わたくしも、その場におりました。あらためまして、ヤーニス神殿の祭司長を務めますグレアムと申します……」

「そうなんだ？　ごめん。覚えてなくて」

「とんでもないことでございます……」

あの夜のことを、祭司長は今も鮮明に覚えている。

当時は身分も地位も持たない放浪者の少女だったグリンディエタ・ラーデンは、この国でもっとも貴重な宝物を無造作に取り上げて、国王の頭に載せたのだ。

あまりにぞんざいな扱いに、当時は一介の祭司だったグレアムは肝を潰した。

その夜の主要な登場人物——国王も王妃と一緒に神殿に来ている。

祭司長は椅子を勧めようとしたが、王妃はそれを遮《さえぎ》って、立ったまま話を続けている。

急いでいるからではない。

今回の来訪をたいしたことではないと考えているから、立ち話で済む程度の些細《ささい》な問題だと思っているからだ。

「こっちの時間だと、もう十六年前になるのか……。ウォルに王冠を被せてやった後、おれはこの神殿で王家の系譜とかいうものに名前を書いた」

「無論、存じております……」

「当時の祭司長がおれの名前に『王女』という肩書きを書いて、おれとウォルの親子関係が法的に成立した。——知ってる？」

「無論のことでございます……」

「それじゃあ、何の用件で来たか、わかるかな？」

ここで嘘《うそ》が言えればどんなによかったかと思うが、恐らくは言っても無駄である。

グレアム祭司長は苦悩しながら正直に答えた。

「……世上の噂として、耳に致しております……」

「それはよかった。ポーラの子どもたちの肩書きを書き換えてほしいんだ。あの時やったみたいに」

前代未聞の要求をする王妃の横で、国王も笑って言った。

「俺の子らも無論、王家の系譜に名を記している。ただ、あの子らは庶子だからな。それぞれ『息子』『娘』と記したが……」

王妃が後を受ける。

「それを『王子』と『王女』に直してほしいんだ。おれが一応王妃だから、おれを母親ってことにして。——簡単だろ？」

祭司長は今度こそ戦慄《せんりつ》を覚えた。

それ以上の難事がこの世に存在するというのなら、ぜひとも教えてもらいたい。

痛切に願ったが、そんな祭司長の心境を知らない王妃は真顔で言ったのである。

「だめなら、このままオーリゴ神殿に行く」

奈落の底から救いを求めて天を仰いだが、現世の戦女神はどこまでも容赦《ようしゃ》がなかった。

「あの子たちを王子と王女にするには、あの紙切れを処分して、ポーラとウォルが結婚するほうが断然いい。そっちのほうがどう考えても法に則《のっと》っている正式なやり方なんだからな。ポーラが泣いていやがるからこっちに来ただけで、向こうの神殿に行ったほうがいいなら、そうするけど？」

王妃の背後に控える国王が困ったような顔になり、控えめに訴えた。

「……俺としては、そんな事態は避けたいのだがな、祭司長」

言われるまでもない。

デルフィニアに数ある神殿の中でも、戴冠式《たいかんしき》を行うヤーニス神殿と、国王の結婚式を執り行うオーリゴ神殿は別格中の別格である。

現在のオーリゴ神殿の最高責任者はセバスティアン大神官。

徳の高い人格者として知られ、グレアム祭司長とは旧知の間柄《あいだがら》だが、その大神官からは既に必死の書面が届いている。

『──グレアム祭司長に申しあげます。そちらにはそちらの言い分と理《ことわり》がおありとは重々存じますが、無理は百も承知でお願い致します。何とぞ、何とぞ、妃殿下の要求を受け入れてくださいますよう、このセバスティアン、曲げてお願い申しあげます。そちらの返答如何《いかん》によっては、オーリゴ神殿はまさしく壊滅の危機に晒されることになってしまうのです』

これはもはや知人への手紙ではない。

涙の嘆願書《たんがんしょ》である。

グレアム祭司長の心中《しんちゅう》は惑乱の極みにあった。

（……神よ。いかなる思《おぼ》し召《め》しで、わたくしにこのような試練をお与えになるのですか！）

しかし、どんなに嘆いても、現実には眼の前で、国王と王妃がにこにこ笑いながら返答を待っている。

グレアム祭司長は緊張に身体を強《こわ》ばらせながら、声を絞り出した。

「恐れながら、国王陛下、妃殿下……」

二人がわくわくした様子で身を乗り出してくる。

似たもの夫婦という言葉があるが、この人たちはこういう手に負えない困ったところが、そっくりだ。

「それは……わたくしの一存で決められることではございません。わたくしは神に仕える者ですので、神のご意思に従いたく存じます」

王妃には理解しがたい言い分だったらしい。

不思議そうに緑の眼を瞬《しばた》かせて、夫を見上げて、率直に訊いた。

「……どういう意味かな、今の？」

国王は王妃を見下ろして、真顔で答えた。

「恐らく、神に伺《うかが》いを立てなくてはならんという意味ではないかな？」

「お祈りをしたり、お祓《はら》いをしたりするあれか？」

「祓う必要はないだろう。俺の子らを災厄《さいやく》と一緒にされては困る」

「おれも困る。ポーラの生んだ子なら、おれの子も同然だ。おれの同盟者の子どもたちなんだからな」

　国王が愛情に満ちた感謝の眼差《まなざ》しで王妃を見た。

　その愛情が決して男女の愛にはならないところがこの夫婦の最大の特徴で、困ったところでもあるのだが、二人にとっては自然なことらしい。

「そのお告げって、時間が掛かるのか？」

　一人言のような王妃の問いに、国王も他人事のように答えた。

「そうさなあ……。今すぐにというのは、さすがに無理ではないかな？」

「それじゃあ、おれたちは一度、帰ることにしよう。次に来る時までに、神のお告げを聞いといてくれると嬉しいな」

「うむ。よいお告げを期待しているぞ、祭司長」

　アベルドルン大陸の英雄と現世の戦女神は、決してグレアム祭司長を脅《おど》しているわけでも、威圧しているわけでもない。

　抜群の笑顔で、自らの希望を述べているだけだ。

　それなのに、グレアム祭司長は生きた心地もしなかった。

国王と王妃を見送ると、祭司長は急いで身支度《みじたく》を調《とと》え、供も連れずに徒歩で外出した。祭司長という彼の身分では極めて珍しい行動だが、行き先はそれほど遠くない。

ヤーニス神殿はコーラルの中心部にある。勝ち戦の熱気に浮かれる商業地区にも近いが、それとは反対の方向に少し歩くと、まったく趣《おもむき》の異なる静かな住宅地が現れる。

大貴族の館のような厳めしい門に遮《さえぎ》られる壮麗《そうれい》な邸宅ではない。

低い垣根越しに庭が見える、こぢんまりした家が建ち並んでいるが、庶民の住居にしては高級すぎる。

その一角に佇《たたず》む瀟洒《しょうしゃ》な白い屋敷の門をくぐり、取り次ぎの小者に来訪を告げると、お庭にいらっしゃいますという返事が返ってきた。

ここにヤーニス神殿の前祭司長であるヨハネスが養生している。

二年前、ヨハネスは心臓《しんぞう》の発作を起こして倒れた。幸い後遺症《こういしょう》も残らずに回復したが、それを機に祭司長の職を辞し、グレアムに後を任せたのだ。

小さな家に対して広めの庭は豊かな緑に覆《おお》われて、今は花の盛りである。

ヨハネスは揺り椅子に腰を下ろし、美しい庭を眺《なが》めながら、のんびりとくつろいでいた。

グレアムを見ると微笑を浮かべて、立ち上がろうとしたので、祭司長は急いで止めた。

「あ、どうぞ、そのままで」

そうして自ら揺り椅子の横に跪《ひざまず》き、ヨハネスの手を取って、すがりついた。

「……どうかお力をお貸しください。わたくしはどうしたらよいのでしょう」

ヨハネスは混乱する弟子の肩に、優しく手を置き、そっと話しかけた。

「――妃殿下がお見えになったのだね？」

「はい。陛下もご一緒に……」

「やはり、あのことで？」

「そうです。陛下のお子さまたちを妃殿下のお子さまに……王子王女とするようにと……」

ヨハネスは苦笑しながら、ため息を吐《つ》いた。

隠居したヨハネスの耳にも、王妃の帰還《きかん》と、国王の庶子たちをあらためて自分の子として遇《ぐう》することにするという驚愕の発言は伝わっている。

「さもないと、オーリゴ神殿へ出向かれ、ご自身の結婚証明書を破棄《はき》するとおっしゃったのですか？」

「まさにそのとおりなのです。ポーラさまが泣いてお止めしてくださったそうで……」

「妃殿下は昔から、ポーラさまのもう一人の旦那《だんな》さまのようでしたからねえ……」

「ヨハネスさま。笑い事ではございません」

「わかっております。もちろん、笑い事などで済むはずがない。あの方は現世に舞い降りた戦女神です。要求が通らなければ、あの方は真実オーリゴ神殿に雷を落とし、結婚証明書を焼き捨ててしまわれるやもしれない」

グレアム祭司長はあらためて震えあがった。

「セバスティアン大神官からは、それだけは避けてほしいと言われています。わたくしも同じ思いです。国王ご夫妻が離婚されるなど、断じてならぬことと思っております。ですが……だからと言って陛下のお子さまたちを世子《せいし》に直すというのは……」

「しかし、それが妃殿下のご意思なのでしょう?」

「はい……」

「おまえの心に何かわだかまりがあるのですか?」

ごくりと息を吞《の》んで、祭司長は言った。

「……おっしゃるとおりです。いかに妃殿下の仰《おお》せとは言え、それは……そのようなことは万物を司《つかさど》るヤーニス神に背《そむ》く行為《こうい》ではありますまいか」

ヨハネスは皺の深くなった顔で嘆息した。

「それなら、わたしはいったいどれだけ神に背いたことでしょう。国王とは何の関係もない娘を王女としたばかりか王妃に直し、一時的にとはいえ国王の退位を認め、明らかに資格を持たないサヴォア公の即位を認めたのですから……」

グレアム祭司長もその時の騒ぎはよく覚えている。

こともあろうに、国王がヤーニス神殿に押し込み強盗を働いて、当時の祭司長だったヨハネスは独立騎兵隊長に拉致《らち》され、麻袋に放り込まれてサヴォア公爵邸に運ばれたのだ。

言語道断の所行だが、ヨハネスは真っ白になった眉《まゆ》の下の眼を細め、楽しげに語っている。

「いずれの時も、これは神に背く行為ではないのか、決して許されない大罪ではないのかと恐怖に震えたものですが……結果的に、一度たりとも間違ってはおりませんでした」

「恐れながら、ヨハネスさま」

グレアムの心にはまだ屈折《くっせつ》した感情がある。

国王にも王妃にも言えなかったことを思い切って訴えた。

「妃殿下は天上世界のお方です。しかし、ポーラさまは我々と同じ地上に暮らす女人《にょにん》です。いかに妃殿下のご希望とはいえ、そのポーラさまの生んだお子を、妃殿下のお子とするのは……妃殿下に対してあまりに恐れ多いことではありますまいか」

愛妾の子を王妃の養子にするのも前代未聞だが、デルフィニアではそれを言っても意味がない。祭司長にとっても、問題はそこではない。

この国の王妃は当たり前の人ではないのだ。

現世の戦女神、勝利の女神と讃えられるその呼び名は単なる渾名《あだな》などではない。

グリンディエタ・ラーデンは正真正銘天界から下りて来た、文字通りの『神』なのだ。

そしてポーラの子どもたちは紛《まぎ》れもない人間だ。

この両者を地上の法に則って親子としてよいものか、そんなことが本当に許されるのかと、祭司長は苦悩している。

ヨハネスは弟子の心を正しく理解して、微笑した。

「わたしが倒れた時のことを覚えていますか？」

「無論のことでございます」

心の臓の発作を起こしたヨハネスは、一時は命も危ぶまれたのだ。

しかし、幸いにも一命を取り留め、後遺症も残らなかった。

「わたしは心から神に感謝しました。同時に、こう思ったのです。わたしにはまだ成すべき務めがあると。神はまだこの世で働くように言われているのだと。――クレメンス大神官のことがありましたからね。なおさらです」

「わたくしも、さように思いました……」

クレメンス大神官はセバスティアン大神官の前任者だった人物である。

三年前に亡くなったが、高齢ながら達者な人で、亡くなる前日まで元気に務めをこなしていたのに、翌朝、若い神官がいつものように起こしにいくと、既に息を引き取っていたのだ。まさに大往生だった。

ヨハネスは感慨《かんがい》深げに話を続けている。

「この老齢で命を許していただいたのですから、そのことを神に感謝し、ますます積極的に務めを果たさねばと思っていたのですが……」

身体も回復し、職務に復帰しようとした矢先、ヨハネスはまたしても発作に襲われた。

幸い、この時の発作は極めて軽いものだった。

意識を失うこともなかったが、ヨハネスはこの後、辞意を表明したのである。

健康に不安を抱えていたのでは、ヤーニス神殿の祭司長の重責は務まらない。

大事な行事の途中で倒れでもしたら、取り返しがつかない。

そう言われては、周囲も引き留めることはできず、グレアムが後任に就いたのだ。

「二度目の発作があっては、神のご意思を読み違えていたと、理解せざるを得ませんでした。神はわたしに、もう休むように言われているのだと。しかし、現世におけるわたしの役目が終わったのなら、天に召されてもよいものを、神はこれほど安らかな余生をくださった。なぜなのかと思っていましたが、その理由が今わかりました」

弟子を見下ろして、前祭司長はやんわりと笑った。

「おまえに、このことを告げるためだったのですね」

「ヨハネスさま……」

「十六年前のことを、おまえも覚えているでしょう。妃殿下は……当時まだバルドウの娘と呼ばれていたあの方は……陛下の頭上に無造作《むぞうさ》に王冠を置いて、言われました」

グレアムはおもむろに頷いて後を受けた。

「『おまえがおまえでいる限り、戦士の魂《たましい》を忘れないでいる限り、おまえが国王だ』。忘れるものではございません」

「ヤーニスは万物を司る神です。誰を王とするかも然《しか》り。しかしながら、現在の我が国の王は例外的に、勝利の女神に祝福されて君主となられた。とはいえ、その後の我が国の繁栄を見れば、ヤーニス神も陛下の玉座をお認めになっていることは明らかです。ならば、ウォル陛下の御代《みよ》にある限りは、多少の例外も……陛下の御代においては『多少の例外』が頻繁に発生していますが……それすらもまた神の思し召しです。今回のことも……認めるにやぶさかではないということではありませんか？」

グレアム祭司長はそれでもまだ納得できなかった。

何といっても前例がない。

国王の長男を王子として認めてしまえば、庶子の長男が王座を継ぐことになる。

いや、それを言うなら現国王が既に庶子だ。

グレアム祭司長の心は千々に乱れていた。

僭王《せんおう》の即位を認める羽目になったヨハネスに比べれば、まだましと言えるかもしれないが、祭司長の禁忌《きんき》に触れる問題である。

「わたくしには……わかりません」

苦悩する弟子に、ヨハネスは優しく微笑みかけた。

「案ずることはありません。神は決して間違ったことはなさらない。――いずれ、何らかのかたちで、おまえにお示しくださるでしょう」


師の元を辞した後、グレアム祭司長は来た道とは別の道に進んだ。

この近くには裕福な商家の別邸が並ぶ一角もある。

神殿に多額の寄付をしてくれる人々だ。

その中には祭司長の知人も含まれている。

隠居した大店《おおだな》の主人だが、最近、妻が体調を悪くしたので、なかなか神殿に出向けない。

それを気に病《や》んでいると聞いたので、顔を出してみようと思い立ったのだ。

少し歩くと、周囲の家の様子が変わった。

華美でこそないが、広い庭を持った大きな屋敷が目立ってくる。

このくらいの家になると、ほとんどが自前の馬車を持っているので、敷地の一角に必ず厩舎《きゅうしゃ》がある。

動物を飼っている家も多い。

そんな一軒の家の前で、低い塀《へい》越しに熱心に庭を覗き込んでいる少年たちがいた。

整った身なりからして、裕福な家の子どもらしい。

何か面白いものが見えるのか、顔を輝かせながら話し合っている。

子どもたちの頭越しに、祭司長も何気なく庭に眼をやると、日当たりのいい庭に、何やらこんもりした茶色の毛皮が見え、ふわふわの小さな黄色の塊《かたまり》がいくつもくっついていた。

よく見ると、茶色の塊は毛足の長い猫だった。

陽を浴びながら丸くなって昼寝をしているらしい。

小さな黄色はひよこである。

猫の毛皮に半ば埋《う》もれながら、時々身動きして、居心地のいいように位置を直している。

祭司長に気づいた少年たちが熱心に教えてくれた。

「あのひよこたち、あの猫を母親だと思ってるみたいなんですよ。猫もひよこを食べようとしないんです」

「あの猫、鼠《ねずみ》捕りの名人なんです。たくさん鼠を食べるから、お腹いっぱいなのかもしれませんね」

小さなひよこらは茶色の毛皮に潜り込み、気持ちよさげに目を閉じている。

「変わったこともあるものだね」

微笑《ほほえ》ましく思いながら言い、祭司長はその家の前を通り過ぎて、知人の家を訪ねた。

知人は既に息子に商売を譲り、妻と二人、召使いたちに傅《かしず》かれて、静かに暮らしている。

妻は病室で横になっていたが、幸い顔色もよく、祭司長の来訪をことのほか喜んでくれた。

その後、祭司長は庭の見える部屋に招かれ、茶を振る舞われた。

王の庶子たちを自分の子にするという王妃の爆弾《ばくだん》宣言は、既に市民たちの間でも、格好の話題になっているらしい。家の主は祭司長にその権限があることを知っている人だが、世慣れた人物なので突っ込んだことは訊《き》いてこない。

世間話に徹しながら、さりげなく市民の反応を祭司長に伝えるという形を取っていた。

「街の者は皆、驚いてはおりますが、反対する声はほとんど聞かれません。妃殿下がポーラさまをかわいがっておられることは昔から皆もよく承知しておりますし、フェルナンさまは賢い方ですから、あの方ならよい国王になられるだろうと賛成しております。何と言っても妃殿下のなさることですからねえ。異存はないようですよ」

お茶を楽しむ二人の前には芝生《しばふ》の庭があり、放し飼いの大きな番犬が寝そべっている。

すると、何か小さな白いものが番犬に飛びついた。

仔猫である。掌《てのひら》に載りそうな猫が自分の十倍もある番犬に向かって行き、ちょこまかと飛び回りながら、小さな前足で果敢《かかん》に攻撃を加えている。

この番犬なら仔猫をひと呑みにできるはずだが、犬は大きな口で仔猫の頭をくわえ、力は加えずに転がしている。

毛糸玉で遊んでいるようにも見えるが、かなり手加減してやっているのは間違いない。

やんちゃな仔猫は興奮して、ますます盛んに、小山のような犬にじゃれついている。

知人が笑って言った。

「野良猫の仔がどういうわけか、うちの番犬に懐《なつ》きましてね。——うちで飼ってやることにしたのです。大きくなったら鼠を捕ってくれるでしょうからね。ですが、まだまだ子どもで、犬もああして気前よく遊んでやっているのですよ」

「不思議なこともあるものです。本来なら、食うか食われるかの間柄でしょうに……」

「わたしも驚きましたが、血のつながりがなくとも、種族が違っても、何かしら通うものがあるのかもしれませんねえ……」

「なるほど……」

何気なく相槌を打って、祭司長は小さく叫んだ。

危うく茶器を取り落とすところだった。

(血のつながりがなくても、種族が違っても……)

先程のひよこと猫。そしてこの仔猫と番犬。

まさに、これだ。間違いない。

これほどはっきりした啓示があろうか。

（神よ……！）

唐突《とうとつ》に茶器を置き、その場に跪き、厳《おごそ》かに祈りを捧げ始めたグレアム祭司長を、隠居した商家の主はぽかんと見つめていた。

第五話　ジャンペール家の団欒《だんらん》——二日目夜

二《に》の郭《かく》の自宅に戻って来ると、居間の窓から灯《あか》りが洩《も》れているのが見えた。

一方、二階の子ども部屋の窓は暗い。

無理もない。夕食の時間はとうに過ぎている。

ナシアスは静かに玄関をくぐった。この扉に鍵は掛かっていない。必要ないからだ。

「ただいま」

声をかけて居間に入ると、編み物をしていた妻が手を止めて立ち上がった。

笑顔で近づいて来る。

「お帰りなさい、あなた」

「子どもたちはもう眠ったのかな?」

「ええ、お父さまがお帰りになるまで起きていると頑張《がんば》っていましたけど……」

腰の剣を妻に手渡しながら、ナシアスは言った。

「すまなかったね。今日は早く帰れると思ったんだが……」

「いいえ。お仕事お疲れさまです」

子煩悩《こぼんのう》なナシアスは王宮にいる間は可能な限り家族と過ごすようにしているが、王国でも第一級の騎士団の長《おさ》ともなれば、何かと多忙なのだ。

まして今は苦しい戦《いくさ》の末に奇跡の大勝利を収めた直後である。

片づけなければならない事柄《ことがら》は山ほどある。

「ビルグナに向かわせた部隊から報告がきたよ」

「――いかがでしたか？」

緊張の面持《おもも》ちで尋ねる妻に、夫は笑顔で答えた。

「ビルグナに立て籠《こ》もっていたパラスト軍は一矢も交えることなく、砦《とりで》を放棄《ほうき》して逃走したそうだ」

「まあ、何よりでございます！」

「ああ。ほっとしたよ。オーロン王の死と、妃殿下の帰還を知らされて怖《お》じ気《け》づいたのだろうが、賢明《けんめい》な判断だ。とても戦にならないと判断したとみえる。我々にとっても無用な血を流さずに済んだことは実にありがたい」

先の戦で無念にもパラスト軍の侵攻を許し、砦を占領され、ナシアスは騎士団員を率いてコーラルに撤退《てったい》した。

その砦を無事に取り戻したのだ。騎士団長として、安堵《あんど》するのは当然だった。

「では、あなた。また砦のほうにお戻りに？」

「いや、しばらくここに留《とど》まるつもりだ」

ラティーナは嬉《うれ》しそうな顔になった。

彼女の夫はいざ出陣となれば、何か月も家を空《あ》けることも珍しくない役職に就いている。

無事に戻れる保証はない、厳《きび》しい役目だ。

しかも、つい最近まで、その悲愴な未来は事実上、確定したようなものだった。

騎士である夫は勇敢《ゆうかん》に闘い、戦場で果てるだろう。

それを止めることは自分にはできない。

覚悟を定めなくてはいけないとわかってはいても、夫を失う恐怖を感じながら自分の心を押し殺し、悲壮な日々を送っていたラティーナにとって、奇跡の大勝利を収めた現在のこの状況がどれほどありがたく、幸福であることか、言葉では言い表せない。

夫は夫で、何も言わずに支えてくれた妻が、実は必死に涙を堪《こら》えていたことを知っている。

平和を得た今は、何より妻をねぎらいたかった。

「もっと家族で過ごす時間が欲しいところだが……すまない。何かと忙しくてね」

「いいえ。毎日こうしてあなたのお顔を見ることができるんですもの。わたしはそれだけで充分です。子どもたちも喜んでいますわ」

何かを思い出してラティーナは微笑した。

「そうそう、今日もあの子たちにお話をせがまれて……たいへんでした」

「また妃殿下のお話かい？」

「ええ、それはもう」

苦笑しながら、声には恐ろしく力がこもっている。

「二人とも、すっかり妃殿下に夢中です。うちに限ったことではありませんけれど」

ナシアスも苦笑した。

「陛下のところも、我が旧友のところも同様だろうな」

「独騎長《どっきちょう》さまのお宅もです」

ラティーナは用意の白葡萄酒《しろぶどうしゅ》を酒杯に注《そそ》いだ。

彼女が丹精《たんせい》した、すっきりとさわやかな味わいのそれは夫の好むものでもある。

胡桃《くるみ》とチーズを肴《さかな》に、二人はささやかな酒宴《しゅえん》を開いた。子どもたちや召使いが眠った後のこうした静かな語らいは、夫婦のたいせつな時間だった。

「実はそのことで困っているんですの……。子どもたちに、昔の妃殿下のお話を、しきりとせがまれるんです」

「昔の？」

「はい。わたしが芙蓉宮《ふようきゅう》に入った頃のことは話しましたが、あの子たちが聞きたがるのはもっと前のお話なんです。妃殿下が王座を追われた流浪の戦士であった陛下のもとに現れて、改革派を倒すためにコーラルを目指して進軍した、その頃のお話です」

ナシアスは笑って頷《うなず》いた。

「今回と少し状況が似ているからかもしれないな。勝利の女神の――当時はバルドウの娘でいらしたが、あの方の起こした奇跡を聞きたいのかもしれないね。……しかし、何も今さら聞かなくても、その話ならみんな知っているだろうに？」

若き日のウォル・グリークの王座奪還にまつわる逸話は、バルドウの娘の登場という奇跡も相まって、市民の間で今も熱狂的に語り継《かたつ》がれている。

子どもたちに話し聞かせるお伽噺《とぎばなし》の類《たぐい》も何種類もつくられている。

デルフィニアの王妃は天界の住人で、王座を追われて独《ひと》りぼっちだった国王の前に現れ、国王を助けて、怒濤《どとう》の快進撃を開始、そして見事、王座を奪還し、その手で国王に再度の王冠《おうかん》を載せた。

デルフィニアの少年少女たちが大好きなお話だが、ラティーナは苦笑した。

「そのお話から、あの子たちが思い描いていた妃殿下と、実際にお目にかかった妃殿下が、だいぶ食い違っていたらしいのです」

「食い違い？」

「ええ。もっと——恐い方だと思っていたようで」

ナシアスは慎重《しんちょう》な性格だが、思わず言っていた。

「恐いだろう？　子どもの眼からみれば、あの方は。充分すぎるくらいに」

「ええ、それはそうですけど、天界から降りていらした勝利の女神ですから、何というか、もっと人間離れした方だと思っていたようです」

ナシアスは真顔で妻を諭《さと》した。

「ラティーナ。あの方を人間離れしていないなどと言える者は、この世に一人も存在しないよ」

困った顔をしながらラティーナも頷いた。

「……否定できません。いえ、そういう意味ではなくて、もっと気性がきつい方だと思っていたようで……」

「……きついだろう？　子どもからみれば。充分」

「あなた」

妻がちょっぴり非難めいた口調になる。

子どもの視点を免罪符にしないでくれと言いたいのだろう。

ナシアスは苦笑して肩をすくめた。

「情けないことを白状するが、大の男のわたしでも、あの方の前では時々震えが走るくらいだからね」

「ええ、わかっています。わたしも同じですから。——何と言えばいいのかしら」

賢夫人のラティーナが珍しく困っている。

「わたしにとっては、あなたもですけど、妃殿下は勝利の女神であると同時に、とても温かい方です。人間味に溢《あふ》れていると言ってもいいくらいに」

「そのとおりだ」

「子どもたちにも、妃殿下のお人柄について、わたしなりに話し聞かせていたつもりですが、あの子たちにとっては、世間に伝わっている妃殿下の印象のほうが強かったようなのです。——意外でしたが、確かにそちらのほうが神秘的ではあります。妃殿下は天上世界の住人であらせられる、文字通りこの世の方ではない。女性とは思えないほど強く美しく、猛々《たけだけ》しい方である。——となれば、生身の人の温かい部分など、いっさい持たない方だろうと。情に流されることなく、人の心を解《かい》せず、悪い言い方をするなら非常に気位《きぐらい》の高い、下々の者など歯牙《しが》にも掛けないご気性の方に違いないと……」

　やっと得心したナシアスだった。

「なるほど。わかったよ。――高貴な身分のご婦人、それもあまり感心はできない、庶民《しょみん》に対する気遣《きづか》いや寛容さは一片たりとも持ち合わせていない、言葉は悪いが、驕慢《きょうまん》な婦人をさらに強化したような方だと思っていたんだね？」

「はい。そのようなのです」

　ラティーナは安堵の微笑を浮かべて頷き、すぐにまた心配そうな顔になった。

「特にフェルナンさまは……妃殿下が愛妾《あいしょう》の子の自分の存在を疎《うと》ましく思うのではないか、ご不興を買うのではないかと、本気で心配していらしたくらいですから」

　ナシアスも何ともいえない顔で嘆息《たんそく》した。

「我々にとってそんなことはあり得ない。が……」

「はい。妃殿下を知っているわたしたちには想像もできないことです」

「フェルナンさまも、ご両親から、妃殿下のお話は幾度となく聞かされていただろうに」

「残念ですが、時として、身近な方から聞く話よりも、第三者の言葉のほうが真実味があるように聞こえる、そうしたことが起こるのでしょう。刺激的な話ならなおさらです。世間に伝わるお伽噺では、妃殿下はひどく峻烈《しゅんれつ》な方として描かれていますから」

「いや、実際、峻烈な方だが……」

「現世に舞い降りた戦女神《いくさめがみ》ならば、地上の人とは比べものにならないほど厳しく、誇り高く、愛妾の産んだ子など認めようとしない、そうした潔癖《けっぺき》さをお持ちの方だろうと……」

「間違ってはいない。実際、潔癖な方だが……」

「あなた……」

今度は少し恨《うら》めしげに妻がたしなめる。

また話が堂々巡りになるところだが、ナシアスは疑問の口調で言った。

「不思議なことを考えるものだね？　その愛妾を、ポーラさまを陛下に引き合わせたのは、他ならぬ妃殿下だというのに」

「はい。まさにそのことなのです」

ラティーナは力強く頷いた。

「ポーラさまも、フェルナンさまのお考えを初めて知ってひどく驚いていらっしゃいました。あれからポーラさまはフェルナンさまに諄々《じゅんじゅん》と言い諭されたそうですが、うちの子たちも同じような感想を持っていたのです」

「それは訂正しなくてはいけない」

きっぱりと言ったナシアスだった。

「妃殿下は確かに苛烈《かれつ》な方だ。誇り高い方でもある。潔癖なご気性で、特に卑怯《ひきょう》な真似は決して許されない。しかし……」

一拍おいて、ナシアスは断言した。

「決して冷たい方でも意地悪な方でもない」

ラティーナが得たりとばかりに手を打った。

「それです！　さすがですわ、あなた」

「こんなことをわざわざ言わなくてはならないとは、むしろ驚きだよ。わたしにとっては当たり前すぎることだからね。――うちの子たちは実際に妃殿下を見てどう思ったのかな？　大広間では震えあがっていたようだが……」

「恐いと思ったのは確かなようですよ。ですけど、妃殿下はアランナさまには優しい笑顔で、わたしにも親しげにお声をかけてくださいましたでしょう。思っていたほど恐い方ではないのかもしれないと、優しい方なのかもしれないと思ったようです」

「それで、昔の妃殿下の話を？」

「はい。ただ、わたしはその頃の妃殿下を存じあげないものですから、ほとんど話せることがなくて。あなたから話してやってくださいませんか」

ナシアスは笑って両手を挙げた。

「おやおや、わたしは騎士だよ。語《かた》り部《べ》をやれと言われても困ってしまう」

「まあ、妻にばかり任せるのは卑怯ですよ。ラモナ騎士団長ともあろうお方が」

言葉は文句でも、ラティーナの声も笑っている。

「エルウィンもジェラルディンも、デルフィニアにいらした妃殿下が陛下とご一緒に、一番最初にビルグナ砦を訪れたこと、あなたと剣の試合をして真っ先にあなたをお味方に選んだことを、とても嬉しく、自慢に思っているのですから」

　ナシアスはちょっと驚いた。

「はて。わたしはあの子たちにその話をした覚えはないが……どこで聞いたのかな？」

「ガレンスさまがあの大きなお声で、それは得意げに話していらっしゃいます」

　大いに納得すると同時にナシアスは苦笑した。

「やれやれ、うちの副団長にも困ったものだ……」

「それも妃殿下がお戻りになったからだと思います。あの方があんなにも嬉しそうに、ご自分の負けた試合のことをお話しになるのは珍しいのでしょう？」

「珍しいというより、まあ、ありえないだろうな。騎士ガレンスは負けは負けと潔《いさぎよ》く認める人物だが、敗北は己の不覚で、未熟の証《あかし》でもあると考える男だ。――無論、わたしもだ。大いに反省するところではあるが、好んで吹聴《ふいちょう》したがるはずがない」

「では、あなたはどうなのですか？　妃殿下と立ち合われて負けた試合のことは……」

　ナシアスの顔に晴れやかな微笑が広がった。

「大いに語りたいと思うよ。勝利の女神に直々《じきじき》に手合わせしてもらったことは、騎士として最大の栄誉《えいよ》だからね」

　誇らしげな夫の口調に、ラティーナは「まあ」と呆《あき》れたような、心から楽しそうな笑みをこぼした。

　ナシアスが当時を思い出して、しみじみと言う。

「あの時のことは……あの試合のことは、わたしの生涯でも無二の思い出だ」

ラティーナはシャーミアンやロザモンドと違って、剣術にも戦にも縁のない女性だ。今まで夫とこんな話をする機会はほとんどなかったので、興味深げに問いかけた。

「妃殿下は、お強うございましたか？」

ラモナ騎士団長はゆっくり首を振った。

「お強いなどという次元ではなかった。あの方は当時まだ十三歳。妃殿下ではなく、王女ですらなく、バルドウの娘と呼ばれていたが、本当に小さなお身体で、可愛らしい少女の姿でいらしたのに、振るう太刀筋《たちすじ》ときたら鬼神《きじん》のごとしだ。後になって思ったことだが、わたしもガレンスも自分たちはまさしくバルドウの娘と――いや、現世に舞い降りた勝利の女神と剣を交え、稽古《けいこ》をつけていただいたのだと、身に余る光栄に感じたよ」

「……………」

「陛下でさえ、妃殿下と直《じか》に剣を合わせた経験はお持ちでないはずだ。陛下はいつも妃殿下と肩を並べて闘っておられたからね。敵ならなおのこと、妃殿下と直に剣を合わせて生きている者などいるはずもない。その意味でわたしの経験は実に貴重だし、妃殿下の太刀筋を骨身に染みて味わわせていただいたという意味では、大いにこの身を誇りたいと思っている。実は密かな自慢でもある。ガレンスも同じことを考えているのだろうな」

「そのあなたがわたしと子どもたちの誇りです」

「これは嬉しいな」

微笑して、ナシアスは懐《なつ》かしい昔に思いを馳《は》せた。

「デルフィニア広しといえども、あの方と直々に手合わせをした者など五人といないはずだ。そう……わたしとガレンス、今は亡き先代ヘンドリック伯爵、この三人くらいだろう」

「サヴォア公爵さまは？」

唐突《とうとつ》な質問にナシアスはちょっと戸惑《とまど》った。

妻が何を示唆《しさ》したのか摑《つか》みかねたのだが、旧友が自分に斬りつけた時のことだと察して、首を振った。

「——あれは違う。稽古とは言えないよ。妃殿下はバルロを制止しただけだ」

答えたものの、同時に不思議に思った。

「ラティーナ。その話をどこで？」

王国を代表する大公爵にして、国王の従弟《いとこ》でもあるティレドン騎士団長が、同僚の騎士団長に真剣で斬りつけたなどと、大きな声で言える話ではない。

ナシアス自身は妻に話した覚えはない。

バルロも言うはずはない。

彼にとってもあのことは一種の恥辱《ちじょく》で、苦い過去のはずだ。そんな話をあの男が女性に——しかも、斬りつけた当の本人の妻に打ち明けるはずがない。

どこから洩れたのかという問いに、ラティーナは申し訳なさそうな顔で告白した。

「公爵家の家宰《かさい》さまです」

「——カーサが？」

「はい。家宰さまは妃殿下がお帰りになったことがよほど嬉しかったのでしょうね。今日のこの日があるのもすべては妃殿下のおかげですと、うっかり洩らしたようなのです。あの内乱の折、やむを得ぬ事情からとはいえ、あなたに斬りつけた公爵さまを妃殿下が止めてくださらなかったら、いったいどんなことになっていたかと。ところが、それをお子さまたちに聞かれてしまって……」

「ユーリーとセーラに？」

「はい。その話がうちの子たちにも伝わりまして」

「……きみの耳にまで入ったというわけか」

「はい。わたしも知らなかったので驚きましたが、お二人はそれどころではなく……血相を変えて家宰さまを問い質《とただ》したようなのです」

特に双子の妹は父親に似て一本気な性格だ。

父はなぜそんなことをしたのかと、老執事に相当きつく詰め寄ったらしい。

老執事も失言に気づいて、公爵さまは決して本気でナシアスさまを害しようと思ったわけではありません、すべて誤解なのですと言い置いて、慌《あわ》てて逃げ出したという。

ナシアスはため息を吐いた。

「逃げたところで、いずれは捕まるだろうに……」

「セーラさまのことです。家宰さまから聞き出せないなら、公爵さまに直談判するかもしれません」

「あり得るね」

ナシアスは小さく笑って、妻を見た。

「話さなかったことを怒っているかい？」

「いいえ。ただ……」

ラティーナはそれを咎《とが》めるような妻ではなかった。

あの内乱当時、個人の意思には関係なく、親しい者同士がいやでも闘わなければならない仕儀に陥《おちい》る——そんな悲劇が各地で起きたことも知っている。

夫と夫の旧友を信じてもいる。

だから、控《ひか》えめに、素朴な疑問を口にした。

「……よほどの事情があったのだろうと、日頃から、あれほど仲の良いあなたと公爵さまが、なぜそんなことに——とは思いました」

ナシアスは静かに答えた。

「誰が悪かったわけでもない。わたしも若かったが、バルロはもっと若かった。それだけだ」

「…………」

「カーサの言うとおりだな。妃殿下が血気に逸《はや》ったバルロを止めてくれなかったら、わたしは今頃この世にはいなかっただろう。そう考えると、妃殿下はわたしの命の恩人でもある」

ラティーナは真剣な顔で首を振った。

「いいえ、あなた。それは違います。公爵さまはどんなに激昂《げっこう》しておられたとしても、あなたを本当に斬ったりはできなかったはずです」

ナシアスはちょっと笑った。

「きみは妃殿下と同じことを言うのだね」

その時、部屋の外で軽い足音がした。

夫妻がそちらに眼をやると、扉がそっと開いた。

寝間着姿の子どもたちがおずおずと顔を覗《のぞ》かせて、口々に言ってくる。

「お父さま、お帰りなさい」

「お帰りなさい」

「おやおや。二人とも、まだ起きていたのかい？」

父親が笑顔だったので（怒っていなかったので）二人は喜んで部屋に入ってきた。

「お父さまがお帰りになるのが聞こえたから。ねえ、お父さま、お話があるの」

眼を輝かせているジェラルディンは六歳。

年の割に大人びて、母親に似て穏やかな少女だが、今は珍しく少し興奮《こうふん》しているらしい。

妻と話していた内容が内容だから、話というのはそのことかとナシアスは身構えたが、長女の言葉は父親の予想を激しく裏切るものだった。

「――お父さま。あたしも大きくなったら妃殿下の愛妾になりたい！」

微塵《みじん》も表情を変えなかったのは、さすがラモナ騎士団長という他ない。

「……ジェラルディン。あたしも、というのは――どういうことかな？」

にっこりと穏やかに問いかけたナシアスであるが、見るものが見たら（特に旧友のティレドン騎士団長がだ）震えあがるに違いない笑顔だった。

ジェラルディンは夢中の様子で言い募《つの》った。

「セドリックが言ったのよ。ぼくは大きくなったら妃殿下の愛妾になるんだって。セーラさまがそれは変だって言ったの。男の子は愛妾にはなれないって、そのお役目にはわたしが代わりに立候補するって。ポーレットもよ。だからあたしたちも――あたしとアラベルとイヴリン！　みんなで相談して、大きくなったら妃殿下の愛妾になろうって決めたの！」

そんなことを独自に決めないでもらいたい。

放心している父親が何か言うより先に、兄のエルウィンが妹をたしなめた。

「ジェラルディン。女の子は愛妾にはなれないよ」

「なれるわよ。ポーラさまは陛下の愛妾でしょ」

「それは陛下が男の方だからだろう。妃殿下は女の方なんだから、愛妾はお持ちにならないよ」

冷静な言葉に父親が安堵したのも束《つか》の間《ま》だった。

エルウィンは胸を張って、とんでもない爆弾を落としたのだ。

「だから、ぼくが妃殿下の愛人になる」

戦場では常に冷静沈着なラモナ騎士団長が極めて珍しく、狼狽《ろうばい》も露《あら》わな声を発した。

「……エルウィン？」

長男は父親の顔を見て、大真面目に言ってのけた。

「フェルナンたちと話してたんです。妃殿下は……どんなに女の方らしくなくても女の方なんだから、それならぼくたちで妃殿下の愛人を目指そうって。女性の方の場合は愛人と言うのでしょう？」

言う。確かに言うが、そういう問題ではない。

絶句している父親をよそに、兄と妹は真剣に言い争いを始めている。

「そんなのずるい！」

「ずるくない！　王妃さまは女の方なんだから！　女の子を愛妾にするのは無理だってば！」

「無理じゃないわよ！　ポーラさまだって、陛下の愛妾じゃなくて妃殿下の愛妾みたいだって、みんな言ってるじゃない！」

今度こそ呻《うめ》いて顔を覆《おお》ったナシアスだった。

思わず問いかける調子で妻を呼んだ。

「ラティーナ……？」

何故こんなことになっているのか、彼には本当に理由《わけ》がわからなかったのだ。

ラティーナも大いに困った顔をしながら、そっと夫に囁《ささや》いた。

「そもそもの発端《ほったん》は女官長がおっしゃったことらしいのです。まだ妃殿下が戻られる前の出来事ですが、愛妾とは高貴な方の一番傍近くに仕える、もっとも信頼されている部下なのですよと……、セドリックさまに……」

たちまち事情を察したナシアスだった。

セドリックは国王の次男で、まだ七歳の少年だ。

彼の家庭環境は少々複雑だ。

父親は国王で、母親は父の妻ではなく愛妾と呼ばれている。

父親には肖像画でしか見たことのない王妃がいて、その人が正式な妻だという。

幼い少年はそのことを不思議に思い、必然的に『愛妾って何？』と素朴な疑問を抱いたのだろう。

カリンは国王の子どもたちの乳母《うば》役でもある。

聡明《そうめい》な女官長だから、熟慮の末、小さな男の子にもわかりやすい、納得できそうな答えを与えたものと思われた。

その答えは決して間違ってはいない。

ポーラは国王の絶大な信頼を得ている一番近しい部下には違いないのだから。

女官長は幼いセドリックを思いやって、この答えを返したのだろう。そのことで女官長を責めることはできないし、他の場合なら微笑《ほほえ》ましい逸話《いつわ》で済むのだが、おかげで現状は非常に厄介《やっかい》なことになっている。

ナシアスは恐ろしく複雑な顔で妻に囁いた。

「つまり、子どもたちの間で、誰が妃殿下の一番の部下になるかという……？」

ラティーナも小声で囁き返した。

「はい。まさに競争が起きているようなのです」

微笑ましいといえば微笑ましいが、子どもたちが言い争う内容がひたすら穏やかではない。

「あたしが愛妾になる！」

「ぼくが愛人になるよ！」

こんなことを大声で争われては、意味をわかっている大人としてはたまったものではない。

加えて二人の様子を見ると、『男の子対女の子』という図式ができている感じなのだ。

「男は何人愛妾を持っても許されるけど、女の人は一人でもいけないんだよ！」

「それならお兄さまだってセドリックだって、妃殿下の愛人にはなれないじゃない！」

「妃殿下は例外だよ！　陛下だってきっとお許しになる！」

思わず眼と眼で会話した夫婦だった。

（いや、許すも許さないも、そういうことに関して、陛下に発言権は……）

（ありませんね……）

それどころか、あの国王のことだ。王妃が愛人を持ったらおもしろがって紹介しろと言いかねない。

「男の子ばっかりずるい！」

「ずるくないよ！」

「何人持ってもいいんでしょ。それならあたしたちみんなで妃殿下の愛妾になる！」

「だから、妃殿下は女の方だから無理だって！」

「無理じゃないってば！　妃殿下はそのへんの男の人なんかよりずっと男らしい方だって、サヴォア公爵さまも独騎長さまもおっしゃったもの！」

ジャンペール夫妻は揃《そろ》って天を仰《あお》ぎ、互いの顔を見た。

二人とも何とも言えない表情になっていた。

戦場であれば、ラモナ騎士団長はいかなる難敵も恐れない。

敵が手強《てごわ》ければ手強いほど冷静に攻略法を考え、撃破してみせる人だが、この時ばかりはまったくもって情けないことに、頼むから何とかしてくれと、救いを求める絶望的な視線を妻に送った。

しかし、ジャンペール夫人も恐れを成したように首を振り、夫を励《はげ》ますような拝むような仕草をして、小声で囁き返した。

「勘弁してください。わたしには荷が重すぎます。……あなた！　しっかり！」

「……わたしにどうしろと⁉」

絶望的な気分に陥ったナシアスだった。その間にも、子どもたちの言い争いは、ますますありがたくない方向に激しさをましている。

「そりゃあ妃殿下は天界の方だから、普通の女の方ではないかもしれないけど！」

「そうよ！　天界は地上と違うの！　女の方だって愛妾を持ってもおかしくないんだわ！　妃殿下なら全然普通よ！」

「そんなの、わからないじゃないか！」

「だって！　天界の女の人が愛妾を持てないなら、ユーリーもエミールもフェルナンも妃殿下の愛妾になれないわよ！」

「愛妾じゃなくて愛人だよ！」

ナシアスはかろうじて呻くのを堪えた。

できることなら、十歳にもならない息子の口から聞きたくはない言葉だ。もちろん六歳の娘からもだ。

この様子からすると、同様の諍いがサヴォア公爵邸でもドラ伯爵家でも勃発《ぼっぱつ》しているのは間違いない。

何とか気力を奮《ふる》い起こした父親は、子どもたちの諍いに果敢に割って入った。

「二人とも、喧嘩《けんか》はよしなさい」

「でも、お父さま！」

見事に兄妹の声が揃う。

「喧嘩は、よしなさい」

二人ともたちまち、しゅんとなった。

おずおずと上目遣いに父親を見つめてくる。

ナシアスは優しい父親だ。声を荒らげて子どもを叱《しか》ったりするようなことはしない。

こうして真剣な顔をつくるだけで充分なのだ。

大人しくなった二人を前に、ナシアスは精一杯、威厳《いげん》のある表情を保ってはいたものの、実は大いに焦《あせ》っていた。

（さて、どうしたものか……）

妃殿下は愛人も愛妾もお持ちにならないと否定するのは簡単だが、恐ろしいことに、二人ともそれでは納得しないような気がする。

その時、閃《ひらめ》いた。

幸い――というのも変だが、二人とも『愛妾』『愛人』という言葉の意味を正しく理解していない。『高貴な人にもっとも信頼されている部下』という意味で使っている。

その間違いにあえて乗ることにして、鹿爪《しかつめ》らしく言った。

「果たして妃殿下は、夜更かしをするような子を、もっとも信頼する部下に選んでくださるかな？」

効果は覿面《てきめん》だった。

二人ともひどく慌てて、気まずそうな顔でうつむき、ジェラルディンが心配そうに尋ねてきた。

「……良い子になったら妃殿下の愛妾になれる？」

どうしても話がそこへ戻るのかと父は脱力したが、それは顔に出さず、あくまで真面目な口調で言った。

「どうかな。それは妃殿下がお決めになることだ」

今度はエルウィンが言う。

「ポーラさまも、妃殿下がお選びになって、陛下の愛妾に推挙《すいきょ》なさったのでしょう?」

「推挙とは難しい言葉を知っているね。——ああ、そうだよ」

父親が微笑したのに力を得て、ジェラルディンが熱心に言ってきた。

「アラベルがとっても自慢するの。お母さまは妃殿下に選んでいただいたのよって。でも、お父さまだって妃殿下に認めていただいたのよね」

「お父さまが一番最初に妃殿下のお味方をされたのでしょう?」

真剣そのものの子どもたちの表情が可愛らしい。父親としてはつい頰が緩んでしまうが、ナシアスは表情を引き締めて、真顔で頷いた。

「そうだよ。十三歳のあの方が突然、流浪の陛下とご一緒にビルグナ砦にお見えになった時は、本当に驚いたものだ」

「お父さま、そのお話、聞かせて!」

「お願い!」

「今日はもう遅いからね。二人とも早く寝なさい。その話は明日にでもすることにしよう」

しかし、二人はもじもじしながら顔を見合わせている。

まだ何か父親に訊きたいことがあるらしい。

思いきったように言い出したのはジェラルディンのほうだった。

「それなら、お父さまが……公爵さまと、喧嘩した時のお話もしてくれる？」

やはり、そのことか……。

ナシアスは微笑を浮かべて、悪戯《いたずら》っぽく言った。

「おやおや、お父さまはバルロと喧嘩なら、今でも時々しているだろう？」

賢明な妻は沈黙を守りながらも、

（たいてい公爵さまが一方的にやっつけられて終わりになりますけれど……）

と考えているが、それは言わない。

今度はエルウィンが慎重に、精一杯さりげなさを装って尋ねてきた。

「お父さまが、その時、公爵さまに斬られて怪我《けが》をしたというのは本当ですか？」

「ああ。真剣を使う試合ではそういうこともある。騎士なら誰もが覚えのあることだ。たいした怪我ではないよ」

さらりと躱《かわ》されて、長男は少しむきになった。

「試合ではありません！　公爵さまは本気でお父さまを……斬ろうとなさったと聞きました……」

だんだん声が小さくなる。

その顔中で「どうしてですか」と訴えている。

ジェラルディンも、じっと父親を見つめている。

二人とも幼いながらに真剣な表情だ。

国内筆頭公爵のサヴォア家と地方貴族のジャンペール家には相当な身分の差がある。

しかし、子どもたちは仲のいい友達である。

父親同士もそうだと思っていたのに、なぜ……。

そんな子どもたちの疑問を父親は敏感に察した。

まだ早いと思っていたが、子どもたちのためにもこの問題を曖昧《あいまい》にごまかすのはよくない、先送りにするべきではないとナシアスは判断した。

彼の妻は賢《かしこ》い女性である。

そうした夫の気持ちを敏感に察して、子どもたちに言った。

「——二人とも、お二階に行って寝台に入りなさい。そうしたら寝るまで、お父さまがそのお話を聞かせてくださいますよ」

「本当⁉」

「お父さま！」

ナシアスは笑って頷いた。

「ああ、いいとも」

ラティーナがさりげなく言う。

「そのお話、わたしにも聞かせてくださいな」

「もちろんだ」

子どもたちは大はしゃぎで階段を駆け上がった。

「お父さま、早く早く！」

子ども部屋に半分入りながら催促《さいそく》してくる。

ジャンペール夫妻は顔を見合わせて微笑した。

ラティーナが火を移した手燭《てしょく》を持って、二人は子どもたちに続き、並んで階段を上っていった。


父親が初めて話す内乱時代の話に、子どもたちは夢中で聞き入っていた。

興奮して続きをねだり、父親を質問攻めにして、なかなか寝てくれなかったが、それでも二人がようやく寝入ったので、夫妻は足音を忍ばせて、そっと子ども部屋を出た。

何となく、まだ寝台に入ってしまうのが惜しくて、二人は再び居間に戻った。

ナシアスは少しばかりぐったりしながら、苦笑を浮かべて、ため息を吐《つ》いたのである。

「いやはや、さすがに参った。うちでこんな有様となると、バルロの屋敷や独騎長のお宅が心配だな。いったい、どんな事態になっていることやら……」

ラティーナも心配そうに言ったものだ。

「それを言うなら芙蓉宮もです。あの子たちの話が確かなら、陛下のお子さまたちは皆……特にセドリックさまは妃殿下にご自分の生涯を捧げる気、満々ですから」

「まだ幼い方だからね。そこまで心配しなくても、大丈夫とは思うが……」

言いかけて、ナシアスはくすりと笑った。

「いや、油断は禁物かな。あの妃殿下なら、本当に愛妾や愛人を何人持ってもおかしくない……」

「あなた。滅多《めった》なことをおっしゃらないでくださいな」

夫をたしなめながら、ラティーナも笑っている。

「明日にでも、あらためてポーラさまやシャーミアンさまと話してみます。ロザモンドさまとも」

「ああ、頼むよ」

「あの子ったら……。サヴォア公爵夫人になるのは断ったのに、妃殿下の愛妾になりたいだなんて」

ラティーナは先程の娘の言動を思い出したのか、困ったように微笑した。

「小さな子どもというものは、突拍子もないことを考えるものですね」

「笑えないよ。バルロが聞いたらきっと怒るぞ」

「ですけど、妃殿下が相手となったら、公爵さまも引き下がらざるを得ませんでしょう?」

「その通り。だから余計に腹を立てるよ、我が友は」

「まあ……」

ラティーナはくすくす笑い出した。

同じく微笑して、ナシアスは感慨《かんがい》深げに言った。

「こんな話ができるのも……」

「はい。すべては、妃殿下が戻ってきてくださったからです」

「わたしたちの勝利の女神に乾杯しよう」

「はい」

ジャンペール夫妻はあらためて厳《おごそ》かに白葡萄酒の酒杯を掲《かか》げた。

王妃がコーラル城に凱旋《がいせん》して二日目の夜だった。

第六話　ドラ伯爵家の騒動

――三日目夜

二《に》の郭《かく》のドラ将軍の館には、広い馬場と厩舎《きゅうしゃ》と、故郷から連れてきた家来たちを泊めるための家がある。

セロンの息子のジョーディもそこに滞在していた。

十四歳のジョーディは、コーラル城を訪れるのは今回が初めてだ。

見るものすべてが新鮮で、誇らしかった。

故郷へ帰ったら友達に大いに自慢するつもりで、ジョーディは張り切って働いていた。

馬の世話に厩舎の掃除《そうじ》、大人たちの使い走りなど、することはいくらでもある。

しかも、今回、大人たちがしきりとジョーディを呼んで話を聞きたがるのだ。

大人たちばかりではない。

小さな子たちも息せき切ってやってきた。

「ジョーディが黒主《くろぬし》の鞍《くら》を届けたんだって⁉」

「やあ、坊《ぼっ》ちゃんたち。——そうだよ」

厩舎の掃除をしていたジョーディは手を止めて、ドラ将軍の孫たちを笑顔で迎えた。

九歳のエミールと八歳のサイラスは眼をきらきら輝かせている。

二人にとってジョーディは領民の子だが、頼れるお兄ちゃん代わりでもある。

ジョーディにとっても生まれた時から知っていて何かと面倒を見てきた二人だから、領主の孫として憚《はばか》ると同時に、弟分のような気持ちで接している一面も否定できない。

「すごいや！」

「ジョーディが黒主に鞍を載せたの⁉」

エミールもサイラスも快哉《かいさい》を叫び、ジョーディは即座に否定した。

「それは無理」

十四歳の少年が小さな男の子の前で、こんなにも素直に振る舞うのは珍しい。

ちょっぴり見栄を張って『もちろん！』と胸を張りたい気持ちもあるのだが、そんな嘘《うそ》を吐《つ》いたらとんでもないことになる。

ありがたいことに少年たちはジョーディの葛藤《かっとう》に気づく余裕はなかった。

熱心に質問してきた。

「黒主はどんな感じだった？」

「鞍を持って行った時、近くで見たんでしょう？」

「ああ。あんなに近づいたのは初めてだったよ」

その時のことを思い出し、ジョーディは重々しい感動の口調で言った。

「俺が追いついた時、黒主はもう汗だくで、鼻息も荒くて、汗を拭《ふ》いてやろうとしたんだけど、とても触れなかった。――思いっきり睨《にら》まれたよ」

兄弟は息を呑《の》み、声を潜めながら尋ねた。

「……黒主に？」

なら話は別だ。

ジョーディは真顔で頷《うなず》いた。

馬に睨まれて怯《ひる》むというのは、ロアの少年としてかなり恥《は》ずかしい失態だが、黒主が相手
サイラスが心配そうに問いかけてくる。

「それなら、ジョーディが鞍を届けるまで妃殿下はどうされてたの？」

兄のエミールも熱心に言った。

「父さまが、妃殿下は黒主には手綱を掛けないって言うんだ。昔からそうだったって。でもそれじゃあ戦えないし……。鞍が届くまで戦《いくさ》の指揮をされてたのかな？」

ジョーディは大人のようにため息を吐いてみせた。

「あればっかりはなあ。坊ちゃんたちも自分の目で見なけりゃあ到底信じられないと思うよ。裸馬《はだかうま》っていったって、普通は手綱は掛けるもんだろう。でなきゃあ馬の操縦なんかできっこない。跨《また》がってしがみついているのがやっとなのに、妃殿下は左手に黒主の鬣《たてがみ》を摑《つか》んで、右手で剣を振るって、自由自在に黒主を駆ってらしたんだ」

兄弟は息を呑んだ。既《すで》に父親から聞いてはいたが、実際に眼にした人の、しかも年の近い少年の話だ。違う重みがある。

「手綱なしで、どうやって馬を操《あやつ》るの？」

「俺にもわかんないよ。どうやったらあんなことができるのか。そりゃあ黒主でやるのが無理なのは最初からわかってるけど——あんなの、普通の馬でも絶対無理だ！」

エミールもサイラスもまったく同感だった。

馬を厩舎から出す時、まず何をするかといったら、ハミを掛けることだ。

さもなければ引いていくこともできはしない。

それが二人にとって、いや、馬を扱う者すべてにとっての常識だった。

当然、ジョーディにとってもだ。

「俺もうびっくりしてさ。だって鞍を載せようっていうのにハミを掛けないなんて、ありえないだろ？　『手綱は？』ってお尋ねしたんだけど、そうしたら妃殿下がなんておっしゃったと思う？」

子どもたちはごくりと息を呑んで、ジョーディの言葉を待った。

「『いるかそんなもの』だって！　嘘みたいだろ？　だけど誓って本当だから」

幼い兄弟は眼をまん丸にしている。

「……鞍は載せるのに、手綱を掛けない？」

「……そんな状態で、本当に戦えるの？」

「俺もそう思った」

ジョーディは十四歳の少年としては精一杯厳《おごそ》かな表情を、そばかすの顔に浮かべている。

「とんでもなかったよ。あんなの、普通の人間には絶対に真似できない。父さんに聞いたら、妃殿下は、本人がいやがるからっていう理由で先代の黒主にも手綱を掛けなかったんだって。

鞍だけ載せた黒主を思い通りに駆って、自由自在に剣を振るって、縦横無尽《じゅうおうむじん》に槍《やり》を使って、弓を引けば矢継《やつ》ぎ早の腕前で、一矢も外さなかったって。腕自慢のロアの男たちもあの方の前では子ども同然だったって」

子どもたちは興奮《こうふん》のあまり身震いしている。

特にエミールは感動すると同時に悔《くや》しそうだった。

「俺も行きたかったなあ……！」

そうすれば直《じか》に王妃の勇姿を見られたのにという無念の籠《こ》もった言葉である。

ジョーディはお兄さんぶった余裕の笑みを浮かべて反論した。

「坊ちゃんが戦に出るのはまだ無理じゃないかな。もう少し大きくならないと。お父さまも、将軍さまだってお許しにならないぜ」

「俺はもう子どもじゃないよ！」

「踏み台無しで馬に乗れないうちは一人前じゃないよ」

指摘されて、エミールはふくれっ面《つら》になった。

ロアに生まれた少年ならほとんど誰でも物心つく前に馬に乗る。エミールもそうだった。小さな頃は父が抱きかかえて馬具をつけた馬に乗せてくれたが、今はもちろん一人で馬具も装着できるし、一人で鞍に乗っている。

ただし、身長だけは如何《いかん》ともしがたい。

台がないと、まだ鐙《あぶみ》に足が届かないのだ。

不満そうに頬《ほお》を膨《ふく》らませている様子がおかしくて、ジョーディは笑いを嚙《か》み殺している。

しかし、かくいうジョーディも戦は今回が初めてだ。

たった一度、それも勝ち戦しか体験していないのでは、戦の現実を知るにはほど遠いが、それは十四歳のジョーディにはわからないことだった。

当然、幼い兄弟も知らない。

サイラスが憧《あこが》れに満ちた眼差《まなざ》しで尋ねた。

「妃殿下とは他にどんなお話をしたの？」

ジョーディは何とも言えない顔になった。

それを語ろうとしたら、自分の大失敗についても語らなくてはならない。

さすがに抵抗があったが、大人たちは既にみんな知っていることだ。

その件でさんざんからかわれることにも閉口していたが、大人たちはどちらかというと、ジョーディに同情的だった。

「おまえもとんだ災難だったなあ」

「しかしまあ、気持ちはわからんでもない」

「そうそう。大きな声では言えんが、あの方のあの身なりと言葉遣《ことばづか》いでは、怪《あや》しい奴と思わないほうが難しいわな」

といった具合だ。

とはいえ、まさかそこで「そうだよね！」と迎合するわけにはいかない。

王妃を誹謗《ひぼう》することになるからだ。

ひたすら神妙な顔をして口をつぐんでいるしかない。

実を言うと、これはかなりのストレスだったので、ジョーディはここぞとばかり、年下の少年たちに、声を低めながらも自分の正当性を訴えたのである。

「最初はさ……馬泥棒だと思ったんだ」

「えっ？」

「妃殿下だなんて思わなかったんだよ！　だって……あんな粗末な、男みたいな格好で……そりゃあシャーミアンさまだって男の服を着てるけどさ！　シャーミアンさまは一目で女の人だってわかるけど、妃殿下は言葉遣いも男みたいだし、自分を『おれ』なんていう女の人、今まで見たことないよ！」

それは否定できないと幼い兄弟も思った。

「うちの馬に平気で触ってるし……馬も普通に触らせてるし、そこがもうおかしいんだけど、あの時は、すぐに止《や》めさせなきゃって思ったんだ」

ジョーディはとことん落ち込んでいる。

日頃はお兄ちゃん然としている相手の様子がおかしくて、エミールは子どもらしい悪戯《いたずら》な気分に駆られて、わざとからかうように言ってみた。

「妃殿下を馬泥棒と間違えるなんて、無礼だよなあ。牢屋に入れられちゃうんじゃないか？」

ジョーディは困ったような顔で頷いた。

「俺もそう思った。だけど、俺が牢屋行きなら、ロアの大人の半分くらいは牢屋行きだよ。

父さんが話してくれたけど、妃殿下がロアに来た頃は本当にひどかったんだって」

　少年たちはきょとんと問い返した。

「ひどいって、何が？」

「その頃の妃殿下は今の俺より小さい女の子だった。それなのに、なれなれしく陛下を呼び捨てになさって、将軍さまにも普通の言葉遣いで、軍議にも口を出してらしたもんだから、大人はみんな腹を立てて、少しは身分をわきまえろって言《い》い諭《さと》したんだって！」

　呆気《あっけ》にとられた少年たちの顔色がみるみる変わる。

「嘘だよ！　そんなの！」

「そうだよ！　妃殿下にそんなこと言えないよ！」

　ジョーディは首を振った。

「嘘じゃない。みんな知ってることだから。タルボさまなんか特にすごかったらしい。面と向かって得体の知れない小娘だの、無礼者だの、生意気だの、最後には子どもは黙って大人しくしてればいいって怒鳴《どな》りつけたっていうんだから！　すごいよなあ！　それに比べたら俺なんか全然ましだって……」

　ジョーディのぼやきは止む気配もない。

　だが、子どもたちは既に聞いていなかった。

　仰天《ぎょうてん》しながらジョーディに礼を言って別れると、ロアの家来たちが住む家へ向かった。

　エミールもサイラスもジョーディの言葉を鵜呑《うの》みにしたわけではない。

二人ともまだ幼いながらも、一方の話だけを聞いて物事を判断するのはよくないことだと知っている。父も母も祖父もそうしているからだ。

だから、顔なじみの家来たちに駆け寄り、わざと笑顔でねだってみた。

「妃殿下のお話を聞かせてよ」

ドラ伯爵家は譜代の家柄《いえがら》だが、自由闊達なロアの気質も相まって、格式張らない家風で、大人たちは将軍の孫とも普通に話をする。

ましてや、今この家にいるのは将軍に付き従って戦場に出た者ばかりだ。

王妃の話題は彼らとしてももっとも語りたいところだから、先の戦で見かけた王妃の姿を熱心に話してくれた。

耳を傾けながら、兄弟はどうやって肝心《かんじん》の話を聞き出そうかと頭を使っていたが、兄弟がわざわざ水を向けるまでもなかった。

戦の手柄自慢をしていた一人が笑いながら嘆息《たんそく》し、しみじみと言い出したのである。

「もう……十六年も前になるのか。あの方がロアにいらした時は、まさかこんなことになるとは夢にも思わなかったよなあ……」

すかさず、他の家来が同意した。

「おお、そのことよ」

「まさしく『神のみぞ知る』だわなあ」

「まあ、とにかく、こまっしゃくれて、生意気で……」

「あれで娘っ子だっていうんだから……」

そこからは出るわ出るわ……兄弟にとっては耳を塞《ふさ》ぎたくなるような話が延々と続いた。

「おったまげたよなあ。あの頃のあの方にはタルボさまも、そりゃあ手を焼いてなすった」

「おお、タルボさまはかなり激しく叱責《しっせき》なすってたよなあ。あのタルボさまに一喝《いっかつ》されても、びくともしねえんだから」

「そりゃあ、ただのお方であるわけがねえや」

大人たちは、王妃が昔の自分たちの無礼な態度を怒ってはいないと知っている。だから、単なる笑い話として披露《ひろう》したが、兄弟はそうはいかない。

二人は先日、生まれて初めて自国の王妃を見た。

確かに男の人のような服装と話し言葉ではあるが、他のどんな女性より美しく、凛々《りり》しく、眼も眩《くら》むほど輝かしい人だった。

あの人に軽口を叩くなんて、とんでもない。

第一、相手は自国の王妃なのだ。無礼な口を利くなんて、許されない。義憤《ぎふん》に燃えた幼い兄弟は、慌ただしく家来たちの家を後にして、ものすごい勢いで家老のもとに突撃した。

「本当なの⁉　タルボ！」

「嘘だよね⁉」

災難だったのは孫のように可愛がっている主人の孫たちに詰め寄られた『爺《じい》や』である。

タルボは兄弟が生まれた時から、それどころか、兄弟の母親が生まれた時からドラ将軍に仕えている。まさに側近中の側近で、文字通りの右腕だ。

主の将軍よりも年上のタルボではあるが、次代の伯爵となるであろうエミールにも仕えてみせると、まだまだ意欲満々だった。

そのエミールが弟ともども、激しくタルボを非難する顔で迫ってくるのだ。

たじろいだが、タルボにはタルボの言い分がある。

「た、確かに、当時の自分は妃殿下に対し、失礼な態度を取ったかもしれません。しかし！」

敢《あ》えて胸を張ったタルボだった。

「妃殿下は——いえ、当時のあの方はやることなすこと、提案なさることのすべてが、とにかく常識外れでした。単独で敵の城塞に忍び込み、火を放って敵を攪乱《かくらん》、自身は無傷で脱出する——こんなものは奇策とも呼べません。無謀です。荒唐無稽《こうとうむけい》にも程があります。実現不可能な与太《よた》話ですぞ。ですから、声を大にして反対申しあげたのです」

「でも、妃殿下はそれをやってのけられたんだよね？」

「さよう」

タルボは重々しく頷いた。

「あの方は、どんな無謀な戦術であろうと、やると言ったことは必ず成《な》し遂《と》げてみせました。有言実行とはあの方のためにある言葉でしょうな」

「なのに、タルボは妃殿下を信じなかったんだ？」

「で、ですからそれは……あの方はまだ幼く……」

あの当時のあの状況では致し方なかったのだ、と言っても兄弟は納得しない。

「いくら幼くても、妃殿下でしょう？」

「そうだよ。妃殿下はロアに来て、すぐに先代の黒主を乗りこなしてみせたって、タルボが言ったんじゃないか。そんなの、普通の人にできるわけない」

「兄さんの言うとおりだよ。それなのに、どうして妃殿下を信じなかったの？」

「む、無茶を言わんでくだされ……」

大弱りの爺やだった。

「何度も言いますが、当時のあの方は、何の身分もお持ちではなかった。素性《すじょう》の知れない、口も悪い、なれなれしく陛下を呼び捨てにする風変わりな娘でしかなかったのです」

必死に弁明したが、これが完全な逆効果になった。

兄弟がタルボを見る眼に、怒りではなく、呆《あき》れたような失望の光が宿ったのだ。

「……タルボは、そんなふうに妃殿下を見ていたのか？」

「妃殿下とお話しになれば、すぐにわかることなのに？」

それを言われるとぐうの音《ね》も出ない。

当時の自分は、国王が連れてきた少女の生意気な態度や常識外れの言動ばかりが目に付き、苛立《いらだ》っていたのは否定のしようもない事実だからだ。

その内面の気高さ、常人離れした戦闘力の高さ、強靭《きょうじん》な意志、大の男にも勝る精神力と優れた頭脳、そうしたものには気づかなかった。

見ようともしなかったと言ったほうが正しい。

タルボが初めて見る人を判断する材料は真っ先に家柄、そして武名である。

タルボに限ったことではない。ほとんどの人がそうだろう。

突然やってきた、氏素性も知れない、大言壮語（にしか聞こえなかった）ばかり吐く少女を信用できなくても無理はないのだ。

だが、兄弟はそんなタルボの不明を責めている。

あの人の気高さ、勇猛果敢《ゆうもうかかん》さは疑いようもない。

そんなことは見れば一目でわかることなのに、『身分を持たない』『態度が悪い』。

そんな見てくれに騙《だま》されたのかと。

進退窮《きわ》まってしまったタルボは苦し紛《まぎ》れに主《あるじ》を巻き込んだ。

「そう言われましても、何しろ将軍さまが当時の妃殿下にそのような態度で接しておられましたので、家来のわたしも将軍さまに倣《なら》ったまでです」

はっきりと兄弟の顔色が変わった。

「お祖父《じい》さまが？」

「嘘だ！」

「爺は嘘は申しませんぞ。主人に倣うのがよい家来の務めというものです」

屋敷のほうへすっ飛んでいく二人を吐息とともに見送り、冷や汗を拭《ぬぐ》いながら、タルボは心の中で主人に許しを請うた。

（将軍さま。堪忍《かんにん》ですぞ……）


ドラ将軍は念願の旧友との再会を果たしていた。

「お元気そうで何よりです。アヌア侯爵」

アヌア侯爵は病床にありながらも、寝台に上体を起こし、顔色も悪くないように見えた。

将軍を迎えると、侯爵の顔はいっそう明るく輝き、感動に声を震わせて言ってきた。

「こうして、将軍の無事なお姿を見られるとは……感無量です。現世でお目にかかることはもはやかなわぬのかと、半ば諦《あきら》めておりました」

「わしもです。情けない限りですが」

アヌア侯爵の負傷を、ドラ将軍は戦場で知った。

傷は思いのほか深く、予断を許さない状況であるという伝令の緊迫《きんぱく》した報告に、将軍は衝撃《しょうげき》を隠せなかった。

既に優秀な戦力だったヘンドリック伯爵を失っている。

この上、近衛《このえ》司令官を失っては、デルフィニアの勝ちは到底、覚束《おぼつか》なくなる。

一日も早い回復を祈願すると同時に、自分が二人の分まで働かねばと決意したその矢先、恐ろしい病魔が将軍を襲ったのだ。

激しい痛みに、戦うどころか立ち上がることさえかなわなくなり、将軍はやむなく戦線を離脱した上、故郷のロアで療養する羽目になってしまった。

アヌア侯爵と顔を合わせるのも、実に久しぶりのことである。

枕元に腰を下ろした将軍は慚愧《ざんき》に堪《た》えない口調で言った。

「戦で敵を道連れに果てるならまだしも、病《やまい》ごときに情けなく負けて朽《く》ち果《は》てたとあっては、あの世に行った時、ヘンドリックどのに合わせる顔がないと歯がみする思いでした」

「何を言われますか。将軍はたいへんなご活躍だったと伺《うかが》いました。合わせる顔がないのはわたしのほうでしょう。――陛下の難儀と国の大事《だいじ》に何の役にも立てませんでした」

「それはおっしゃいますな。我々はこうして運よく命を許されたのです。ならばお互いに、生き延びた者の務めを果たしましょう」

「ごもっともです……」

真面目に頷いたアヌア侯爵だが、その顔に何とも奇妙な表情が浮かんだ。

くすぐったいような、何やら苦笑しているような、少しそわそわしているようでもある。

この人には珍しいことだと将軍が思っていると、侯爵は控《ひか》えていた召使いに少し外すように言った。

そうして、明るい病室で将軍と二人きりになると、声を低めて言い出した。

「……ドラ将軍。ここだけの話ということで、思い切って伺いますが……」

こんな仰々《ぎょうぎょう》しい前置きも侯爵には珍しい。

ドラ将軍はいささか戸惑《とまど》いながら問い返した。

「何のお話ですかな？」

「将軍が平癒《へいゆ》されたのは……妃殿下のお力ですか?」

仰天した将軍だった。思わず尋ねた。

「で、では、侯爵も……?」

侯爵は何とも言えない顔で頷き、深く嘆息した。

「恐れ多いと言うにもあまりあります。ありがたいことではありますが、さすがに、とても陛下には申せません」

「それを言うなら、あの世のヘンドリックどのにはもっと言えませんぞ」

「まさに然《しか》りです」

「しかし、妙ですな。わしはすぐに回復したのに、侯爵はなぜ……?」

まだ床に就いているのかという疑問に、侯爵は慎重《しんちょう》に答えた。

「将軍には一日も早い本復が必要だったのでしょう。我が国の勝利のために。そして、その勝利とともに、妃殿下はコーラルに戻ってこられた。戦に勝ち、平和が戻った今、わたしを急速に回復させる理由がない。恐らくはそういうことだと思います」

「何と……効力に加減をつけられるのですかな?」

侯爵は微笑を浮かべて首を振った。

「いいえ。効果は覿面《てきめん》です。妃殿下は早くよくなる『おまじない』と言われましたが、あれから眼に映るもの、身体に感じるものすべてが違うのです。——陽の光は優しく、風は甘く、鳥の囀《さえず》りは心地よく、味気なかった食事でさえ、身体に染み渡るようで楽しみになりまして、急な回復に医師が驚いているくらいです」

「おお、それは何より」

「もっとも、無理は禁物だと釘を刺されましたが……」

「いかさま。侯爵はこれまで働き過ぎでしたからな。よい機会と思って養生してくだされ」

将軍も笑顔になって力強く言った。

しかし、何を思ったのか、急に身体の力を抜き、しみじみと言ったものだ。

「……我々は、このご恩にどう報《むく》いればよいのでしょうかな」

アヌア侯爵が笑みを消し、問いかける眼で将軍を見る。

ドラ将軍は両手に膝を摑み、視線を外して、一人言のように続けた。

「陛下がよく言われます。今の自分の人生はすべて妃殿下にいただいたものだと。わしも同じ意見です。あの方は以前もたったお一人でこの国と陛下を救い、わしらをお救いくださいました。——しかも今回はわざわざ天界から降りてきてくださった」

「部下の話ですと、陛下はご自分の身命を妃殿下に差しあげるお約束をなさったとか?」

「はい。『その首よこせ』と言われた時は肝《きも》が冷えましたが、首級《しゅきゅう》では意味がないのだと。胴体《どうたい》についている今の状態でよこせと。自分の許可なしには、誰にも決してこの首をくれてやるなと」

「いかにも妃殿下らしいおっしゃりようです」

アヌア侯爵は楽しげに微笑して、将軍に言った。

「我らにできることもそれしかありますまい」

「と言われますと？」

「妃殿下がたいせつになさっているもの、すなわち陛下を身命を懸けてお守りすることです」

将軍は困ったように嘆息した。

「……不足ですか？」

「僭越《せんえつ》ながら、その覚悟ならばとうに定まっておりますぞ。しかしながら、それだけでは、どうも不足だと思えてならぬのですよ」

「足りません。決して自分を安く見積もるつもりはないのですが、あの方に受けたご恩の数々に比べて、返すものが少なすぎる」

「はて。陛下も常々同じことを言っておられますが、真の臣下というものは主君に似るのでしょうかな」

「アヌア侯。笑い事ではありませんぞ」

侯爵の枕元でドラ将軍は真剣に嘆《なげ》き、侯爵はこの病室で療養するようになってから初めて声を立てて笑ったのだった。

侯爵の館を辞したドラ将軍は王宮で昼食を取り、午後は忙しく来客に応対した。

奇跡の復活を遂げたのは将軍も同じことだ。そのことを知っていて、国王に祝賀を述べに城にやって来た人たちは、その後で揃ってドラ将軍を訪れて将軍の本復を喜び、今回の戦における活躍を祝ってくれた。

その応対に追われているうち、夕食の時間が近づき、将軍は早足で二の郭の屋敷に戻った。

まだ娘夫婦とも孫たちともろくに話せていない。

今日こそ可愛い孫たちの顔を見ながら家族団欒《だんらん》を楽しみたかった。

しかし、屋敷に戻った将軍を待ち構えていたのは三人の孫の咎《とが》めるような視線だったのだ。

将軍は面食らった。孫たちにこんな眼で見られる覚えはなかったからだ。

何があったのかと思ったが、孫たちは祖父の帰りを待ちかねていたらしい。

将軍が尋ねるより先に、一番年上のエミールが非難に満ちた口調で問い詰めてきた。

「――お祖父さま。妃殿下を侮辱《ぶじょく》したというのは本当？」

今度こそ将軍は驚いた。何を言うのかと思った。

「何を馬鹿なことを。あの方を侮辱できる者など、この国にいるはずもなかろう。まして、わしが？　とんでもない……」

「今の話じゃないよ」

エミールは大きく息を吸って、思い切ったように言った。

「昔、妃殿下が最初にロアに来た時のことだよ。妃殿下がまだ妃殿下でも王女でもなかった頃。お祖父さまは特にひどかったって。――素性の知れない者は陛下には近づくなとか。――な、生意気な小娘とか」

サイラスも横から躊躇《ためら》いがちに言ってくる。

「……口の利き方に気をつけろとか、身分をわきまえろとか。――嘘でしょう？」

「そ、それは……」

将軍は言葉に詰まった。言っていないと言ったら、それこそ嘘になってしまう。

いやというほど覚えがあるだけに将軍は狼狽《ろうばい》し、子どもらは血相を変えた。

「ほんとに言ったの⁉」

「お祖父ちゃま、ひどい！」

「こ、これ、イヴリン……」

将軍は慌《あわ》てた。三人の孫は将軍にとって宝物だが、中でも唯一の女の子であるイヴリンは、まさに眼の中に入れても痛くないほど可愛くてならない。

その孫娘が涙のにじむ眼で将軍を責めてくるのだ。

思わず苦し紛れの弁解をした。

「……昔の話だ。その時、あの方はまだ王女ですらなかったのだぞ」

イヴリンは完全に泣き出し、男の子二人は同時に叫んだ。

「そんなの関係ないよ！」

「そうだよ！」

興奮した子どもたちが泣き叫び、居間は大変な騒ぎになってしまった。

夕食の支度《したく》が調《ととの》ったと告げに来た召使いも何事かと眼を見張っている。

そこへ子どもたちの両親が帰ってきた。

泣いている娘と、かんかんに怒っている息子たち、孫たちに糾弾《きゅうだん》されて大弱りの将軍を見て、母親も父親も驚いた。

「何事です、親父さん？」

「婿《むこ》どの……」

情けなくも救いを求める眼をイヴンに向けたドラ将軍だった。

イヴンはドラ家に婿として入ったわけではない。

単純に娘の夫という意味で、将軍は『婿どの』と呼んでいる。

一方、母親は優しく子どもたちに話しかけた。

「どうしたの、イヴリン。エミール、サイラスも」

子どもらは母親に飛びついた。

三人が一度にしゃべるので、父親にも祖父にも何を言っているのか判別できなかったが、そこは母親で、根気よく子どもたちの話を聞いて、結論づけた。

「お祖父さまが妃殿下に失礼な態度を取ったことが許せないというのね？」

三人とも怒りと涙を引っ込めて、真剣そのものの顔で頷いた。

子どもたちの理屈《りくつ》ではこうなる。

高貴な人に対する暴言や非礼は許されない。牢屋行きだ。

当時のその人は確かに身分を持ってはいなかった。しかし、今では王妃である。

それどころか、王国と国王の危機を救ってくれた英雄でもある。

そもそもその人は地上の人ですらない。天界から降りてきた戦女神なのである。

こんな人は最大級に敬わなければならないに決まっている。

過去の失態だろうと帳消《ちょうけ》しになるはずがない。妃殿下はきっとお怒りになっているし、許してもくださらない。そんな子どもたちの不安と憤《いきどお》りを、シャーミアンは敏感に察して、優しく子どもたちをなだめた。

「大丈夫《だいじょうぶ》よ。そんな心配をしなくても。妃殿下は怒っていらっしゃらないから」

男の子たちはそれでも懐疑《かいぎ》的な顔で口をつぐみ、イヴリンが叫んだ。

「だって、アラベルがすごく自慢するの！」

子どもらしい唐突《とうとつ》さでいきなり話が飛んだので、母親はちょっと面食らった。

「……何を？」

「お母さまは妃殿下にじきじきに選んでいただいたのよって」

六歳の少女は一生懸命《いっしょうけんめい》、言《い》い募《つの》っている。

「ジェラルディンもよ。お父さまは一番最初に妃殿下のお味方をしたのよって。とっても得意そうに言うの」

ますます戸惑った母親に代わり、父親が頷いた。

「そりゃあ、どっちも本当だな」

「でしょう！」

イヴリンのみならず、エミールとサイラスの声が重なった。

三人ともいっせいに非難の眼で祖父を見る。

「なのに……それなのに、お祖父さまは！」

イヴンもシャーミアンも『なるほど』と納得した。

小さな子どもというものは割と露骨《ろこつ》に自分の親と他の子の親を比較する。

比べて、親を得意に思ったり勝手に失望したりする。

「うちの父さんはすごい仕事をしてるんだぞ」

「何々ちゃんのお母さんはきれいで、おしゃれで、いいなあ。うちのお母さんとは全然違う」

という具合にだ。

悪気がまったくないだけに大人としては苦笑するしかない。

そして、この自慢の仕方は、世情によってかなり異なる。

戦の絶えない乱世であれば、恐らくこうだろう。

「父上は先の戦で特別に主君に恩賞された。それだけ優れた手柄を立てられ、名だたる敵を討ち取られたのだ」

反対に治世における臣下の子らがもっとも自慢とするものは『自分の親がどれだけ主君と親しくしているか』だ。これに尽きると言っていい。

ドラ家の子どもたちは今までそのことで引け目を感じたことはなかった。

父親は国王の幼なじみで、今でも仲のいい友人である。

母親も祖父も国王を少年の頃から知っているという事実は立派な自慢の対象だったからだ。

ところが、ここへきて祖父の大失態が判明したのである。

友達の親は王妃に認められたのに、一番に王妃の味方をしたのに、うちのお祖父ちゃんときたら何てことをしてくれたのか。

そう考えているのはイヴリンだけではない。

エミールもサイラスも、まるでこの世の終わりを迎えたような顔である。

孫たちの様子に、戦場では向かうところ敵なしの髭《ひげ》の将軍がおろおろしている。

父親と子どもたちの板挟みになり、シャーミアンは困ってしまったが、イヴンは真面目な顔をつくって子どもたちに話しかけた。

「けどなあ、黒主は真っ先に妃殿下の味方をしたんだぜ」

子どもたちはぱっと顔を上げた。

すがるような、食い入るような眼で父親を見つめ、代表してエミールが尋ねた。

「——父さまは？」

真剣な顔の長男にイヴンは悪戯っぽく笑いかけた。

「俺は妃殿下がロアに来る前から仲良くしてたさ。その頃は『嬢ちゃん』って呼んでたな」

子どもたちはいっせいに悲鳴を飲み込んだ。

それも信じられない非礼だが、父親は平然として話を続けている。

「親父さんが妃殿下を叱《しか》ったのは仕方がないのさ。あの頃の妃殿下は陛下を呼び捨てにする、おかしな娘にしか見えなかったんだから。親父さんは陛下の臣下なんだから、陛下に無礼な振る舞いをする者は叱らないといけない。それがいい臣下ってもんだろう？」

子どもたちが躊躇いながらも頷く。

「妃殿下は最初から臣下にはならないって言って、陛下の友達になってくれたのさ。友達は名前で呼ぶものだろうって言ってな。そりゃあその通り。俺も陛下が即位される前は陛下を名前で呼んでたんだ。今では許されないことだけどな」

真面目な顔を崩さず子どもたちに話しかける夫に、シャーミアンが笑いを噛み殺している。今でもその国王を『あの馬鹿』呼ばわりしているとは微塵《みじん》も感じさせない口ぶりがおかしかったのだ。

「妃殿下が本当は天界から来た勝利の女神だなんて、親父さんは知らなかったんだ。妃殿下も教えてくれなかったんだから親父さんは悪くない。知ってたらもちろん陛下に接するのと同じように、礼儀正しく敬ってたさ。――でしょう、親父さん？」

「おお、言われるまでもない……」

将軍は急いで言い、イヴリンがおずおずと父親に尋ねた。

「それじゃあ……、妃殿下はお祖父ちゃまのことを、本当に……お怒りではない？」

「もちろんだとも。――いいか。よく考えてみろ。今度だって、妃殿下はタンガの王さまを助けた後、まっすぐにロアまで来て、親父さんの病気を治してくれたんだぞ」

子どもたちは皆、はっとなった。

祖父が重い病に苦しんでいたことは子どもたちももちろん知っている。

「親父さんが陛下の大事な臣下で、戦に勝つには親父さんの力が必要だと認めたからこそ、妃殿下は不思議な力を使って親父さんを元気にしてくれたんだ。ロアの人間なら大いに胸を張っていいところだぜ」

子どもたちは顔を輝かせた。

息を呑んで互いを見つめ合っている。

母親はそんな子どもたちに優しく促《うなが》した。

「さあ、あなたたち。お祖父さまに言うことがあるでしょう?」

一番年上のエミールが一歩前に出て潔《いさぎよ》く謝った。

「お祖父さま、ごめんなさい」

他の二人も揃《そろ》って言った。

「ごめんなさい!」

「いや、よいのだ」

深く安堵《あんど》して笑みを浮かべた祖父に、兄に比べて思慮《しりょ》深いサイラスが遠慮がちに訊《き》いた。

「妃殿下はどんなお力でお祖父さまを治したの? 天界のお薬をくださったの?」

またしても将軍の顔がひきつった。

「く、薬では、ない……」

子どもたちは興味津々《きょうみしんしん》の顔で身を乗り出した。

「それじゃあ何⁉」

それは言えない。

まさか孫たちの前で（娘の前でもあるが）

「妃殿下に口づけしていただいて治ったのだ」

とは、それこそ口が裂《さ》けても言えない。

複雑怪奇な表情で沈黙してしまった将軍に、再びイヴンが助け船を出した。

「おまえたち、あんまり親父さんを困らせるなよ。それは言っちゃあいけないことなんだ」

「どうして？」

「奇跡ってのはそういうもんだからさ。どんな方法だったかは、妃殿下と親父さんの秘密にしておかないといけないんだ。——誰かにうっかりしゃべったら、せっかく治った効き目が切れちまうかもしれないんだぞ」

みるみる子どもたちの顔色が変わり、イヴリンが恐る恐る確認するように言った。

「もう訊かない。——訊かないから、お祖父ちゃま、元気でいてね？」

不安そうに見上げてくる。

その眼差しがたまらなく愛しくて、将軍は大きな手で孫娘の頭を撫でてやった。

男の子たちもだ。

「おお、わしはこの通り、すっかり元気だ。おまえたちも妃殿下に感謝しておくれ」

「はい！」

安心した子どもたちは勢いよく食堂に向かった。

それを見送った後、将軍は深い息を吐いて、娘の夫に礼を言った。

「……婿どの。かたじけない」

「いいえ。お互いさまですんで」

「何？」

曖昧《あいまい》に笑って肩をすくめたイヴァンだった。

昔、自分もばっさり斬《き》られた左眼と左腕を、王妃の不思議な力で治してもらった。

そのことは未《いま》だに国王しか知らない。

妻にも話していない。

他ならぬ妻に斬られた傷だったので、言うわけにいかなかったのだ。

文字通り一生の秘密である。

夕食の席で、子どもたちはひっきりなしに王妃の話をねだった。主にシャーミアンがロア時代の話をしてやると、みんな眼を輝かせて聞き入っていた。

その流れの中で、将軍が少女だった王妃に向かって、黒主を乗りこなせるわけがないと断言してしまったことが知られてしまい、またしても場が紛糾《ふんきゅう》しかけたが、これも、仕方がなかったのだと両親がなだめた。

楽しい団欒の後、興奮冷めやらぬ子どもたちが寝て、ようやく静かになる。

将軍はあらためて娘婿を酒席に誘った。

娘が酒肴《しゅこう》を用意している間、将軍は柄にもなく、眼を潤《うる》ませて、しみじみと語ったものだ。

「よもや、こんな日が来ようとはのう……」

「………」

「ロアで病に伏している間は思いもよらなんだわ。もう二度と、娘の顔も、孫たちの顔も、見ることはかなわず、ヘンドリックどのの元へ参るのかと……」

これほど感傷的な義父は珍しかったが、イヴンも似たような心境だった。

それをごまかすために、茶化すように言った。

「まったく同感です。俺も、娘の花嫁姿は見られないだろうと覚悟してましたよ」

すると、可愛い孫娘がいなくなってしまう想像が耐えがたかったのか、遠い未来の話だというのに、将軍は思わず叫んだのである。

「イヴリンは嫁にはやらんぞ！」

「……親父さん。そいつあ、俺の台詞《せりふ》でしょうが。だいたい、あの子だっていつかは嫁に行くんです」

「いいや、ならん！」

「冗談じゃないですよ。俺の娘を行かず後家にする気ですか？」

呆れて言い返した時、シャーミアンが戻って来た。

夫と父親の前に酒杯と肴を並べると、夫の横に腰を下ろし、こぼれるような笑顔で二人に話しかけた。

「何のお話です？　わたしも交ぜてくださいな」

第七話　サヴォア公爵家の事件――三日目夜

バルロは今日も朝早くから王宮に出向いて国王の仕事を手伝っていた。

彼は王国を代表する大公爵で国王の従弟《いとこ》でもある、何かと助言を求められることも多い。

まして現在、デルフィニアは長引いた戦《いくさ》でかなり疲弊《ひへい》している。

国内の治安回復、パラストとの友好回復、経済の復興など、やることはいくらでもある。

国王はあらためて母国の現状に唸《うな》っていた。

「タウにはしばらく金銀の採掘に専念してもらうしかないが……。かといって、採掘量を極端に増やすわけにもいかん」

「そんな必要はありますまい。パラストに賠償金《ばいしょうきん》をふっかけてやればすむことです」

戦勝国が敗戦国に賠償を求めるのは当然である。

「しかし、限度というものがあるからな」

宰相《さいしょう》も加わって相談を重ね、パラストに要求する内容を吟味《ぎんみ》したが、あらかたの草案がまとまる頃には既《すで》に昼になっていた。

「従兄上《あにうえ》。すみませんが、午後は屋敷に戻らせてもらいます。俺のほうも領地からいろいろ言ってきていますので」

「おお、ぜひそうしてくれ」

今回の戦では、サヴォア公爵家の領地からもずいぶん資金を出している。

勝利した以上、バルロには領地の損害をある程度、補償する義務がある。

それぞれの領地から送られてくる出資の目録や被害報告などに眼を通して、適切な処置をするだけでも結構な時間が掛かる。

午後はその作業に当たろうと思い、一《いち》の郭《かく》の屋敷へ戻ったバルロを待ち構えていたのは、血相を変えた長女だった。

「お父さま！」

セーラは母親ゆずりの青い眼を爛々《らんらん》と光らせて、怒り狂った猛犬《もうけん》のように突進してきた。

「ナシアスさまを傷つけたというのは本当なの⁉」

バルロはきょとんとなった。

まったく心当たりがない。

しかし、彼は女性の訴えをないがしろにはしない男である。それが愛娘ならなおさらだ。

また彼は娘の『傷つける』という言葉を精神的なものと捉《とら》えたので、咄嗟《とっさ》にこう思った。

（――あれは俺に傷つけられるような男ではないぞ。その逆なら数え切れないが……）

ナシアスは容貌《ようぼう》も物腰も美しく柔和な人物である。

世の人もそう評価しているが、内実は大違いだとバルロは思っている。

鋼《はがね》の剣《つるぎ》を真綿でくるんだような男だというのが、長年の友人に対するバルロの評価だ。

世間の人はその白くてやわらかい真綿の部分しか知らないだけで、見事に騙されていると思っている。少し踏み込めば、そこに刃《やいば》が隠れているのだ。

その切れ味の鋭さは何度も思い知らされている。

(あんなものをどうやって傷つけるというのだ?)

こちらが教えてもらいたいくらいだと思ったが、それを率直に語るつもりはなかったので、
バルロはいつものからかい混じりの笑みを浮かべて、楽しげに問い返した。

「我が娘は何か誤解しているようだな?」

「ごまかさないで!」

セーラはかんかんに怒っている。

「陛下がご即位された後、王宮を追われていた頃の話よ! お父さまがナシアスさまに……

斬りつけたと聞いたわ」

(はて?)と訝《いぶか》しむのと、(あれか)と閃《ひらめ》くのはほぼ同時だった。

なるほど、娘は物理的な傷のことを指して言っているわけだ。

あの件なら十数年が過ぎても忘れられるものではない。が、とうに解決した話でもある。

だから、バルロはあっさり頷《うなず》いた。

「斬ったか否《いな》かという質問なら、確かに斬ったな」

紅潮していたセーラの顔から血の気が引いた。

彼女は父親に否定して欲しかったのだ。

蒼白《そうはく》になった顔で、大きく胸を上下させながら、喘《あえ》ぐように尋ねた。

「……なぜ、どうしてそんなことをなさったの? ナシアスさまはお父さまの、一番たいせ

つなお友達でしょう」

十数年前の内乱勃発《ぼっぱつ》時、庶出《しょしゅつ》の国王の資質が問われ、その即位を認めるか否かで国中が敵味方に分かれて争ったことはセーラも知っている。

デルフィニア近代歴史の筆頭に挙げられる有名な出来事だからだ。

しかし、父がその渦中《かちゅう》の人であったとは知らなかった。

なぜなら、父は改革派の讒言《ざんげん》などには惑《まど》わされず、一貫《いっかん》して国王を信じ、国王を支持していたのだから。ラモナ騎士団や、タウの人々と力を合わせ、国王の再度の即位に尽力《じんりょく》したはずだと思っていた。

それなのに――。

血の気の引いた顔で、くじけそうになりながらも、セーラは精一杯の気力を奮《ふる》い起こして、震える声でさらに尋ねた。

「妃殿下がお父さまを止めたと聞いたわ……」

「ああ、そのとおりだ。まったくもって忌々《いまいま》しい」

「……忌々しい⁉」

セーラは飛び上がった。

食い入るように父親の顔を見つめて、一言ずつ、区切るように問いかけた。

「妃殿下が、お止めしなかったら、お父さまは、お父さまは本当に、ナシアスさまのお命を……奪うおつもりだったの……？」

「そうなっただろうな」

これがとどめだった。

今度こそセーラは悲鳴を発した。

「どうして⁉」

「それが最善だったからだ」

「さいぜん……？」

セーラは唖然《あぜん》とした。

父親の言葉が到底信じられない様子で、みるみる驚愕《きょうがく》と非難《ひなん》の表情が幼い顔いっぱいに広がったが、これがバルロには意味がわからない。

なぜそんな眼で父を見るのかと尋ねようとした時、長女は怒りを爆発させた。

「信じられない！　お父さま、大嫌い！」

バルロは妖艶《ようえん》な女性たちから、この逆の言葉なら言われ馴れている。

「お慕い申しております」「憎らしいお方」という甘い囁きだ。

そして愛の言葉も恋の駆け引きもありきたりでは飽きられてしまう。中には奇をてらって、「公爵さまなんか、もう知りません。嫌いです」と戯《たわむ》れに言われたこともある。

だが、これほど怒りと悲壮感の籠《こ》もった「嫌い」という言葉をぶつけられたのは初めてだ。

しかも、自分の娘に。

それが新鮮で、珍しく反応が遅れた。

まじまじと見返している間にセーラは背を向けて、長い廊下を走り去ってしまった。

ロザモンドも領地へ送る手紙を書いていた。

ベルミンスター公爵家の領地はサヴォア公爵家に匹敵《ひってき》するほど多いので、とても全部を自筆では書けない。

内容はほとんど口述して右筆《ゆうひつ》に書かせていたが、署名だけは自分でしている。

そこへ娘が飛び込んできて、大声で宣言《せんげん》したのだ。

「お母さま！　わたし、家出する！」

大貴族の母親はちょっと沈黙して普通に頷いた。

「そうか。いつ戻るのかな？」

「家出だもの。もう戻らない！」

ばたんと派手な音をたてて扉が閉まる。

ロザモンドは困惑の表情を浮かべたものの、生真面目な性格の彼女はそのまま仕事を続け、昼食を済ませてから夫の元へ行き、娘の行動について話しかけた。

「セーラが家出をするそうだが、理由は何だ？」

「さてな。本人がそうしたいと言うのだ。しばらく好きにさせるといい」

ぶっきらぼうな返事である。

ロザモンドはそれ以上は追及しなかった。

夫の執務室を離れると、少し思案した後、外出の支度《したく》をさせて屋敷を出た。

向かった先は芙蓉宮《ふようきゅう》である。

「お邪魔します、ポーラさま。よろしいですか？」

「まあ、ロザモンドさま。どうぞ」

ポーラは縫《ぬ》い物《もの》をしていた。ロザモンドは裁縫はやらないが、縫いかけの品が少年の衣服なのを見て、微笑しながら問いかけた。

「フェルナンさまのお召し物ですか？」

「はい。今の服も大きめにつくったつもりですけど、この頃、急に背が伸びたようなので」

笑顔で答え、ポーラはロザモンドに椅子を勧《すす》めて台所へ向かい、お茶を淹《い》れて戻って来た。

こんな作業は普通は召使いにやらせることだが、芙蓉宮ではいつものことである。

ロザモンドは国王の愛妾が手ずから淹れてくれたお茶をありがたく味わうと、おもむろに切り出した。

「実は折り入ってお尋ねしたいことがあるのです」

ポーラは眼を見張った。

サヴォア公爵夫人にして、自らも大公爵の称号を持つロザモンドが、あらたまって質問があるという。思わず姿勢を正し、真剣な表情で身を乗り出した。

「わたしでお役にたつのでしたら、何なりとお答え致しますが、どのようなことでございましょう？」

「実は娘が家出というものを致しまして」

「えっ⁉」

ポーラは顔色を変えて、思わず腰を浮かせかけた。

「たいへん！　すぐにお探ししませんと」

このただならぬ様子にロザモンドのほうが驚いて、軽く片手を上げてポーラを制した。

「ご心配なく。探すも何も、娘一人で正門は通れません」

ここはデルフィニアのコーラル城、一の郭だ。

家の主人の許可を得ていない者は、大家《たいけ》の子弟であっても、正門を出ることは許されない。

逆に言えば、著名な大貴族の家族だからこそ、顔もよく知られているわけで、見逃せば職務怠慢《たいまん》の罪に問われる。セーラがそんな行動に出たら、即座に門番から知らせがくる。

従ってセーラは一の郭のどこかにいることになる。

そう説明して、ロザモンドは娘の居場所を冷静に推理した。

「恐らくは甥《おい》のところに行ったのでしょう」

「ベルミンスター館ですか」

ポーラは胸を撫《な》で下ろした。

ロザモンドが笑顔で問いかける。

「そこで伺《うかが》いたいのです。家出とは何ですか？」

「……は？」

ポーラは思わず問い返したが、ロザモンドは微笑している。

「わたしは庶民の習慣に疎《うと》いものですから、家出というものが単なる外出《そとで》とどう違うのか、わからないのです。ご存じなら教えてもらえませんか?」

ポーラは何とも言えない顔になった。

さりげなく尋ねてみた。

「サヴォア公爵さまは、セーラさまの行動について、何とおっしゃっているのでしょう?」

「本人の好きにさせればよいと。わたしもその意見に賛成ですが、娘の様子を見ると、あの子なりに相当な決心をして家を出たようです」

そういう部分に気がつくのはさすがに母親である。

同時に、ロザモンドは苦笑しながら言ったものだ。

「娘の行動は間違いなくサヴォア公の影響を受けたものでしょう。ならば家出のことも公に尋ねるのが順当なのですが、質問できる雰囲気ではなかったのです」

バルロにとっても娘の家出は衝撃《しょうげき》だったわけだ。

ポーラは気遣《きづか》わしげに尋ねた。

「そもそも、セーラさまはなぜ家出など?」

「わたしもそれを公に訊《き》いたのですが、答えようとしません。父子喧嘩《おやこげんか》であるなら、母親のわたしが仲裁しなくてはなりませんが、どうも肝心《かんじん》の公は口出しされたくないらしい」

微笑しながら語って、ロザモンドはポーラに眼を移し、別の質問をした。

「ポーラさまも家出をされたことがありますか?」

「いえ!　わたしはありませんが、弟が……」

慌《あわ》てて言って、ポーラは困ったような顔になって口をつぐんだ。

その表情を汲《く》みとり、ロザモンドは優しく言った。

「キャリガンどのはなぜ家出をしたのか、とお尋ねするのは不躾《ぶしつけ》に当たりますか?」

「……いいえ。ただ、あの子も今ではれっきとした騎士ですから。少年時代の失敗を話題にされたくはないかもしれません」

ロザモンドは少し意外に思ったらしい。

「家出は失敗なのですか?」

「弟の場合はそうだったと、わたしは思っています。あれは……弟がちょうどセーラさまと同い年だった時の話ですが……」

キャリガンは幼い頃から騎士に憧れ、十一歳になる頃には騎士団への入団を熱望していた。

存命だった父がさすがにまだ早いと諫《いさ》めていたが、本人は待ちきれなかったらしい。

いかにもその年頃の少年らしい根拠のない自信に満ちていたキャリガンは、とうとうティレドン騎士団の本拠地であるマレバを目指して、単独で家を飛び出したのだ。

「うちは山の中に建っていました。弟は父に連れられて何度も山の奥に入り、歩き方や自炊を習っていましたが、一人でも行けると思ったのでしょう。——とはいえ、麓《ふもと》には村があります。いつもの道を下りたのでは、すぐに村の者に見つかって父に知らされ、家に連れ戻されてしまう。そう考えた弟は滅多に人の来ない獣道《けものみち》を踏み分けて、単独で麓まで下りようとして……見事に迷子になったのです」

「それは情けない」

容赦《ようしゃ》のない女公爵にポーラは苦笑した。

「本当に。しかも、深い森の中で足をくじいて、動けなくなっていたそうで、たまたま通りかかった木こりが弟を見つけてくれなかったらどうなっていたことか。弟を背負って家まで連れてきてくれた木こりを父は丁寧《ていねい》にねぎらって、謝礼に銀貨を渡し、弟にはしばらく禁足《きんそく》を言い渡しました」

「当然ですな」

厳しい女公爵だが、ポーラもため息を吐《つ》いた。

「はい、弟もすっかりしょげていました。わたしも、なんて馬鹿なことをと思いましたが、息子を持つと、あらためて実感致します。男の子というものは時々、母親には信じられない無茶をするものです」

「……フェルナンさまがそれほど考えなしとは思えませんが？」

ずばりと言ってのけるロザモンドにポーラは苦笑しながら首を振った。

「いいえ。下の子です。本当に腕白《わんぱく》で……」

「男の子が元気なのはいいことです。無論、知恵が足らないのは問題ですが」

辛辣《しんらつ》に付け加えて、ロザモンドは寂《さび》しげに笑った。

「……わたしの弟はそういう冒険をしたことがありませんでした。もっと少年らしいわがままや無茶を言ってくれてもよかったのにと……言っても詮《せん》ないことではありますが、時折考えます。甥も弟に似て品行方正な少年で、息子も大人しい性質《せいしつ》ですから。少しくらい無茶をしてくれてもよいのですが……」

ポーラは微笑を浮かべて言った。

「それはベルミンスターのお血筋だからでしょう。ユーリーさまもリュミエント卿も、生まれながらの貴公子でいらっしゃいますもの。お二人とも無理をして大人しくしているわけではないと思います」

「確かに。それを考えると、セーラにはサヴォアの血が出たのでしょう。サヴォア公も思い出してみれば、少年時代はかなりの問題児でした」

楽しげに笑って、ロザモンドはおもむろに頷いた。

「なるほど、よくわかりました。家出とは子どもが保護者に背《そむ》く無謀行為というわけですな。そういうことでしたら、娘には何らかの罰を与えなくてはなりますまい」

ポーラは少し焦《あせ》って、思わず身を乗り出した。

「ロザモンドさま。どうか、お手やわらかに……」

その頃、セーラはまさにベルミンスター館にいた。

ここは本来、セーラの母親の館だが、母はサヴォア館に滞在しており、この館は甥のステファンに任せている。

「いずれは卿のものになる館だ。今のうちに監督するやり方を覚えておかなくてはな」

という伯母《おば》の気遣いだ。

セーラはこれまで何度もこの館を訪ねている。

だからステファンもそのつもりで従妹《いとこ》を迎えたが、セーラの様子は明らかにおかしかった。

「もう家には戻らない！　家出してきたんだから！」

というのだが、ステファンにも『家出』がわからない。

「それは外泊するということ？」

「違うわよ！」

セーラはまだ怒っていたが、一息ついて言った。

「家の主《あるじ》に背いて――それで家を離れて戻らないことよ。お父さまが前に話してくれたの。騎士団に入る騎士見習いの子の中には家出してきた子もいるって」

「家長に逆らうだって？」

ステファンは面食らった。

彼にはありえない概念《がいねん》だからだ。

現に彼は伯母に背くなど、想像したこともない。

「庶民の子はそんなことをして許されるのかい？」

セーラは首を振った。

「……いいえ。もちろん許されないわ。勘当されるんですって」

当然だと思いながら、ステファンは素朴な疑問をぶつけた。

「家出してきた子を入団させるなんて、伯父上《おじうえ》は反社会的な行為に手を貸しているのか？」

「いつもじゃないわよ！　時と場合によるのよ！」

その父親に腹をたてていることを忘れて、セーラは急いで説明した。

「普通はちゃんとその子に言い聞かせて、一筆持たせて家に帰しているけど、時々、どうしても家には帰れない事情の子がいるんですって。家がとても貧しくて……、く、口減らしをしなくてはいけないとか、父親が義理の親で折り合いが悪いとか……」

「口減らしなんてよく知っているね？」

「庶民の家では時々あることだって、お父さまが教えてくれたの」

セーラはちょっぴり得意そうに言った。

一方、ステファンはその情報を頭の中で整理して、難しい顔になった。

「家出が家長に背く行動なら、セーラは本気で伯父上に反旗を翻《ひるがえ》すつもりかい？」

「やめてよ！　謀反《むほん》みたいに言わないで」

「父親に逆らうなんて謀反以外の何物でもないじゃないか。勘当されて当然だよ」

それが封建社会の掟《おきて》であり常識だと、十一歳のセーラにもわかっている。

何も言えずに唇《くちびる》を噛《か》んだ。

親に逆らうとはそのくらい重いことなのだ。

　加えて、ステファンは根本的な問題を指摘した。

「第一、ここにいたのでは家を離れたことになっていないよ。きみの家から近すぎる」

　セーラが言い返そうとした時、扉が開いた。

　入ってきたのはいわゆる『ばあや』である。

　サヴォア家に長年仕え、セーラが生まれた時から面倒を見ている古株の侍女《じじょ》だ。召使いもこのくらいになると、身分の違いはあっても家族も同然である。

　セーラがベルミンスター館で過ごすというので、一緒についてきたのだ。

「お嬢さま。お部屋の支度が調《ととの》いました」

　セーラがこの館に泊まる時に、いつも使っている客室のことである。

　ステファンとも顔見知りのばあやは、困った顔で年若い未来の公爵に頭を下げた。

「申し訳ありません。ステファンさま。お嬢さまがしばらくご厄介《やっかい》になります」

「わたしはかまわないよ。ただし、セーラがここにいることを、伯母上と伯父上にお知らせしてくれ」

「はい。もちろんです」

「余計なことをしないで！」

　セーラは怒ったが、ばあやはびくともしない。

「そうは参りませんよ。お嫁入り前のお嬢さまが、お父さまお母さまのお許しを得ずに外泊するなんて、もってのほかです」

「わたしはもう子どもじゃないわ！」

ばあやとステファンは無言で眼を見交わした。

そんな台詞《せりふ》が出てくるうちはまだまだ子どもだ。

ばあやが肩をすくめて下がり、また室内で従兄と二人になると、セーラの様子が一変した。

うつむいて、涙混じりの声で呟《つぶや》いたのだ。

「わたし、もう、小さな子たちに顔向けできない……」

きみだってまだ充分小さいよ——と言おうとしたステファンだったが、さすがにそれは最悪だということくらい理解できる。

この従妹が生まれた時から知っているが、自分に姉妹がいないせいか、女の子の扱いは難しいとしみじみ思いながら、ステファンは問いかけた。

「どうして顔向けできないんだい？」

「わたしが一番、お姉さんなんだから、小さな子のお手本にならなきゃいけないのに。今までみんなにいろいろ教えてきたのに……お父さまがそんな悪いことをしていたなんて……」

ほとんど泣きそうな顔のセーラに、ステファンは困惑して何も言えなかった。

同じ頃、サヴォア館では、娘に家出された父親に向かって、騒動の原因となったカーサが平身低頭している。

「……お許しください、旦那《だんな》さま。不手際でございました」

バルロもさすがに苦い顔だった。

「爺《じい》も歳には勝てんか」

「しかしながら、何があれほどお嬢さまの気に障《さわ》ったものか、理解しかねます。自然と昔のことを思い出し、本当にありがたいと話しただけですのに……」

サヴォア家の家宰《かさい》は大事な『お嬢さま』の怒りの激しさにおろおろしていたが、同時に、首を捻《ひね》っている様子でもあった。

「いったい、お嬢さまは何をあのようにお怒りなのでしょう?」

「俺にもわからん」

正直に答えて、バルロは付け加えた。

「ナシアスに刃《やいば》を向けたことが許せんらしい」

仲のいい友人の命を奪おうとするなんて! と、娘は憤《いきどお》っていたが、友人だからこそ、断腸の思いでせねばならないこともあるのだ。

言葉にできなかったその思いを、家宰がずばりと指摘した。

「致し方のないことでございましょう。あの状況で他にどんな仕様があったでしょうか」

バルロは面白そうに片方の眉を吊り上げた。

「ほほう? 昔とはだいぶ風向きが変わってきたな。それも歳の為《な》せるわざか」

「旦那さま。おからかいになっては困ります。それもこれも今だからこそ——すべては無事に終わったからこそ申せることです」

その意見にはバルロもまったく同感だった。

あの内乱の時、親しい人たちが敵味方に分かれて戦った。

ラモナ騎士団とティレドン騎士団はその代表だ。

好《す》き好《この》んで戦ったわけではない。やむにやまれずしたことだ。語って楽しい話題でもない。

従って、今までそのことを積極的に口にする者はほとんどいなかった。

結果的に、あの内乱を経験していない若い世代、まさにセーラのような少女は、その歴史を知らずに育ったのである。

「当時の旦那さまのなさったことは正しかったと、爺は今も信じておりますぞ」

「ほう？」

再びからかうような視線を投げかけた主に、この頃めっきり皺《しわ》の深くなった顔を引き締め、カーサは厳《おごそ》かな口調で言った。

「あくまでも仮定の話として申しますが……もし、改革派の主張が事実であったなら、すなわちウォル・グリークさまはドゥルーワ陛下とは何ら関係のない、血のつながりのないお方であると判明し、そしてそれを知りながら、ナシアスさまがなおもウォル・グリークさまのお味方をし、ラモナ騎士団を率いてコーラル進軍にまで踏み切ろうとしたのであれば、旦那さまがナシアスさまの行動をお止めになるのは当然でございます」

もっともたいせつな友人の名誉《めいよ》を守るために。

たとえ斬って捨てることになったとしても、友が反乱軍に荷担した謀反人とみなされるくらいならば、騎士の名誉も誇りも奪われたあげく、拭《ぬぐ》いきれない汚名を着せられる友の姿を見るくらいならば、己の手で終わらせたほうが遥《はる》かにましだと、むしろ他の誰にも譲れない、自分がやらなくてはならないと、バルロならそう判断することをカーサは知っている。

そんな主人を誇りにも思っている。

もっとも、その本心は口にせず、すまして続けた。

「無論、何が真実か、もう少し慎重《しんちょう》に見極めなさる必要はおありだったでしょうが……」

「俺の爺は昔から一言多いのが玉《たま》に瑕《きず》だな」

ぼやいて、バルロは反論した。

「では俺も言わせてもらうがな、従兄上《あにうえ》の素性《すじょう》に関しては、あの宰相ですら一杯食わされたのだぞ。我が子の敵《かたき》を討たんとする女官長の知略《ちりゃく》のほうが遥かに上手《うわて》だったのだ。当時の俺に、いったい他に何ができる？」

「はい。おっしゃるとおりでございます。幸いにもナシアスさまは重傷を負うことなく回復されました。陛下の出生も正され、正当な君主となられました。故《ゆえ》にこそ、旦那さまがお嬢さまに責められる謂《い》われは何もないと、爺は確信致しております」

とはいえ、お嬢さまのご機嫌を損ねたのは辛《つら》い。

カーサは思わずため息を吐いて、ぼやいた。

「とはいえ、お坊《ぼっ》ちゃまが冷静で助かりました。やはりこうしたことは、女性の方のほうが感情的に反応されるようですな」

「それはどうかな？　先程ユーリーは俺の顔を見て慌てて逃げていったぞ。声をかける間もない勢いだった」

「お坊ちゃまが、お逃げになった？」

「ああ。廊下で鉢合わせするのを恐れたらしい」

老家宰は跡継《あとつ》ぎの少年に対しては深い愛情を持ちながらも、立派な当主に育ってほしいと願っている分、少女に比べるといささか厳しく接しているので、顔をしかめた。

「……いけませんな。次期サヴォア公爵ともあろうお方が、そのような惰弱《だじゃく》な性質《せいしつ》では、侮《あなど》られることになりますぞ」

「俺もまさにそう思う。――だが、それは俺や爺の常識だ」

「……旦那さま？」

「俺もうっかりしていたが、あの子らは戦を知らん。先日の戦が生まれて初めて体験する戦だったわけだが、合戦に出たわけではないからな。二人とも戦の現実をまだ知らんのだ」

バルロにとって、戦は幼い頃から身近にあるものだった。

ものごころついた時には、人の生き死にを目の当《ま》たりにしていた。

またそれが日常でもあったから、少年の頃を思い出して苦笑する。

「俺がユーリーくらいの歳には、一日も早く合戦に出て、敵の首級《しゅきゅう》を一つでも多く挙げてやりたいと願ったものだがな」

「はい。爺もよく覚えております」

「あの様子では、あの子らはどうも違うらしい」

「そうおっしゃいますが、旦那さま。お坊ちゃまもお嬢さまも、日頃から剣や弓の稽古は、とても熱心になさっておりますのに……」

「あの子らはその先にあるものを知らない、見ようともしない、単なる稽古だったわけだ。俺にとってはその先にある実戦こそが肝心だったが……」

皮肉に笑って、バルロはまた首を捻った。

「だがな、斬ったことは間違いないが、俺はナシアスを殺害したわけではないぞ。あやつはぴんぴんしているではないか」

だからこそ娘が何にそれほど衝撃を受けたのか、見当がつかないのだ。

「はい。爺が申しあげたいのもそのことです」

主従は揃《そろ》ってため息を吐いた。

「困りましたなあ……」

「まったくだ」


セーラが家を出た翌日——。

朝食を済ませたユーリーは母の執務室に向かった。

今朝は両親とは別々に朝食を取ったので、母親の顔はまだ見ていない。

サヴォア公爵家ではよくあることだ。

扉の前で、ユーリーは珍しく躊躇《ためら》っていた。母の忙しさはよくわかっているから、邪魔はしたくなかったが、他に相談できる相手がいない。

困って立ち尽くしていると、従兄のステファンがやってくるのが見えた。

ユーリーは丁重に挨拶《あいさつ》した。

「おはようございます。従兄上《あにうえ》」

バルロが従兄弟《いとこ》であるウォル・グリークを従兄上《あにうえ》と呼んでいるように、ユーリーも年上のステファンを従兄上《あにうえ》と呼んでいる。

「妹がお世話をお掛けしています。——妹はどんな様子ですか？」

ステファンは苦笑しながら首を振った。

「それが、ぼくにもよくわからないんだよ。いきなり怒り出すかと思うと、急にひどく落ち込んだりで、支離滅裂なんだ。今の彼女には迂闊《うかつ》に触れないよ」

「そうですか……」

「うちで預かるのは全然かまわない。もともと伯母上の館だからね。——ただ、どうしてセーラがあんなに荒れているのか、その理由を知っておいたほうがいいと思って来た。伯母上は中にいらっしゃるのかい？」

「はい」

ユーリーはこれ幸いと、従兄の後に続いて部屋に入った。

ロザモンドは仕事中だったが、息子と甥を見ると手を止めて、召使いたちに席を外すように命じた。

残ったのが息子と甥だけになると、ロザモンドは苦笑を浮かべて言った。

「リュミエント卿。セーラが面倒を掛けるな」

「それはかまいませんが、何があったのです？」

ロザモンドは手短に事情を説明した。

話を聞いて、ステファンも驚いた。

「そんなことがあったのですか……？」

この間、ユーリーはうつむきがちに沈黙している。

ロザモンドは興味深げに問いかけた。

「ユーリーはカーサの話を聞いても怒らなかったのかな？」

しばしの沈黙の後、少年は慎重に答えたのである。

「怒るというより……恐ろしくなりました」

意外な息子の言葉に、母親は少し首を傾《かし》げた。

「サヴォア公が？」

「いいえ、違います！　父上ではなく……」

ユーリーは二度首を振り、とりとめもない自分の思いを何とか言葉にしようとしていた。

不意に顔を上げて尋ねた。

「──母上は、どなたか親しい方と戦をしたことがありますか？」

「わたしはない。幸いにも」

硬い表情のユーリーは一歩進み出て、さらに思い切ったように言ったのだ。

「母上。将来ぼくが爵位を継いで、サヴォア公爵となった時に……父上と同じような立場に置かれたら、その時は、ぼくも親しい人と生死を分けるような戦いをしなくてはいけないのでしょうか？」

ユーリーはどちらかというと大人しい性格だが、臆病《おくびょう》ではないつもりだ。

サヴォア公爵家という大家の跡継ぎであるという自負もある。

だから他国と戦になった時は、国王を守るために戦う覚悟はできているつもりだった。

しかし、戦況によっては、親しい友人にまで刃を向けなくてはならないのか。

それができなければ公爵として失格なのか。

そのことで、ユーリーはずっと悩んでいたらしい。

ロザモンドは少し困惑した表情で息子を見ていた。

正直なところ、彼女には娘の憤りも息子の不安も、今一つ実感できない。

それは彼女もまた戦の中に生きてきた者だからだ。

何より、友人との諍《いさか》いという意味では、その内乱から数年後、ナシアスが謀反人の一味に荷担したと思われた時のほうが、よほど気を揉《も》んだ。

あれほど親しかった者同士がこのまま道を分かつことになるのかと、密かに苦悩したあの時に比べたら、単に怪我《けが》をさせたことは——傷が完治した以上は、特に問題とは思えない。

「そうならないようにするのが当主の務めだ」

優しく言い諭したが、これが息子の欲する答えでないこともわかっている。

どうしたものかと思案していると、ステファンが明るい声で言った。

「心配しなくていいよ、ユーリー。そんな戦はもう起きない。ビーパス王はデルフィニアのよき同盟者だし、オーロン王が倒れた今、デルフィニアの敵になる国はない。何より、我が国の国王陛下は勝利の女神に愛されていらっしゃる。ウォル陛下の御代《みよ》である限り、きみがエルウィンやエミールと戦うようなことには決してならない」

ロザモンドは甥に、そっと感謝の視線を送った。半分くらいは本心でも、後の半分は息子の不安を取り除くための発言だとすぐに気づいたからだ。

ユーリーは戸惑ったように従兄を見つめ、母親を見た。

ロザモンドは微笑《ほほえ》みながら頷き、昔を思い出して言った。

「フェルナン伯爵の子息だった現陛下が、前陛下の遺児《いじ》として王宮に現れた時——今では考えられないことだが、あの方を否定する声が圧倒的に多かったと聞いている。庶出を理由に、即位は認められないと大反対されたらしい」

その筆頭がバルロの母にしてユーリーの祖母でもあるアエラ姫だ。

「わたしは当時ポリシアにいて、遠い都の話として聞いたが、父が生きていたら何と言っただろうかと思ったものだ」

ユーリーにとってもステファンにとっても先々代のベルミンスター公爵は祖父にあたる。

生まれる前に亡くなった人だが、故郷の英雄でもある人だから、二人とも身を乗り出して尋ねた。

「お祖父《じい》さまは何と言われたとお思いですか？」

「間違いなく陛下を支持されたと思う。残念ながら、わたしはお目にかかったことはないが、父はフェルナン伯爵を、今時珍しい気骨のある騎士だと褒《ほ》めておいでだったからな」

その人は、今や現国王の『父』として認められているから、ステファンもユーリーも誇らしさに顔を輝かせた。

「知りませんでした。お祖父さまはフェルナン伯爵と親しくされていたのですか？」

「いや、タンガと国境沿いの戦が頻発《ひんぱつ》していた頃、伯爵が援軍の一人として来てくださったことがあるそうだ。ともに戦ううちに、父は伯爵の人物をよくよく見極められたのだと思う。比類ない戦いぶりはもちろんのこと、その優れたお人柄《ひとがら》にも、いたく感心されていた」

話しながら、ロザモンドは別のことも考えている。

ベルミンスターという大公爵家の当主だった父は、実際には「庶出の王などあり得ぬ」と、生きていたら断言したはずだ。

ただし、『通常ならば』という条件がつく。

長期の国王不在によって、国が大いに乱れていたあの時なら、そしてドゥルーワ王が自らフェルナン伯爵に託した子なら――。

父は忠義に厚く、真に国を思う人だった。

喜んで彼を国王に迎え、忠誠を尽くそうと言っただろう。

何より、バルロが熱心にウォル・グリークを支持していた。

ロザモンドにとってはそれがもっとも重要な理由だった。

息子に眼をやり、優しく言い聞かせた。

「心配は無用だ、ユーリー。リュミエント卿の言うとおり、陛下がいらっしゃる限り、あんな戦はもう起きまいよ」


セーラはベルミンスター館で悶々《もんもん》としていた。

今の状況が正真正銘の『家出』と言えないことは、彼女にもよくわかっている。

自宅のすぐ傍《そば》の母親の実家に、ばあやまで連れて寝起きしているのだ。今までこの屋敷に遊びに来た時と何も変わらない。

それでも、家に戻らないという決心だけは未《いま》だに揺るがなかった。

午前中は勉強の時間である。家出中でも怠《なま》けるつもりはなかったので、図書室で歴史書をめくっていると、ばあやがやってきて、「お嬢さまにお客さまです」と告げた。

父か母が来たのなら、ばあやはそう言うはずだ。

王宮には両親の取り巻きも信奉者《しんぽうしゃ》も掃いて捨てるほどいる。

その誰かが両親に頼まれて（あるいは勝手に気を回して）自分を説得にきたのだと思い、セーラは本を見たまま憤然《ふんぜん》と言い返した。

「帰ってもらって！　誰にも会いたくない！」

「かしこまりました。では、ラモナ騎士団長さまにそうお伝えしましょう」

セーラは文字通り飛び上がった。

勢いよく図書室から駆け出し、足音を極力殺しながら廊下を走り（この館は父の館に負けず劣らず広いのである）客間の近くまで来ると歩調を緩《ゆる》め、呼吸を整え、廊下の鏡を覗《のぞ》いて身なりを整え、生まれてこの方、一度も慌てたことなんかありませんというよそいきの顔で、しとやかに扉を開けて挨拶した。

「いらっしゃいませ、ナシアスさま」

「やあ、セーラ。元気そうだね。安心したよ」

ナシアスはいつもと同じ穏やかな笑みを浮かべて話しかけた。

ここへ来たのは無論、バルロに頼まれたからだ。

昨日の午後、バルロは言いにくそうにしながらも、娘の家出に関する事情を説明したが、聞いたナシアスも意外な成り行きに首を捻った。

「なぜあの一件でセーラが怒るんだ？」

「こっちが聞きたい」

ぶっきらぼうに言って、バルロは友人に迫った。

「おまえのせいで娘に大嫌いと言われる羽目になったんだぞ。責任をとってもらおうか」

ナシアスは意図的に水色の眼を丸くした。

「わたしのせいか、本当に？」

「人がこうして頭を下げて頼んでいるのに、何だ、その態度は」

ますますナシアスの眼が丸くなる。

「はてさて、サヴォア家には頭を下げるという言葉に違う意味があるのかな？　どう見てもいつも以上に高々《たかだか》と、えらそうにそっくり返っている頭にしか見えないのだが……」

バルロが癇癪《かんしゃく》を起こす直前を遮《さえぎ》って、ナシアスは澄まして続けた。

「――致し方ない。セーラのためだ。一肌脱ごう」

もともとそのつもりだった。公爵家の長女が家出となれば、おしゃべり好きな宮廷夫人たちに格好の噂《うわさ》の種を提供してしまう。

それでなくても注目されるサヴォア公爵家だ。

家庭の事情までが外部の人に取り沙汰されるのは好ましいことではない。

早期解決が肝心と判断して、ナシアスは友人の娘に会いにきたのである。

ばあやがお茶と茶菓子を運んできた。

ナシアスに、そっと感謝の視線を送ってくる。

ナシアスもばあやに目礼を返した。

一礼したばあやが、しずしずと部屋を出て行って少女と二人になると、さて、どう話を切り出そうかとナシアスは思案した。

何を怒っているのか知りたかったのだが、少女は思い切ったように顔を上げると、唐突《とうとつ》に尋ねてきた。

「お父さまを、許してくださいますか?」

ナシアスは思わず苦笑を噛み殺した。

「許すも何も、きみが生まれる前の話だよ?」

「そんなこと関係ありません」

思い詰めた表情のセーラとは反対に、ナシアスの顔には微笑が広がった。

十一年しか生きていない少女と自分との差を目の当たりにした気がしたからだ。

ナシアスにとっては、あれはとうに解決した昔の話である。

しかし、セーラにとってはそれを知った『今』の話なのだ。

ナシアスの顔から視線を外して、少女は両膝《りょうひざ》を握りしめ、うつむきながらも強い口調で語った。

「お父さまを見損ないました。ナシアスさまを……殺そうとするなんて。そんなひどいことをする人だったなんて……」

潔癖《けっぺき》な少女の言葉に、ますますナシアスの笑みが深くなる。

危うく吹き出しそうになったが、それでは少女の気持ちを傷つけてしまうことになる。

かろうじて微笑を保《たも》ったまま頷いた。

「そうか。やっとわかったよ。セーラは、バルロがわたしに悪いことをしたと思っているんだね?」

少女は意外そうに母親譲りの眼を見張った。

「……違うのですか?」

「違うよ。それだけは訂正しなくてはいけないね。――バルロはわたしを殺そうとしたのではないよ。救おうとしたんだ」

少女は呆気《あっけ》にとられてナシアスの顔を見た。

ナシアスは微笑しながらもう一度頷いて、笑みを消した。

年端もいかない少女に戦の現実を突きつけるのは気が進まなかったが、大事なことである。これだけは言っておかなくてはならなかった。

「きみにはまだわからないと思う。いいや、きみは女の子なのだから、一生わからないことを願うよ。あの時のあの状況では、バルロの行動は正しい選択だったんだ」

「そんな!」

血相を変えて反論しようとする少女をナシアスはやんわりと抑えて、話を続けた。

「彼が悪かったわけではない。立場が逆だったら、わたしもバルロと同じことをしたかもしれない。――この友が謀反人の汚名を着せられてしまうくらいなら、誉《ほま》れ高き騎士としての名誉を失うくらいなら、いっそのこと、自分の手で終わらせようと。決して怒りでも憎しみでもなく、もちろん好んでするわけでもない。それでも、他に方法がないのなら、それこそ純粋に友を思う心から、断腸の思いで剣を振るったかもしれないんだ」

冗談ではないと、セーラは思った。

そんな物騒な男の友情は到底、理解できない。

だが、素直にわからないと言うのも悔《くや》しい。

負けん気の強い少女は反射的に唇を尖《とが》らせた。

「お言葉ですけど、ナシアスさま。女の子だからというのは差別だと思います。妃殿下だって女の方ではありませんか」

一生懸命笑いを堪《こら》えていたところへ、この強烈な一撃である。

ラモナ騎士団長は今度こそ盛大に吹き出しそうになったのを、やっとの事で堪えた。

我慢しすぎて、腹筋まで痛くなってくる。

セーラにはそんな事情はわからない。

何も言ってくれないナシアスを不満そうに見つめていた。

第八話　ロッテと薔薇の精——三日目昼間

ロッテは夢中で庭を探検していた。

同じ城でも、父の城とはずいぶん違う。

父の城はやたらと広い通路と、背の高い木ばかりで、花はあまりない。

立ち並ぶ彫像も厳《いか》めしい武人像がほとんどで、散歩をしてもあまり楽しくないのだ。

比べると、このコーラル城はまるで秘密の花園である。

色とりどりの薔薇《ばら》が真っ青な空を彩る様子は花の天蓋《てんがい》のようだった。

うっとりするような甘い香りを胸いっぱいに吸い込みながら、ロッテは石畳の小道を駆け抜けていった。

鹿や鳥の形に刈り込まれた植木や、涼しげな音をたてる小川が現れたかと思うと、優しい微笑を浮かべた石の女神が石の竪琴《たてごと》を奏《かな》でていたりする。

またこのお城に遊びに来られて、ロッテは本当に嬉しかった。

「前に来た時、お姫《ひい》さまはお小さかったですからね。覚えていらっしゃらないでしょう」

などと、お守《も》り役のジーベルト夫人は言うのだが、失礼な話だ。ちゃんと覚えている。

ここには友達のアラベルやポーレットがいるのだ。

忘れたりするはずがない。

父の城では見たことのない花壇を縁取る青い花に見惚《みと》れていると、音楽が聞こえたような気がして、ロッテは足を止めた。

　竪琴の音のようである。

　きれいな音に引きつけられ、何も考えずにそちらに向かって歩いていったら、急に生垣が現れて『とおせんぼ』をされた。

　大人から見れば、ちょうど視線の高さにある生垣も、六歳のロッテにとってはそびえ立つ巨大な壁だ。

　竪琴の音は生垣の向こうから聞こえてくる。

　緑の壁に沿ってぐるっと歩いていくと、急に壁が途切れて、内側にぽっかりと丸く空いた空間が現れた。そこは満開の薔薇に囲まれた小部屋のようだった。

　中心に白い石とタイルで飾られた泉がつくられ、地面にはやわらかな芝生《しばふ》が敷き詰められ、小部屋の入口から泉まで石畳が続いている。

　泉の真ん中の一段高いところに、天使の石像が壺《つぼ》を捧げ持つ形で座っている。

　その壺から軽やかな音をたてて、泉の中に水が注《そそ》がれている。

　息を呑んだロッテだった。

　夢のようにきれいだと思った。

　こんなにすてきな場所は見たことがない。

　何よりロッテの眼を引きつけたのは、泉の縁に優雅に腰を下ろしていた人だった。

　真っ黒な長い服を着て、真っ黒な髪を腰まで流し、竪琴を持っている。

一瞬、さっきの女神像が生き返ったのかと思って、どきっとしたが、この服装で、音楽を奏でているということは楽士か吟遊《ぎんゆう》詩人で——つまり男の人だ。

こんなにきれいな男の人も見たことがなかった。

真っ黒な髪に映える肌の色は抜けるように白く、ロッテを見る瞳は、母さまが持っている宝石のように深い青に輝いている。

その人は面白そうに微笑して話しかけてきた。

「こんにちは、お嬢さん。ここは王族しか入れない庭のはずなんだけど、どこの子かな？」

「ロッテ」

思わず答えて、ロッテは胸を張って言い返した。

「お嬢さんじゃないわ。お父さまは王さまなのよ。お姫《ひい》さまと呼ばなくてはいけないの」

これはジーベルト夫人の口癖《くちぐせ》である。

あなたは王女なのですから、誇りと気品を忘れてはなりません、下々の者と迂闊《うかつ》に親しくするなどもっての外《ほか》ですと言うのだが、活発なロッテにはちょっと難しかった。

ただ、今までは、これを言えばみんな跪《ひざまず》いたのに、楽器を持った人は立ち上がろうともしなかった。小さく吹き出して、楽しげに言ってきた。

「ここはロッテのお城じゃないでしょう。お姫さまが一人で、他のお城の庭を歩き回ったりするの？」

気まずさを感じながら、ロッテは小さく答えた。

「……弟を探してたの」

　庭を見て回るのがあんまり楽しくて忘れていたが、これは本当である。

　久しぶりに来たコーラル城にすっかり浮かれてはしゃいでいた弟は、小間使いがちょっと眼を離した隙《すき》に庭へ駆け出したのだ。

　弟付きの小間使いは慌てて弟を追いかけ、ロッテはすかさずその後に続いたのである。

　お行儀よくしなくてはいけないのはわかっている。

　でも、父さまも母さまもデルフィニアの王さまに挨拶《あいさつ》に行っていて、近くにいなかったし、兄さまも姉さまも別室に案内されている。

　ロッテと弟だけがまだ小さいからという理由で残されたことがおもしろくなく、ずいぶん待たされて飽《あ》き飽きしていたせいもある。

「――お姫《ひい》さま！　お待ちなさい！」

　ジーベルト夫人が血相を変えて止めようとしたが、ロッテは止まらなかった。

　振り返りざま、「弟を探してくる！」と言って、走り出していた。

　そして弟を探すついでに、ちょっとくらいお庭を探検してもいいだろうと思ったのだ。

「王子さまが迷子？　それは困ったね」

　笑いながら言う人は、ちっとも困っているように見えない。

　下々の者と口を利《き》くなという言いつけはすっかり忘れて、ロッテは訊《き》いた。

「あなたは誰？　吟遊詩人なの？」

「さあ、どうだろうね」

「そんな言い方はだめなの。もっと丁寧《ていねい》に話さないと、ジーベルト夫人に怒られるわよ」

このきれいな人が叱られることになったらかわいそうだ。

ロッテは親切で言ったのだが、その人はやっぱり笑っていた。

「ジーベルト夫人はどんなふうに怒るの？」

「無礼者だって」

「ロッテがお姫さまで、ぼくは王子さまじゃないから？」

「そうよ」

「ロッテはそれでいいと思うのかな？」

こんなふうに訊かれたことはないので、ロッテは困った。

だから、やっぱりジーベルト夫人の口癖を借りて言った。

「いいとか悪いとかじゃないの。わたしは王女で、あなたは下々の者なんだから、身分をわきまえないと。……無礼は許されないのよ」

言いながら、ロッテはだんだん、得体の知れない気まずさに襲われた。

理由はわからないが、何かひどく間違ったことをしているような気がしてならなかった。

唐突に尋ねた。

「──あなたは、人間なの？」

「違うよ」

ロッテは大きく眼を見開いた。

胸をどきどきさせながら、思い切り声を低めて、内緒話のように、そっと囁《ささや》いた。

「それじゃあ……やっぱり薔薇の精なの？」

ロッテは外で遊ぶのが大好きで、夢見がちな女の子でもある。

鬱蒼《うっそう》と茂る木立の陰や泉のしぶきの中に、妖精の姿が見えないかと本気で探すこともよくある。この人はまるで密かに思い描く精霊が生身を得て現れたようだと思ったのだ。

その人は微笑を浮かべたまま問い返してきた。

「薔薇の精霊に見える？」

「──お姫《ひい》さま？」

二人の話し声を聞きつけたのか、若い女性が薔薇の小部屋を覗《のぞ》き込んできた。

女性はロッテを見て安堵《あんど》の表情を浮かべたが、泉に座った人には警戒の眼差《まなざ》しを向けて、問《と》い質《ただ》した。

「何者ですか？」

「そう言うあなたはジーベルト夫人？」

穏やかに問い返す若者をどう思ったかわからない。

しかし、女性は自分の態度を反省したらしい。

軽く会釈《えしゃく》して、少し口調をあらためて名乗った。

「クリスタ・キュフナーと申します。お姫《ひい》さまの家庭教師を務めております」

「家庭教師って迷子探しもするの？」

「いつもは致しません。旅先ですので……」

「キュフナーさんはロッテに下々の者と気安く口を利いてはいけませんって言わないの？」

からかうような言葉に、クリスタは少し頰《ほお》を紅潮させた。

大事な『お姫さま』が眼の前で呼び捨てにされていても、少なくともクリスタは『無礼者』と口にはしなかった。それを見て、青年はさらに言った。

「――なるほど。教育方針を巡って二通りの意見があるわけだ。それはいけないね。ロッテも混乱するでしょう」

クリスタは慎重な口調ながら、はっきりと言った。

「ジーベルト夫人はお姫《ひい》さまに王女としての気品と教養を身につけていただきたいと考えていらっしゃいます。わたくしも同じ考えです」

ロッテは焦《あせ》って、急いで言っていた。

「ジーベルト夫人は姉さまを気の毒だって言うのよ。庶子《しょし》と結婚しなくちゃいけないから」

その後に「ですから姫さまは立派な王女におなり遊ばせ」という決まり文句が続くのだが、
クリスタが悲鳴に近い声を発して止めた。

「お姫《ひい》さま！」

無理もない。ここはその庶子の父親の城だ。

しかし、青年は顔色一つ変えなかった。

「ロッテは姉さんをかわいそうだと思うの？」

六歳のロッテにはまだ自分の気持ちを伝えることは難しかったが、ゆっくり首を振った。

「……思わない」

「でも、ジーベルト夫人は姉さんをかわいそうだと思ってる。だから、ロッテにはちゃんとした王子さまと結婚してほしいと思ってるんだね」

これには黙っていられず、ロッテは言い返した。

「フェルナンだって、とってもちゃんとしてるわ！」

青年は優しく頷いた。

「ぼくもそう思うよ」

クリスタがためらいがちに質問する。

「……失礼ですが、あなたは？」

「ルーファス・ラヴィー。ここの客人」

「吟遊詩人の方ですか？　ですけど……」

彼女の知っている吟遊詩人とは様子が違うので、戸惑っているらしい。

母国で見る彼らは大仰《おおぎょう》に一礼して、

「ご機嫌麗《うるわ》しゅう。本日は御前《ごぜん》にお招きいただき、まことに恐悦至極に存じます」

こんなふうに始まる挨拶と賛辞が延々と続くのが普通だからだ。

しかし、ここは他国の城である。

他国には他国のやり方がある。

この異風体の若者が王家と親しい間柄《あいだがら》らしいのは間違いないと判断し、クリスタは慇懃《いんぎん》に一礼すると、ロッテを促して、薔薇の小部屋を出て行こうとした。

そこへ新たに人がやってきた。

四十絡《がら》みの、痩《や》せぎすの女性だった。クリスタとロッテを探し回っていたらしい。

女性は苛だちを露《あら》わにした顔で、ぐっと胸を張り、いきなりクリスタを叱りつけた。

「キュフナー夫人。何をぐずぐずしているのです。お姫《ひい》さまを見つけたなら、すぐにお連れするべきでしょう」

「申し訳ありません。ジーベルト夫人」

素直に謝罪したクリスタだった。

ジーベルト夫人は、きつい表情に加えて、口調も物腰もいかにも『やかまし屋』といった雰囲気の人で、泉に腰掛けた青年のことは一顧《いっこ》だにしなかった。

青年の服装から貴族ではないと判断したのだろう。

ならば対等に口を利くに値しない相手と、瞬時に切り捨てたらしい。

青年も何も言わなかったが、また別の声がした。

「――ルーファ。そこにいるのか？」

足音もたてずに薔薇の小部屋に現れた人を見て、ロッテは眼を丸くした。

最初は男の人かと思ったのに、顔を見たら女の人だったからだ。

それもとってもきれいな人だ。

特に瞳が美しかった。こんなに見事な緑の宝石は、母の宝石箱の中にも見つけられない。

しかし、ジーベルト夫人はやはりその人の首から下にしか眼がいかなかったと見えて、猟師のような実用的な服に冷たい一瞥《いちべつ》をくれただけで、ロッテを連れていこうとした。

ところが、その人はロッテを見るなり言ったのだ。

「――あれ？　ひょっとしてクルトの妹で、レオの姉さんかな？」

ロッテはあんまりびっくり仰天して何も言えなくなった。兄と弟をこんなふうに親しげに呼ぶ人など、両親と姉以外に見たことがないし、いるはずもない。

いたら一大事だ。

当然、ジーベルト夫人は血相を変えて叱りつけた。

「無礼な！　わきまえなさい！　殿下を呼び捨てにするとは何事です！」

きれいな人は宝石のような眼を丸くして言い返した。

「名前で呼ばなかったらどう呼べばいいんだ？」

「罰当たりな！　殿下とお呼びするのです！　デルフィニアの民は他国の王子に敬意を払うことも知らないのですか！」

王女付きの女官にこれほど厳しく叱責されたら、タンガの人間なら震えあがるところだが、きれいな人は怪訝《けげん》そうな顔で、泉に座った青年を振り返った。

「……誰だこれ？」

「ジーベルト夫人。ロッテの教育係だって」

「そうか。ロッテっていうのか。よろしくな」

にっこり笑ってよろしくと言われても、ロッテは硬直して何も言えない。

一方、ジーベルト夫人はますます白熱した。

「殿下を侮辱するとは何事ですか！　こんな非礼を許すわけには到底参りません！　後ほどこのことは必ず陛下にお伝えしますからね！」

ここまで言われても、その人はやっぱり首を捻《ひね》っただけだった。

「ウォルのやつにか？」

青年が小さく笑って訂正する。

「違うよ。ジーベルト夫人はタンガの人だからね、タンガの王さまのことじゃない？」

「ビーパスに何を言うんだ？」

ロッテは今度こそ悲鳴をあげそうになった。

父の名前を呼び捨てにするなんて、誰であろうと許されることではない。

六歳のロッテにもそのくらいわかる。

ジーベルト夫人は真っ赤になって、わなわな震え出した。

その横でクリスタは蒼白《そうはく》になっている。

ジーベルト夫人はあまりの怒りと衝撃《しょうげき》に、叱責の言葉も咄嗟《とっさ》に出てこない様子だったが、顔をしかめ、忌々《いまいま》しそうに舌打ちした。

「おお、いやだ。おぞましい。このような者たちを野放しにするなんて、これだから庶子の王は……」

「ジーベルト夫人！」

クリスタが震えながら、果敢《かかん》に上司をたしなめた。

「……それはさすがに、お口がすぎましょう……」

「事実ではありませんか」

「ここはコーラル城です！　ウォル陛下のお城です」

「かまうものですか。このような者たちに聞かれたから何だと言うのです？」

男の服を着たきれいな人は、呆《あき》れたような奇妙な笑いを浮かべている。

その緑の眼光が何だか怖くて、ロッテはクリスタの大きくふくらんだスカートの後ろに、そっと隠れた。

青年は竪琴を脇に置き、懐《ふところ》から絵柄のついた手札を取り出して、泉の縁に並べ始めた。

ロッテも知っている。これは占いだ。

しかし、実際に占いをする人を見るのは初めてだ。

きれいな人が尋ねる。

「それ、時間掛かるか？」

「ううん。すぐ終わる」

「それじゃあ、終わったら一緒に来てくれないか。ウォルがビーパスとルシアンナに会ってやってほしいんだってさ」

タンガ国王ビーパスはコーラル城内に設けられた応接室で、サンセベリア国王オルテスと面談していた。この場にデルフィニア国王は同席していない。

まだ手が離せない用件があるので、先にお二人でお話をと、この席を設けたのは他ならぬウォルだ。

外交上いささか異例ではあるが、この三国は今や家族ぐるみで親しくしている。

オルテスは安堵の笑みを浮かべ、久しぶりに会う年下の国王をねぎらった。

「ビーパス王。またこうしてお顔を見ることがかなうとは……」

知恵者で知られる南国の王は感慨無量《かんがいむりょう》の面持ちで続けた。

「これほど喜ばしいことはない。よそながらご無事であるようにと願っていました」

思慮《しりょ》深さで知られる王も、穏やかな笑顔を返した。

「ありがとうございます。オルテス王」

王妃たちは別室で女同士の話をしている。

控えの間には近習が詰めているが、この部屋には国王二人きりだった。

「ご無事であったからこそ申せますが、反乱軍はよくぞあなたを生かしておいたものだ」

何とも言えない口調でオルテスは言い、ビーパスも真顔で頷《うなず》いた。

「一時は死を覚悟しましたが、国王弑逆《しいぎゃく》の汚名を着るのは避けたかったのでしょう」

国王に反旗を翻しておきながら奇妙な理屈に聞こえるが、大衆とは、正義を掲げる勇敢な英雄を好むものなのである。

言い換えれば、卑怯な裏切り者は嫌われる。

あまりあくどい真似をしては人心がついてこない。

民衆に支持されない政権など、維持できるわけがない。

オルテス自身、実の兄を追放して王になったが、兄の命は奪わなかった。

民衆の反感を買ったら、摑《つか》みかけた王冠が掌《てのひら》からこぼれ落ちるのは明らかだからだ。

しかし、タンガの場合は事情が違う。

言葉を選びながらも、オルテスは思い切った質問をした。

「気を悪くせずに聞いていただきたいのだ。反乱軍はビーパス王を追放した後、どのように国を統治するつもりでいたのだろう。わたしの場合は同じ父王の子という強みもあったし、兄は民衆に嫌われている王だった。しかし、貴国の反乱軍は新たな王を立てようにも、誰もその資格を持たなかったはず。我も我もと誰もが手を上げ、その結果、内輪もめにつながりかねない。主な顔ぶれで協議制をとるにしても著《いちじる》しく安定を欠いた政権になるのは必至と思うが、それとも、反乱軍の者どもは将来のことは何も考えていなかったのかな？」

ビーパスは首を振った。

「反乱軍はなるべくなら血を流すことなく、軋轢《あつれき》のないように王冠を移したいと思っていたはずです。わずかなりとも血の続く者の中から、新たな王を立てる所存だったのでしょう」

「そのような王座の交替がうまくいきますかな」

「なればこそ、娘たちをわたしから引き離したのです」

「………」

「娘たちはゾラタス・ミンゲの孫です。わたしより遥《はる》かに偉大な王だったと、今でも父を信奉する者は多くいます。娘を妻にすればタンガ王家と縁が続き、王位を継ぐ資格を得られる。それで市民を納得させられると考えたのでしょう。タンガ王家の血を引く男子が誕生すればなおさらです」

オルテスはため息をついた。

「浅薄なことだ……。姫たちはこちらに？」

「はい。連れて参りました」


その頃、タンガ王妃のルシアンナはサンセベリア王妃のリリアと王宮の庭を散策していた。最初は用意された室内で談笑していたが、天気がいいからと、同席していたポーラが庭へ誘ったのだ。

身分こそ愛妾《あいしょう》ではあるが、ポーラはこの十年、デルフィニア国王の実質的な妻として、女性の間の外交も担当している。反乱軍に幽閉されたルシアンナの身を案じていたポーラは、彼女との再会をことのほか喜んだ。

「またお目にかかれて本当に嬉しゅうございます、ルシアンナさま」

リリアも嬉しそうに微笑して話しかけた。

「ええ、本当に。居ても立ってもいられぬ思いでしたが、再びルシアンナさまのお顔を拝見することができて、ほっとしております」

「ありがとうございます、ポーラさま。リリアさま」

ルシアンナも二人に会えて嬉しかった。

ルシアンナは小身貴族の出身で、地方貴族出身のポーラとは至極気が合う。

リリアは公爵家の娘だが、少しも驕《おご》ったところのない優しく穏やかな人なので、ルシアンナはリリアのことも大好きだった。

三人で話しながら薔薇を眺め、ルシアンナが少し二人から離れた時だ。

茂みの陰から、そっと声をかけられた。

「……お母さま」

長女のリューディアである。

ルシアンナは驚いて尋ねた。

「どうしたの、リディ。――クルトは？」

黒髪の少女は二階の窓を振り返って言った。

「弟はフェルナンたちと一緒にいます。お母さまの姿が見えたので、下りてきたの」

ルシアンナは驚いた。九歳の長女は母親の自分が言うのも何だが、聡明で思慮深い性格で、大人の話に――ましてや母親が他国の王妃たちと話しているというのに、割り込むような不調法な真似は普通ならまずやらない。

何やら必死の面持ちで長女は言った。

「お母さまにお話があるの。ロッテのことで」

王家ともなると、普通の家とは家族のありようも違ってくる。

実の母と娘でも、二人きりで話をする機会など、そう簡単には持てないのだ。

よほどのことらしいと感じて詳しい話を聞こうとしたのだが、あいにく従者が彼女たちを呼びにきた。

「──皆さま。陛下がお見えになります。お部屋にお戻りください」

ルシアンナは頷きを返して、急いで娘に囁いた。

「お話は後でしましょう。あなたもお帰りなさい」

ところが、従者は慇懃に一礼して言った。

「王女殿下もご一緒にとのことでございます」

女性たちが部屋に戻ると、リリアとルシアンナの夫が揃っていた。

意外にもルシアンナの息子たちも同席している。八歳と五歳の元気な少年たちだが、サンセベリア国王の前なので、二人ともかしこまっている。

リューディアは慎ましく弟たちの後ろに控えたが、妹がいない。下の弟に小声で尋ねた。

「レオ。ロッテはどこ？」

五歳の弟は困った顔になって首を振った。

知らないという意味らしい。

ルシアンナも一人だけ姿の見えない下の娘が気になった。どうしたのかと思っていると、家庭教師に連れられて部屋に入ってきた。

しかし、様子がおかしい。

下の娘はまるで泣きそうな顔で、まっすぐ母親のところに駆けてきて抱きついたのだ。

ルシアンナは眼を見張った。まだ六歳とはいえ、次女も王家の子である。よほどのことがない限り、人前でこんなふうに母親にすがりついたりすることはないはずだ。背中を撫でてやりながら、家庭教師に小声で尋ねた。

「キュフナー夫人。ジーベルト夫人はどうしたの?」

「あの……それが、先程倒れられて……今は別室で休ませていただいております」

そう言うクリスタも血の気の失せた顔をしている。

心配になって、ルシアンナは言った。

「大丈夫? あなたのほうがよほど具合が悪そうよ。ここはいいから、お下がりなさいな」

その時、デルフィニア国王が部屋に入ってきた。

ウォルはビーパスとルシアンナを見ると、本当に嬉しそうな笑顔になって、快活な口調で話しかけた。

「お二人とも、ご無事で何よりだった。こうしてお二人のお健《すこ》やかな顔を見ることができて、こんなに嬉しいことはない。殿下たちもお元気そうだな」

　両親と弟たちに続き、リューディアもしとやかに挨拶した。

「お久しぶりでございます。ウォル陛下」

　深々と頭を下げて顔を上げると、国王の横に見たこともないほどきれいな人が立っていた。

　びっくりして何も言えなくなったリューディアとは裏腹に、弟たちははじけるような笑顔で、威勢よく挨拶したのである。

「妃将軍さま！　またお目にかかれて本当に嬉しいです！」

「パラスト軍に雷《いかずち》を落としたのですか！」

　デルフィニアの王妃は悪戯《いたずら》っぽく笑って言った。

「落としてないよ。落としたのはおれじゃなくて、こっち」

「人聞き悪いなあ。ぼくだって落としてないよ」

　割り込んだ優しい声の主を見て、リューディアも弟たちも眼を丸くした。男の人だろうが、こんなに優しげな姿の人は初めて見たからだ。

　子どもたちに、にっこり笑いかけてくる。

「こんにちは」

　王子たちも、リューディアも、呆気《あっけ》にとられながら、ぎこちなく一礼したが、妹姫だけは母親のドレスの陰に隠れて動かない。

　その様子を見て、王妃が困ったように言った。

「あれれ？　嫌われちゃったかな」

「違うよ。ロッテはびっくりしてるだけだよね」

ルウはオルテスに会釈を送ると、ビーパスに眼を移して話しかけた。

「初めましてかな。タンガの王さま。ぼくがわかりますか？」

ルウは十年前にもタンガを訪れたが、その時には、ビーパスと直接、顔を合わせることはなかった。

名乗らなくても、『王妃を迎えに来た天界人《てんかいびと》』のことは既にタンガにも伝わっていたから、ビーパスは敬意を示す意味で丁重に一礼した。

「タンガ国王ビーパス・ラングと申します。お目にかかれて、たいへん光栄です」

「ちょっと伺《うかが》いますけど、反乱軍じゃないとしても、比較的彼らに近いところに──拳骨《げんこつ》はいる？」

「……はっ？」

国王らしからぬ突拍子もない声を発してしまったビーパスを誰が責められよう。

天界から来た人はのんびりと話を続けている。

「ぼくには意味がわからなくて。とにかく拳骨って出るんです。それと剣──短剣かな？」

ウォルが心配そうに口を挟んだ。

「ラヴィーどの。それはもしや、また紋章か？　あの時と同じように、ビーパス王にとって獅子《しし》身中の虫を指すものなのか？」

「……いえ、ウォル陛下。お待ちください」

何とか気を取り直してビーパスは言った。

「それが紋章ならば、フォス伯爵の従兄弟《いとこ》にあたるエンデ公爵のことかもしれません。公爵家の紋章は短剣を握った右拳です。しかし、公爵は反乱軍には荷担しておりませんし、距離を置いていたはずです。わたしが王座を取り戻したことをことのほか喜んで、恭順の意思を示してくれた人物です」

ルウが言った。

「公爵ってことは、その人、王家と縁続き？」

「はい。曽祖父《そうそふ》の妹に当たる方が降嫁《こうか》しております」

「公爵家に若い男の子はいる？」

「は？　はい。公爵には十代の息子が二人いますが……」

「それじゃあ、ロッテのお守り役は変えたほうがいいですよ」

「……はっ？」

先程からどうにも王らしからぬ突拍子もない声と表情が続いているが、これほど予想外のことを立て続けに言われては仕方がない。

「ジーベルト夫人は、ある意味、立派な女性ですよ。特に主人に対する忠誠心は疑いようがありません。ただ、困ったことにその主人はあなたじゃなくて、エンデ公爵なんです」

仰天したビーパスだった。

「何と仰《おお》せられます⁉」

「夫人は若い頃、先代のエンデ公爵に仕えていたんです」

前置きして、青年はのどかな口調で言った。

「ジーベルト夫人は、姉さんはかわいそうだって、ロッテに話して聞かせていたんですよ。庶子と結婚しなきゃいけないから」

部屋の空気が凍りついた。

ウォルは曖昧に笑っているだけだが、タンガ国王夫妻は真っ青になっている。

ルシアンナがはっとなって、長女を見た。

「――リディ。まさか母さまに話というのは、そのことなの？」

長女も青ざめた顔で母親を見た。

その顔色を見れば答えは明らかだ。

青年は優しい声でルシアンナに話しかけた。

「あなたと息子さんたちが塔に幽閉されている間、お嬢さんたちは親戚の家に預けられたんですよね」

「は、はい。そうです」

「そういう状況でも、王女さまには家庭教師とかお守り役とか、傍《そば》にいると思うんですけど、上のお嬢さんのお守り役は？」

ビーパスが何とも言えない顔で答えた。

「……解任したばかりです。反乱軍側の者でしたので」

ルシアンナも急いで言い添えた。

「以前仕えていた人たちに、また戻ってきてくれるようにと、連絡しようと思っていた矢先でした」

ルウは続けて質問した。

「ジーベルト夫人とキュフナーさんは、反乱が起きる前からロッテに仕えていたんですよね。反乱軍が二人を解任しなかったのはどうしてですか？」

ビーパスが答えた。

「勤め始めて、まだ日が浅かったからだと思います。以前の長女の守り役は、娘時代の妻の教育係も務めていた者たちでしたから。――反乱軍はあの者たちを煙たがって遠ざけたのでしょう」

「なるほど。そういうことですか」

青年は納得して頷き、話を戻した。

「ジーベルト夫人は悪い人ではないんですよ。ただ、あなたが上の姫を庶子と結婚させると決めたことに強い不満を持っていたみたいですね。自分の担当の下の姫には――言葉は悪いですけど、そんな惨《みじ》めな思いはさせたくない、もっと誇れる相手と結婚してほしいと思っていたようです。お嬢さんたちが預けられた家には反乱軍の見張りがついていたはずですけど、そこで反乱軍一味から、下の姫はゆくゆくはエンデ公爵家の息子と縁づけようという話でも出たんじゃないかな。王家と親戚の由緒正しい貴族で、以前の自分の主人でもありますから、ジーベルト夫人はその話を聞いて喜んだ。そのほうがロッテは遥かに幸せになれると思った。今でも思ってますよ。逆賊《ぎゃくぞく》とまでは言えないかもしれませんけど、反乱軍が鎮圧されて、ちょっぴりがっかりしたのは確かでしょうね」

デルフィニアの王妃が真顔で言った。

「ルーファ。それは立派な逆賊っていうんだ」

国王も同意した。

「王妃の言うとおりだ。政治に関心のない女性だとしても、あまりに度が過ぎる」

青年は首を振った。

「思慮が浅いと言えば浅いんだけど、謀反《むほん》のつもりがなかったのは確かだからね。あんまり手荒なことはしないほうがいい。お守り役を解《と》くくらいでちょうどいいんじゃないかな」

「ただちに、仰せのとおりに致すでありましょう……」

とんだところで己の監督不行き届きを指摘されて、ひたすら恥じ入っているビーパスに、デルフィニア王妃が追い打ちをかけた。

「そうしてくれると助かる。あの人、おれのことも山賊まがいに見えたらしいんだ。それはかまわないけど、よりにもよってコーラル城で、うちの馬鹿の悪口を言うのは感心しないぞ。こんな者たちを野放しにするなんて、これだから庶子の王は——だってさ」

タンガ国王は顔面蒼白を通り越して卒倒寸前だったが、王妃は彼を咎《とが》めたわけではない。

夫を見て笑ってみせた。

「おれは自分が何を言われてもいいけど、おまえが侮《あなど》られるのは面白くないんだ」

ウォルは感動を示す意味で、大げさに心臓を手で押さえてみせた。

「俺は果報者の王だと思うぞ。実に王妃に愛されている」

馬鹿呼ばわりされることも愛情の一環らしい。

そんな中、ルウはタンガ国王の長女に話しかけた。

「こんにちは。王女さま」

リューディアは大きく息を吸い込んだ。勇気を奮《ふる》い起こして、緊張しながらも、どうにか名乗った。

「どうか、リディとお呼びくださいませ」

「それじゃあ、リディ。親戚の家に預けられている間、何があったか話してくれる?」

少女は青年の青い眼を真剣に見つめて、ゆっくり首を振った。

「何もありません」

「前のお守り役の人たちは、ジーベルト夫人と同じようなことを言ったでしょう。庶子との縁談なんかより、もっといいお相手を世話してもらえるのだから、そのほうが幸せだって」

「言われました。ですけど、フェルナンは父が認めた人です」

リューディアは素直に頷き、ルウを見つめて、はっきりと言った。

「わたしは自分をかわいそうとは思っていません。ですから妹が……シャルロッテが、なぜ急にそんな、変なことを言うようになったのか、わかりませんでした」

ルシアンナが、夫以上に蒼白な顔で謝罪した。

「下の娘の非礼を心からお詫び致します。――さあ、ロッテ。こんな時は何と言うの？」

六歳の少女にも罪を知る心はある。

己を恥じる心もだ。

とんでもない失敗をしたことはわかっているが、足も舌も固く強ばってしまって、一歩も動けない。

青年が笑顔で言った。

「大丈夫。ロッテはいい子ですから。本当に素直ないい子だから、周りの大人たちに影響されるんです。キュフナーさんがついていれば心配ありません」

クリスタが緊張の面持ちで頭を下げる。

青年はルシアンナに近づき、母親の後ろに隠れているロッテに優しく話しかけた。

「出てきてくれないかな。怒ったりしないから」

他の大人に言われたのでは、やはり動けなかっただろうが、その人の声は優しく、温かく、固まってしまった身体をほぐすようだった。

ロッテは母親のスカートの陰から、おずおずと顔を覗かせた。

「ぼくがロッテに新しい挨拶を教えてあげるからね。繰り返して言ってみて」

青年は少女の前で軽くしゃがみ、真面目に挨拶の言葉を口にした。

「まず、こんにちは。――はい。言って」

そう言われても喉がからからだ。

何度か試みて、蚊《か》の鳴《な》くような声で、やっと言った。

「……こ、こんにちは」

「わたしはシャルロッテ。タンガ国王の娘です。――はい」

つっかえながらも、ロッテがその言葉をどうにか言うと、青年はさらに続けた。

「あなたはどなたですか？ はい。最初から言ってみて」

六歳の少女は真剣な顔で青年を見上げて、覚えたばかりの挨拶を一生懸命繰り返した。

「――こんにちは。わたしはシャルロッテ。タンガ国王の娘です。あなたはどなたですか？」

「ルーファス・ラヴィー。ここの王妃さまの相棒」

律儀に名乗って、ルウはにっこり笑って手を叩き、少女を褒《ほ》めた。

「えらいえらい。よく言えたね。今度から、初めて会う人にはそう挨拶するといいよ」

美しい笑顔も、鈴を振るようなその声も、六歳のシャルロッテ王女の心に深く刻まれた。

それからタンガ王家の下の王女は誰に対しても、それこそ庭の掃除人に対しても、生真面目にこの挨拶をするようになり、姉王女と同様、国民から大いに愛されるようになった。

第九話　ポーラの戴冠式・前篇

――四日目午後

コーラル城の本宮にはさまざまな部署がある。

国の政治経済外交の中心だから当然だが、ここは国王一家の生活の場でもある。奥棟には子ども部屋や私的な寝室もある。今は四人の子どもたちがいて、奥棟もなかなかにぎやかだ。逆に、滅多《めった》に人の出入りしない部分もある。

宝物庫などがいい例だった。

ここには特別な祭礼や式典で使われる王家重代の貴重な品が納められているので、一般の召使いは近づくことも許されない奥まった一角にある。

鍵は厳重に管理され、触れる資格のある者以外は、鍵を持ち出すこともできない。

今まさにその宝物庫の鍵を片手で振り回しながら、鼻歌でも歌いそうな足取りで、王妃が重厚な扉に近づいていた。

無造作に鍵を差し込もうとした時、王妃の背後で慌《あわ》ただしい気配が発生した。

「待て、リィ！」

息せき切って駆けつけた国王が青くなって叫び、続いたバルロも一喝した。

「あなたはまた、何を考えている⁉」

「……妃殿下、どうか早まった真似はなさらぬよう、お願い致します」

ナシアスが懇願の口調で牽制《けんせい》し、最後にイヴンが全員の言いたいことを締めくくった。

「あなたが何をしようとしているのか知りませんが、妃殿下。お願いですから我々の勘違いだと言ってくださいませんかね。場所こそ違えど、非常《ひじょう》に覚えのある、ものすごーくいやな予感がするのは、我々の気のせいだと思いたいんですがねえ？」

嫌みたっぷりの台詞《せりふ》を王妃は平然と受け流して、ちょっぴり不満そうに言ったものだ。

「これもだめなのか？」

国王が吠えた。

「駄目《だめ》に決まっているだろう！　何事かと思ったわ！　鍵の管理をする役人が血相を変えて、すっ飛んできたぞ！」

バルロがぼそりと呟《つぶや》いた。

「根性なしめが……。そもそも鍵の持ち出しを阻止《そし》するのが番人の役目だろうが」

イヴンがすかさず突っ込んだ。

「お言葉ですが、たかだか鍵の番人にこの妃殿下を阻止するだけの根性を求めるのは酷《こく》ってもんですぜ。その条件に合わせるなら、常時、うちの親父さんを鍵の番人に置いとかなきゃならなくなっちまう」

ナシアスもイヴンに同意して、バルロに忠告した。

「さもなくば、陛下ご自身に鍵の管理をしてもらうしかないが、あまりにも非現実的だ」

「わかっている。単なる八つ当たりだ。従兄上《あにうえ》でさえ、確実に王妃を止められるかとなると、大いに怪《あや》しいと言わざるを得んのだからな」

バルロの言うとおりだった。

三人が真面目に話し合っている眼の前で、国王は懸命《けんめい》に王妃をなだめている。

「欲しいものがあるなら番人に言え。おまえの命令なら彼らも喜んで出してくれるだろう。

――多少の例外はあるにせよだ」

「その例外だった。持ち出すにはまず陛下にお伺《うかが》いをって言うから、鍵だけ借りたんだ」

腕ずくで取りあげたんだろう――と、国王を含めた四人は無言で非難した。

が、王妃はどこ吹く風である。

「あれはおまえと結婚した時点で、おれのものだろう。だったらおれの権限で使ってどこが悪い？　使わなきゃ宝の持ち腐れだぞ」

「だからその使用目的が問題なのだ！　持ち出していったい何をする気だった？」

「言わなきゃわからないのか？」

「…………」

「おれは二度と、ポーラが誰にも侮《あなど》られないようにしてやりたいんだ。名実ともにおまえの、デルフィニア国王の妻なんだからな」

国王は何かを警戒する口調で素早く言った。

「俺も心からそう思っているとも。だが、くどいようだが、離婚はならんぞ」

「やらないってば。――信用ないな」

戦闘ではまさに勝利の女神、将兵の信頼も絶大な王妃だが、この問題に関する限り、信用などあると思えと言うほうが無理だ——と、国王の側近三人の顔は如実《にょじつ》に語っている。

特にこの宝物庫の中にあるもののことを考えれば、国王が血相を変えて当然なのだ。

王妃が猛獣《もうじゅう》なら、国王はその猛獣と仲良くして使いこなせる希有《けう》な猛獣使いだと彼らは常々思っていたが、この問題に関しては、どうにもこうにも猛獣使いのほうが分が悪い。

自分たちが味方せねばなるまいと判断して、バルロが従兄《いとこ》を援護する形で注意深く言った。

「王妃。いかなあなたでも、離婚をせずに、この中にあるものをダルシニどのに与えるのは……事実上、不可能だぞ」

ナシアスも熱心に言葉を添えた。

「そうです。第一、そのようなことはポーラさまご本人も望んでいらっしゃいません。そもそも妃殿下がそんなことをされる必要はどこにもありません。あの方は国の内外を問わず、陛下の妻として認められている女性なのですから」

「本当かな？」

明らかに信じていない口調で王妃は言った。

「おれが来るまで、フェルナンは愛妾《あいしょう》の子だから、国王になれないと思われていたんじゃないのか？」

言葉に詰まった国王に代わり、バルロが意図的に呆《あき》れた口調をつくって言った。

「問題をすげ替えないでもらおう。もともと世子《せいし》に比べたら庶子《しょし》の扱いは一段落ちて当然だ。それが法の定めた秩序というものだ。王位継承権も、普通なら庶子には認められない」

「そうですよ。——この馬鹿の時が例外だっただけで」

イヴンも援護に回った。

『馬鹿』呼ばわりにバルロの眉《まゆ》がぴくりと動いたが、意外にも黙っている。

幸い辺りに人気はない。イヴンはいつもの体裁を放棄《ほうき》して、砕《くだ》けた口調で話を続けた。

「この馬鹿の時だって大騒ぎになったでしょうが。それでもこの馬鹿は王さまになったんだ。だったらフェルナンさまも同じように王さまになったって、少しもおかしくない。俺はそう思ってたんです」

ナシアスも熱心に訴えた。

「わたしも独騎長《どっきちょう》に賛同します。陛下はご自身で例外を示されたのです。フェルナンさまに国王の資質があるのならば、陛下と同じく、自然とあの方も王冠《おうかん》を被《かぶ》ることになると思っていました。そもそも、この問題は妃殿下のご尽力《じんりょく》で解決したはずではありませんか?」

ポーラの子どもたちを王妃の養子にして、王位継承権を与えるという離《はな》れ業《わざ》を繰り出したのは、つい先日のことである。

三人の言葉に王妃は不承不承ながらも頷《うなず》いたが、納得はしていない。

「それだけじゃあ足らない気がするんだ。何か形にしたほうがいいんじゃないかと思うのさ。現にセドリックは役人の陰口を実際に聞いてるんだ。あんな小さな子が『自分は庶子だから役たたずなのか』なんて悩んでたんだぞ。それもこれもこの馬鹿が……」

低い声で呟かれ、緑の眼光にじろりと睨《にら》まれては、大華三国《たいがさんごく》中最強の王も返す言葉がない。

三人の側近は慌てて王妃をなだめたのである。

イヴンがことさら雰囲気を明るくしようとして、おどけた調子で言い出した。

「セドリックさまの耳に入ってしまったことだけは、そりゃあまずかったと思いますがね。大きな声じゃあ言えませんが、この馬鹿だって未《いま》だに陰ではいろいろ言われているはずです。身分の高い人の陰口を叩くのは下層の人間の最大の楽しみですからね」

バルロが皮肉に笑って、珍しくイヴンに同意した。

「遺憾《いかん》ながら、貴殿の言う通りだな。俺にも覚えのあることだ。──特に少年時代にはな」

「ほんとですかい？」

イヴンが「そいつは聞いてみたかった」と堂々と続けると、バルロはさらに皮肉に笑った。

「独騎長の期待を裏切って悪いが、あいにく下層の人間ではなかったぞ。むしろタウの人々から見れば、かなり高貴な人間の部類に入るだろう」

「へえ？　そんなれっきとしたお貴族さまがデルフィニア筆頭公爵の跡取りの悪口を言うんですかい？」

「だから陰口だと言っているだろうが。誰がグラスメア卿に面と向かってサヴォア公爵家の悪口を言えるものか。しかし、人の妬《ねた》みには際限がないからな。サヴォア公爵家の身代や、王家との関係を嫉《そね》む者など、珍しくもない」

「……なるほどねえ。まあ、頭の固い連中ってのは、どこにでもいるもんですからね」

途端、王妃が苦い顔になって国王を詰問した。

「そうとも。その頭の固い、わからんちんの代表が国王の長男だぞ。おまえいったい息子にどんな教育をしてたんだ？」

フェルナンは自分は庶子だから日陰者の身だと、王位は継《つ》げないと、固く信じ込んでいた節がある。厳しい戦《いくさ》に手一杯だったウォルは、長男がそこまで悩み、思いつめていることに気づけなかったのだ。

反論できず、沈黙するしかない国王とは裏腹に、三人はまたしても、

「まあ、まあ、まあ……」

と、慌てて王妃をなだめる羽目になった。

どうも、この問題は予想以上に根が深い。

イヴンはますます力を入れて幼なじみを弁護した。

「あんたはご存じないようですから言いますがね、国王一家の仲睦《なかむつ》まじさを知らないものはこの国にはいませんよ。フェルナンさまは父親を誰よりも尊敬していますし、母親のポーラさまのことも、そりゃあ慕《した》ってなさるんです」

バルロも同意した。

「問題があるとしたらフェルナンさまが少しばかり賢《かしこ》すぎることだろう。あなたは従兄上《あにうえ》を非難しているが、お門違いだ。このことでもっとも苦悩していたのはフェルナンさまだぞ」

ナシアスも頷いて、熱心に言った。

「バルロの言うとおりです。あの方は――フェルナンさまはご自分のお立場をよくご存じで

あるが故《ゆえ》に、ポーラさまのためにも、そして恐らくは陛下の名を辱《はずかし》めぬためにも、あえてご自分を制していたのではないでしょうか」

三人がかりの応援演説にも王妃は納得しない。

それどころか、むしろ憤然《ふんぜん》と言ったものだ。

「たった十歳の男の子にそんな気遣《きづか》いをさせること自体が間違ってる。だいたい、話がおかしいじゃないか。ポーラをこの馬鹿に添わせた時、団長もナシアスも、国王の愛妾は決して日陰者などではない、れっきとした妻として扱われる存在だと言ったはずだぞ。それなのに、なんでポーラの子どもたちは冷遇されてるんだ？」

飛び上がったのは国王だ。

「冷遇などされておらん！」

「されてるだろうが。下層の人間の楽しみだか何だか知らないが、役たたずだの、愛妾の子だから王位を継げないだの。はらわたが煮えくり返るかと思ったぞ、おれは」

追いつめられた猛獣使いが、ここで逆襲に出た。

「それはだな、おまえが桁外《けたはず》れの王妃だからだ！　自分の値打ちを自覚しろと何度も言っただろうが！　十年前のあの時でさえ、おまえは現世に降臨した戦女神、いかなる戦でも勝利をもたらしてくれる俺のハーミアだったのだぞ。一方のポーラはあくまでも普通の女性だ。俺には世界一の妻だが、比較すればどうしてもおまえに軍配が上がる」

イヴンが考えながら言った。

「ポーラさまの性格も一因だと思いますよ。あの人はデルフィニアっていう大国の王さまの子を四人も産んだのに、この十年、名実ともに王さまの妻として扱われてきたってのに、見事なくらい昔の小身貴族のままなんです」

バルロが皮肉に笑って言った。

「謙虚《けんきょ》さはあの女性の最大の美点だ。——いささか謙虚すぎて困るくらいだがな」

ナシアスも同意する。

「妃殿下のお見たては正しかったということです」

王妃が断言した。

「そうさ。おれが選んだんだぞ。だからポーラには幸せになってもらいたいんだ」

国王も含めて、男性四人は深く嘆息《たんそく》した。

バルロが揶揄《やゆ》する口調で言う。

「——あなたが男であったなら、あなたに愛される女性は世界一の果報者だっただろうな」

イヴンがバルロに聞こえないように小声で呟いた。

「……それは洒落《しゃれ》にならねえんですぜ、騎士団長」

国王も苦笑を浮かべている。

「まったく、俺のような贅沢《ぜいたく》な悩みを抱える国王など、古今東西を探しても二人といないぞ。王妃が愛妾を可愛がりすぎているのが困るなど……」

王妃は唇《くちびる》を尖《とが》らせて言い返した。

「可愛がらないよりずっといいじゃないか。だいたい、元を正せば、おまえがしっかりしていないから……」

「わかった！　リィ！　わかったから頼む！　もうそれを言ってくれるな」

大弱りの国王だが、実際、王妃に指摘されるまで、城内に蔓延《まんえん》する不穏な空気にちっとも気づかないでいたのは確かなので、返す言葉がないのだ。

またしても堂々巡りになりかけるのを、イヴンが手を打ってやめさせる。

「ほらほら、妃殿下。陛下もいい加減にしなさい。その件はもう解決したことでしょうが」

「ポーラの件はまだだぞ」

「粘《ねば》りますなあ。わかりました。要するに、ポーラさまの処遇を、今のうちにきちんとしておきたいと、そういうことでいいんですな」

「そうだ」

「陛下もそのこと自体に異存はありませんな」

「あるわけがない。ポーラは俺の妻だぞ」

ここでとうとうイヴンの堪忍袋《かんにんぶくろ》の緒が切れた。

「だったら！　そこまで意見が一致してるんなら喧嘩《けんか》する必要はどこにもないでしょうが！　不毛な言い争いをいつまでもぐちぐちと！」

あまりの剣幕の激しさに王妃も国王も珍しく首をすくめたので、バルロが小声で呟いた。

「この口の利《き》き方を、主君に対する不敬とみなすべきか、第二の猛獣使いと評するべきか、判断に迷うところではあるな」

「わたしはあえて後者を選択する」

ナシアスがやはり小声で呟くと、王妃に向かって、優しく話しかけた。

「妃殿下はフェルナンさまだけではなく、実母であるポーラさまのお立場に対しても配慮《はいりょ》が必要だとお考えなのでしょうか？」

「ああ。おれは、こんな名ばかりの正妻のせいで、ポーラが肩身の狭い思いをするのはいやなんだ」

頑固な人である。十年前からこの人のこの姿勢は少しも変わらない。

そのことに、側近三人の顔には何とも言えない笑みが浮かんでいた。

真っ先に言ったのはバルロである。

「――よくわかった。あなたの言い分ももっともだ。致し方ない。ダルシニどののために、一肌脱ぐとしよう」

「何をするんだ？」

「法とは国によって保証された大きな力だが、それ以上に強大な力もある。大勢が認めた、『厳然たる事実』というやつだ」

ナシアスが微笑して頷いた。

「及ばずながら、わたしも協力する」

「当然だ。ご自分の影響力を見損なってもらっては困るな、ラモナ騎士団長。――独騎長、貴公もだ」

「あんたにそんなふうに呼ばれると鳥肌が立ちますがね。喜んで協力しましょう」

友人たちに心から感謝しながら、国王は目下の懸念《けねん》である猛獣に、慎重《しんちょう》に頼んだ。

「ということで、リィ。その鍵を返してくれ」


ポーレットとアラベルは午前中のお作法の授業を済ませ、昼食を食べ終えると、小走りに廊下に出た。

本当は走ったりしてはいけないのだが、庭へ出て遊ぼうとしたところで、物陰から現れた人に笑顔で挨拶《あいさつ》された。

「こんにちは、ポーレットさま、アラベルさま」

二人とも飛び上がって、慌てて一礼した。

「シェラさま！」

「ごきげんよう、シェラさま！　わたしたちに何かご用でしょうか」

シェラは何とも言えない顔になった。

そっと嘆息する。

「小さな方たちまで、わたしを敬称で……」

少女たちにはこの嘆《なげ》きがわからない。

きょとんとなって問い返した。

「えっ？」

「何かいけませんでしたか？」

「いいえ。とんでもない」

シェラは気をとり直して、にっこり笑いかけた。

「お二人に特別にお願いしたいことがあるのです。聞いていただけますでしょうか」

少女たちはそれはもう眼をきらきら輝かせながらシェラを見上げて、恐ろしく真剣な顔で頷いた。

「もちろんです」

「どのようなことでしょう」

「その前に、お二人とも秘密は守れますか？」

「もちろんです！」

少女たちは以前にも増して勢いよく返事をしたが、次のシェラの言葉に息を呑《の》んだ。

「特に、お母さまには内緒にしてほしいのです」

姉妹は息を呑んで、互いの顔を見合わせた。

この美しい人は王妃の侍女《じじょ》である。

王妃に従って、人の身でありながら天界に上り、女官長の話では、十年が過ぎても王妃と同じように少しも歳をとっていないという。

身分こそ召使いだが、それだって『あの妃殿下の召使い』である（この部分はいくら強調しても足らないくらいだ)。

つまり、どういうことかというと、自分たちより身分は上に決まっている人なのである。この人の言うことは聞かなくてはいけないのだが、二人とも眼に見えて狼狽《ろうばい》した。

ポーレットが恐る恐る問いかけた。

「お母さまに……隠し事をするのですか?」

幼いアラベルは固まってしまっている。

それは『してはいけない』ことの筆頭だからだ。

そうした気持ちを的確な言葉にすることは、彼女にはまだ難しかったが、シェラは少女の気持ちを難なく汲《く》みとり、なだめるように話しかけた。

「大丈夫です。隠し事にはしていいものと、してはいけないものとがあるんです。お母さまを喜ばせるために――びっくりさせるために、ほんの少しだけお口を閉じてくださるのは、決して悪いことではありません」

そうしてシェラは隠し事の内容を打ち明けた。

二人とも最初こそ呆気《あっけ》にとられたが、たちまち眼を輝かせて頷いた。

「絶対に秘密にします!」

「お約束します!」

「よかった。では、こちらへいらしてください」

シェラが二人を案内したのは、女の使用人たちが使う作業部屋だった。

広い部屋の至るところに生地が広げられて、女官の中でも腕自慢の女たちがせっせと針を使っている。そこに国王の娘たちが入ってきたので、彼女たちは驚いた。

手を止めて立ち上がろうとしたが、シェラが抑えた。

「皆さん。どうかそのままで」

古株の女官たちもシェラには素直に従い、少女たちに会釈《えしゃく》して仕事に戻ったが、そこで働いていたのは女官たちばかりではない。

ナシアスの妹のアランナ、妻のラティーナもいた。

慣れた手つきで針を使う母親の友人たちに、姉妹は笑顔で挨拶した。

「こんにちは、アランナさま、ラティーナさま」

「お母さまのために、ありがとうございます」

アランナもラティーナも嬉《うれ》しそうに少女たちに笑いかけた。

「お二人もお手伝いしてくださるのですか」

「ポーラさまもきっと喜ばれますよ」

二人が扱っている生地は、ごく淡い薔薇色《ばらいろ》の絹繻子《きぬしゅす》だった。

その美しい生地に枠を嵌《は》めて、赤とピンクの濃淡の絹糸を何種類も使い分けて、華やかな薔薇の刺繍《ししゅう》を施《ほどこ》している。

まだ縫い取りの途中だが、つややかな光沢のある生地の上に豪華《ごうか》な薔薇が何輪も咲き誇る様子が今から見えるようで、ポーレットもアラベルもうっとりと見惚《みと》れた。

「きれい……」

しかし、これは大人の仕事である。

自分たちにはこれほど細かい作業はまだできない。

ポーレットは少し途方にくれて、問いかけた。

「シェラさま。わたしたちは何をすればいいのでしょう？」

シェラにはいささか顔を引きつらせながら（国王の娘たちに『さま』呼ばわりされることは

シェラには事件であり、己の存在証明《アイデンティティー》に拘《かか》わるのだ）二人を子ども用の椅子に案内した。

ちゃんと小さな作業机も用意してある。

シェラはポーレットには、あらかじめ枠を嵌めた生地と絹の刺繍糸を、アラベルには袖《そで》を飾るための赤いくるみボタンと印《しるし》をつけた生地を手渡した。

六歳の女の子に針糸を使わせるのは、乱暴なように思えるが、この世界では、身につけるものはすべて人の手で仕上げなければならない。

王家の姫ともなると、実践《じっせん》的な裁縫《さいほう》はやらないが、ポーラの娘たちに限ってそれはない。

事実、シェラは「娘たちの作品」だという刺繍や鍋敷《なべし》きを既《すで》にポーラから見せてもらっていたので、これなら大丈夫と踏んだのだ。

思った通り、二人とも眼の前の道具を見ただけで、何をするかを察して、真剣な顔で席に着いた。

幼いながらに、絶対に失敗はできないという緊張した表情である。

二人が作業にとりかかってすぐに、侍女に連れられてイヴリンとジェラルディンが来た。彼女たちも母親の影響で針を習っている。

二人とも仲良しの少女たちのところに笑顔で加わり、さらにシャーミアンとロザモンドが現れた。ロザモンドの娘のセーラも一緒である。

これには女官たちがさすがに驚いて、いっせいに立ち上がろうとした。

ラティーナとアランナは貴族といっても、それほどの名門ではなく、むしろ庶民的だ。シャーミアンもタウ出身の独立騎兵隊長を夫に持つくらいだから、女官たちとも世間話をする気さくな性分だが、ロザモンドは彼女たちとは格が違う。

ベルミンスター公爵家という大家《たいけ》の当主にして、サヴォア筆頭公爵夫人でもある女性が、城の裏方の作業場に足を踏み入れるなど前代未聞だ。

シェラは動揺する女官たちを再び視線で抑え、作業に戻るように促《うなが》し、女性たちに丁重に頭を下げた。

「ロザモンドさま、シャーミアンさま。このようなところにまでお運びいただき、申し訳ありません」

シャーミアンが笑って言った。

「とんでもないことです。もし参加させてもらえなかったら、それこそお恨《うら》みするところでしたわ」

ロザモンドも頷いた。

「そのとおりです。こういう場でわたしが何の役に立つかはわかりませんが、のけ者にされるのはおもしろくありません」

シェラはそっと笑いを噛《か》み殺した。

シャーミアンもだ。

仲のいい夫婦は似るものだと言うが、今の物言いは彼女の夫のサヴォア公爵そっくりだと思ったのだ。

シャーミアンは女騎士ながら針も得意な人なので、ロザモンドをラティーナとアランナの隣に案内して、自身も手際よく準備を整えた。

逆に気まずそうなのがセーラだった。

自分より小さい女の子たちが器用に針を使うのを、複雑な顔で見ている。

シェラは微笑して話しかけた。

「セーラさまもいかがですか？」

「えっ？　わ、わたしは……」

いつも気の強い少女が珍しく狼狽している。

「何も難しいことはありません。お祝いの気持ちに、ほんの一針、刺すだけですから」

既に席に着いていたロザモンドが娘に笑いかけた。

「セーラ。こういう時のために針を学んでおくのも貴婦人のたしなみだぞ」

「でも、お母さま……」

そう言う母親自身、御針《おはり》はやらないのにと不満に思っている顔だった。王家の女性と同様、公爵家の女性ともなると実用的な縫《ぬ》い物《もの》はまずやらないが、刺繍だけは別だ。

ロザモンドが言うようにそれは貴婦人のたしなみの一つだからである。互いの『作品』を披露《ひろう》し合い、腕を競《きそ》ったりする。

ただ、早世《そうせい》した弟の代わりに領主としての務めが忙しかったロザモンドは、女性たちとのつきあいも、刺繍に勤《いそ》しむ時間も持てなかったのだ。

しかし、彼女は自分の不足を認める勇気を持った女性だった。

果敢《かかん》にシェラに申し出た。

「最後に刺繍針を持ったのはいつだったか……もう思い出せないくらい遠い昔のことです。他の婦人たちのようにはいきませんが、わたしにも何かできることはあるでしょうか？」

「もちろんです。ぜひお願いします」

シェラはロザモンドにも子どもたちに割り当てたのと同じ、薔薇の花びら部分の刺繍をお願いした。ロザモンドは決して不器用な人ではないが、剣を振るうのと針を扱うのとでは勝手が違うらしい。

シェラが糸を通してやった針を恐る恐るつまむようにして、生地の表と裏を何度も確認し、シェラの指示通り、慎重に、丁寧《ていねい》に針を刺していった。

こうなると、セーラもじっとしていられない。

もじもじしながら言い出した。

「シェラさま。わたしもやってみていいでしょうか。御針はあまり……得意ではないので、ポーラさまのご衣裳《いしょう》を損ねたりしたらと思うと……恐いですけど、一生懸命やります」

思わず笑みをこぼしたシェラだった。

バルロそっくりの顔でも、この生真面目な部分は母親譲りだ。

「よろしくお願いします」

ポーレットが嬉々《きき》として、年上のセーラに言った。

「大丈夫。簡単よ、セーラさま。アラベルにだってできるんだから」

あまり補助《フォロー》になっていないが、セーラもまったく針をやらないわけではない。

ただ『女らしさ』を押しつける父親に反発して、手芸の授業をおざなりにしていただけだ。

シェラがセーラに割り当てたのは小さな花びらの部分で、セーラも『これならできる』と、ほっとしたらしい。

恐ろしく真面目な顔で淡い色の刺繍糸を通した針を取り上げ、花びらを埋《う》め始めた。

そうこうするうちに、女官より貴族の女性たちのほうが増えている作業部屋に、もっとも高貴な人がやってきた。

サンセベリア王妃のリリア、タンガ王妃のルシアンナ、さらにルシアンナの娘たちだ。

女官たちはもはや驚くのを通り越して、椅子の上で硬直してしまっている。

シェラは王妃たちに優雅に一礼した。

「ようこそお越しくださいました」

「とんでもないことです。女官長に聞いて、急いで参じました」

「ぜひ、お手伝いさせてくださいませ」

ルシアンナ妃は侍女のシェラにも丁重に挨拶した。

リリア妃も同様にしたものの、ちょっと怪訝そうな顔である。

彼女は髪の短い、男の姿のシェラを見ている。

どうして今は長い髪で、侍女の姿をしているのだろうと疑問に思うのは当然だった。

シェラは微笑を含んだ視線を送った。沈黙を頼んだものだが、リリア妃はたちまち察して、無言で頷いてくれた。

タンガの下の王女は真剣な顔でシェラを見上げ、きちんと一礼して、かしこまった挨拶をした。

「こんにちは。わたしはシャルロッテ。タンガ国王の娘です。あなたはどなたですか？」

シェラは思わず笑顔になって、優雅に礼を返した。

「立派なご挨拶をありがとうございます。シャルロッテ姫。わたしはシェラ・ファロット。デルフィニア王妃の侍女を務めております」

シャルロッテ姫は何とも複雑な表情になり、緊張の面持ちで、そっと尋ねてきた。

「あなたは……百合《ゆり》の精ですか？」

「おやおや、そのように見えますか？」

銀色に輝くシェラの髪、雪のように白い肌を見て、六歳の少女は頬を染めながら頷いた。

同い年なのに、アラベルがお姉さんぶって言う。

「ロッテ。シェラさまは妃殿下のおともをして、天界に上がられた方なのよ。失礼なことを言ってはだめ」

タンガの下の姫は大きく息を呑み、今度は尊敬と憧《あこが》れの眼差《まなざ》しでシェラを見上げたので、シェラは思わず遠い目になってしまった。

（勘弁《かんべん》してください……）

タンガの上の王女も緊張しながら挨拶してきた。

「リューディアと申します。お目にかかれてとても光栄です、シェラさま。どうかリディとお呼びください」

「丁寧なご挨拶、恐れ入ります。リディさま」

気の強いセーラ、快活ではきはきしたポーレットに比べると、リューディアはしとやかな印象の少女だが、決して内気でも脆《もろ》い性質でもない。

芯はしっかりしているのがわかる。

ロザモンドが心配そうに王妃たちに尋ねた。

「リリア妃とルシアンナ妃までこちらに来られたのでは、ポーラさまが何らかの異変を感じたりは致しませんか？」

「大丈夫です。グリンディエタ王妃さまがつききりでお相手をしてくださっています」

リリアが笑顔で言い、ルシアンナも力強く言った。

「誰もポーラさまには近づけません」

違いない――と、女性たちは揃《そろ》って頷いた。

リリア妃、ルシアンナ妃の刺繍の腕前はたいしたものだった。馴《な》れた手つきで針を動かし、鮮やかな薔薇を縫い取っていく。

シェラは主に、小さな女の子たちの手伝いに専念していた。

仲のいい少女たちが集まって手芸に励《はげ》めば、自然とおしゃべりに花が咲くものだ。

そして、今の彼女たちの最大の関心事は、なんといっても王妃である。

シェラの前なので、最初はみんな緊張していたが、シェラは大人しやかな侍女に徹して、
小さな子の手芸を手伝ってやっていたので、少し安心したらしい。

リューディアが苦笑しながら、他の女の子たちに言った。

「久しぶりに弟たちに会ったのに、あの子たちったら、口を開けばこちらの妃殿下のお話《はなし》しかしないの。だけど、実際にお会いしてみてわかったわ。とてもすてきな方ね」

デルフィニアの少女たちはいっせいに声を揃えた。

「でしょう?」

王妃本人には恐れ多くて尋ねることはできないが、ありがたいことに、その召使いがいる。

とはいえ、その人も今は天界の住人だ。

障害《ハードル》はかなり高かったが、最年長のセーラが思いきって質問した。

「シェラさま。妃殿下は御針をなさるのですか?」

「こういう小さな御針はなさいませんが、麻袋などは器用にお縫いになりますよ」

少女たちの手がぴたりと止まった。みんな呆気にとられて眼を丸くしている。

ポーレットが確認する口調で訊《き》いた。

「麻袋を、お縫いになる?」

「はい。糸は細く裂《さ》いた革紐《かわひも》でした」

年長の少女たちが顔を見合わせた。『誰が訊く?』という無言のやりとりだ。

結局、幼いイヴリンが父親そっくりの顔で、不思議そうに問いかけてきた。

「どうして麻袋を縫うのでしょう?」

「それはですね……」

シェラは、はたと困ってしまった。

単に笑える小話として披露したのに、少女たちは真剣そのものの表情でシェラを見つめている。少し離れたところにいる大人の女性たちも同様で、密かに聞き耳をたてている。

迂闊《うかつ》なことは言えない。

彼女たちの納得する答えを探し、素早く頭を回転させたシェラは、にっこり笑って答えた。

「一つでは入らない大きなものを入れるためです」

第十話　ポーラの戴冠式・後篇

――四日目午後

ポーラの子どもたちは男の子も女の子も皆、実用的な家事仕事をする。

九歳のポーレットは母親を手伝って料理をするし、六歳のアラベルも自分で火を熾《おこ》せる。

七歳のセドリックも刃物を使って果物の皮を剝《む》くくらいは難なくやってのける。

十歳のフェルナンは父親と一緒に狩りに行き、この頃は取れた獲物の始末も手伝っている。

父親ほど上手にできないのが密かな不満らしいが、どれもこれも王家の子としては極めて異例だ。

原因は主に母親のポーラの心構えにある。

「この子たちは国王の子と言っても、正式な身分ではない。サヴォア公爵さまのお子さまのほうが王冠に似つかわしいと考える人もきっと多いことだろう」

だから、将来、子どもたちの身に何が起きても、どんな人生を歩むことになったとしても、一通りの生きる力を身につけさせようと思ったのだ。

賢明《けんめい》なポーラはそうした考えを表に出さない。子どもたちに家事を手伝わせていることも黙っているが、こんなことは自然と知れるものだ。

あれではまるで庶民だと眉《まゆ》をひそめ、非難する人ももちろんいる。

だが、夫の国王は妻の教育方針に全面的に賛同していた。

国王自身、地方貴族の息子として育ち、身の回りのことは何でも自分でやる子ども時代を過ごしてきたからだ。

「俺の母も、刺繍《ししゅう》の他に縫《ぬ》い物《もの》や編み物をしたし、絨毯《じゅうたん》も織《お》っていたぞ。父も棚や椅子をこしらえるのがうまかった。自分で苦労してつくったものなら大事にするし、何度でも修理して使うはずというのが、家《うち》の教育方針だったからな。俺も家畜の世話から薪割《まきわ》りに納屋《なや》の壁の塗り直し、冬には雪下ろしなど、何でもやった。一通り覚えておいて悪いことはない」

とはいえ、さすがにコーラル城の本宮では納屋の塗り直しはできないし、ポーラも三度の食事をつくっているわけではない。

側仕《そばづか》えの女たちから苦情を装った嘆願があるからだ。

「お家《うち》のことを何もかもポーラさまにされてしまったのでは、コーラル城の奥棟の召使いは怠《なま》け者《もの》だと、世の人にそしられてしまいます」

そんなわけで、朝食は召使いが用意している。

その日、ポーラはいつものように起きて、奥棟の一室で子どもたちと一緒に朝食を取った。

これも国王の家族としてはかなり異例である。

平常時なら国王も交ざるのだが、今は国王の姿はない。戦後処理で大忙しだからだ。

子どもたちと一緒に食卓についたポーラは、すぐに異変に気がついた。

子どもたちはみんな母親が大好きで、いつもならしきりと話しかけてくる。

特に今は王妃のことで話題には事欠かない。

それなのに、四人とも滅多《めった》にないくらい眼をきらきら輝かせているのに、何やらとっても言いたいことがありそうなのに、言ってこない。

そこで、ポーラは娘たちに微笑みかけた。

「ポーレット。アラベル。今日のお昼は久しぶりに母さまとつくりましょうか？」

こう言えば普段なら娘たちは大喜びする。母親と一緒に大はしゃぎでパンケーキやパイを焼くのに、幼いアラベルが悲鳴のように叫んだ。

「今日はだめ！」

あまりの勢いにポーラのほうが驚いた。

「あら、何か用事があるの？」

すぐ上のセドリックが慌《あわ》てて割って入ってくる。

「何もないよ、母さま！　本当になんにも！」

ますますポーラの眼が丸くなる。

何もないと思うわけにはとてもいかない。食事の手を止めて、正面から問い詰めた。

「アラベル、セドリック。どうかしたの？」

二人の挙動不審はいっそうひどくなった。同時に上の二人が怖い顔で弟妹を見た。

言葉にこそしなかったが、『しっ！』『だめじゃない！』と言わんばかりの視線だった。

その二人も緊張と喜びの入り交じった興奮《こうふん》状態にあるのは明らかだ。

母親に何か大事なことを打ち明けたくてうずうずしているのに一生懸命《いっしょうけんめい》我慢している
——そんな感じだったので、ポーラは笑って促《うなが》した。

「なあに？　あなたたち。内証《ないしょ》のお話なの？」

子どもたちは全員、飛び上がった。

「ごちそうさま！」

「授業に行かないと！」

急いで食べ終え、四人とも慌ただしく立ち去ってしまった。

女の子はこれからお作法や刺繍の時間である。

男の子も算数や歴史の授業があるので、なかなか忙しいのだ。

呆気《あっけ》にとられながら、ポーラは思わず呟《つぶや》いた。

「どうしたのかしら？　あの子たち」

ポーラ付きの侍女は食器を下げながら、やんわり微笑した。

「お子さまたちには何か楽しいことがあるんですよ。ポーラさま、今日もこれから芙蓉宮《ふようきゅう》に行かれますでしょう？」

「ええ」

花盛りの本宮は陽光に暖められて、草花の濃厚な香りが立ち上っている。

今日もよく晴れていた。

侍女を従えて奥棟を出たポーラは、芳《かぐわ》しい香りを胸いっぱいに吸い込みながら、芙蓉宮に向かった。

芙蓉宮の庭には芝生《しばふ》に面したテラスがあり、外でお茶が楽しめるように、円卓と椅子が置いてあるが、ポーラはそこには座らずに、居間に入った。

侍女が窓を開け放って空気を入れてくれる。

芙蓉宮の庭も美しい。ポーラは庭の見える長椅子に腰掛けて、侍女には持たせずに自分で持ってきた包みを、そっと広げた。中には黒い革張りの細長い小箱と、ポーラ愛用の裁縫箱《さいほうばこ》、つくりかけの赤ん坊の産着《うぶぎ》が入っている。

ポーラはまず革張りの小箱を開いた。

中身はもう十年以上も前、王妃にもらった銀製のブラシと手鏡のセットである。銀製品は放置すると曇《くも》ってしまうので、定期的な手入れが欠かせないが、ポーラはこの手入れを誰にもやらせたことはない。

毎日のように、丹念《たんねん》に磨《みが》いているので、もらった時そのままに今も鮮やかに輝いている。

手入れを終えて、手鏡とブラシを小箱に戻すと、今度は産着を広げた。五度目の出産だが、ポーラは赤ん坊に着せる産着は、すべて自分で縫っている。

何度目であっても楽しい作業だ。

つい先日まで、とてもこんな穏やかな気分ではいられなかった。

デルフィニアが王位継承問題で大きく揺れ、内乱まで起きた魔の五年間の時は、合戦から遠く離れた田舎《いなか》にいたので、先日の戦《いくさ》はポーラが初めて間近に体験した戦だった。

それも敗色濃厚な戦である。

この子が生まれる頃には、この国は——国王は、いったいどうなってしまうのだろうと、不安に駆られ、恐ろしくて仕方がなかった。

子どもたちの前でそんな顔は見せられない。王妃さまが必ず助けにきてくださると信じることで平静を保っていたが、国王ははっきり言ったのだ。

「天界には天界の掟《おきて》がある。王妃はここへは来られない」

そのくらい、少し考えればわかりそうなものなのに、天界の方に対して何と傲慢《ごうまん》な考えを抱いたのかと、思い出すだけで顔から火が出そうになる。

それでも王妃は自分たちを見捨てなかった。

天界からはるばる救いにきてくれたのだ。

そのおかげで、今はこうして明るい日差しと美しい庭を楽しみ、生まれる子を待ち望んで針を動かすことができる。

（このご恩を忘れてはならない……）

それは王妃の帰還《きかん》を知った時から、ポーラがずっと考えていることだった。

国王から「この首は王妃にくれてやった」と言われた時は驚いたが、

「おれのものなんだから他の誰にも決してやるな」

と言われたのだと笑顔で続けられて、ポーラは思わず叫んでいた。

「わたしの首もさしあげます！」

本心から言ったのに、国王は笑いを嚙《か》み殺して「王妃は要《い》らないと言うと思うぞ」と妻を諭《さと》したのだ。

（もらってくださればよいのに……）

つい思ってしまうが、いやいや、いらないというものを押しつけるのは却《かえ》って失礼になる。

（何か王妃さまにご恩返しをしなくては……）

問題は何をすればいいのかわからないことだ。

何をすれば喜んでいただけるのか、悩んでいると、侍女が声をかけてきた。

「失礼致します。ポーラさま。女官長がお見えになりました」

「お通しして」

手早く道具と産着を片付けて、椅子に座り直す。

立ち上がらないのは、女官長に、「お部屋さまがわざわざお立ちになって召使いを出迎えるということがありますか」と叱《しか》られるからである。

満面に笑みを浮かべた女官長が居間に入ってきて、一礼した。

「おはようございます。ポーラさま。お召し替えを願います」

「着替え、ですか？」

「はい。ご衣裳《いしょう》は既《すで》に用意してあります」

面食らっていると、今度はシェラが入ってきて、笑顔で尋ねた。

「ポーラさま。妃殿下から贈られた手鏡とブラシは、まだお持ちですね？」

「もちろんですわ。——ここにあります」

「よかった。では、お借りします。——こちらへ」

不思議に思いながら立ち上がり、シェラの案内に従って別の部屋に移った。

そう広い宮ではないから、別室と言っても、すぐ隣である。

ポーラは普段はほとんど化粧をしない。

しかし、机の上に、見覚えのない高価な化粧品がずらりと並べられていた。

「どうぞ、お掛けください」

呆気にとられ、ポーラは素直に椅子に腰掛けた。

「まずはお顔を洗ってください」

洗面器が運ばれ、今まで使ったこともない最高級の石鹼《せっけん》でよくよく顔を洗うように指示される。

さらに化粧水やら何やら、シェラの手が優しく頰《ほお》を撫《な》で、化粧筆が心地よく肌を這《は》う。

自分の顔がどんなふうになったか気になるのだが、シェラは微笑するだけで手鏡を渡してくれない。

「まだ途中ですから。御髪《おぐし》を整えたらご覧になってください」

言いながら銀のブラシを手にしたので、ポーラは驚いた。

「そのブラシを使うんですか？　駄目《だめ》です、そんな。もったいない」

「いいえ。今日のお支度《したく》はこれをお使いになるべきなんです。妃殿下も喜びますよ」

シェラはポーラの髪をほどき、胡桃《くるみ》のような艶《つや》が出るまで入念にブラシを掛けて、巧みに結い上げた。

すべてが終わって手鏡を渡され、ポーラはそこに映った自分を見て感嘆の声をあげた。

「まあ、驚いた。わたしではないみたい。ですけど、シェラさま。今日は何か特別な集まりがありましたか」

「ポーラさまがそのようなお口ぶりをされるから、お嬢さまたちが真似して困ります」

お姫《ひい》さまとも姫君たち——とも呼ばない。

ポーラが固辞するからだ。

女官たちが衣裳箱と姿見を運び込んできた。

衣裳箱から取り出されたのは一目で最高級の品とわかる、淡い薔薇色《ばらいろ》の絹繻子《きぬしゅす》だった。

生地だけでも素晴らしく豪華《ごうか》なものだ。裾《すそ》や胸元には濃淡の赤やピンク、縁取りに金糸を使った見事な薔薇の刺繍が施《ほどこ》されている。

ポーラは焦《あせ》った。数ある行事の中でも、これほどあらたまった衣裳を着る式典の時には、必ず事前に連絡があるのだが、何も心当たりがない。

「カリンさま。これはいったい何事でしょう?」

「後ほどご説明致します。さ、お召し替えを」

ポーラは日頃は一人で服を着ているが、これほど豪華な衣裳となると、到底一人だけでは着られない。

侍女たちと一緒に衣裳を着つけながら、カリンは嬉《うれ》しそうに言ったものだ。

「本当にようございました。ちょうど新しいご衣裳を仕立てていたところだったんですよ。

まあ、よくお似合いで……」

　ポーラはさっぱりわけがわからなかった。

　妊婦用なのに、信じられないくらい美しい衣裳を着せられて、髪も華やかに結い上げられ、肌は白く、唇《くちびる》は赤く、姿見の中には知らない人のような立派な姿の自分がいる。

　面食らっていると、娘たちがやってきた。

　ポーレットもアラベルも、とっておきの晴れ着を着ている。

　二人とも、おしゃれした自分の姿を母親に褒《ほ》めてもらいたいと思っていたようだが、母親の晴れ姿に揃《そろ》って息を呑《の》んだ。

　アラベルはぽかんと口を開けて、ポーレットは顔を輝かせ、うっとりしながら叫んだ。

「お母さま、とってもおきれい！」

「ほんとう！　きれい！」

　二人とも興奮して、きゃあきゃあ騒いでいる。

　アラベルは母親の着ている衣裳をあちこち示して、夢中で言った。

「お母さま、このお袖《そで》のボタンはわたしがつけたの！　こっちはイヴリンとジェラルディンがつけてくれたのよ」

　ポーレットも負けじと報告する。

「この赤い薔薇はわたしが縫い取りをしたのよ。それにここのピンクの薔薇はセーラさまとベルミンスター公爵さまが手がけてくださったの」

「えっ？」

思わず問い返したポーラだった。

「それは何かの間違いでしょう。ロザモンドさまは御針《おはり》はなさらないわ」

「いいえ。お母さまのために特別ですって」

「それにこっちを見て！　この金糸で縫い取られた薔薇！　本物みたいにきれいでしょう！

リリア王妃さまとルシアンナ王妃さまのお手なのよ！」

「ええっ⁉」

今度こそ仰天《ぎょうてん》したポーラだった。

一国の王妃が他国の愛妾《あいしょう》の衣裳を手がけるなど、ありえない。

あまりに恐れ多いことだった。

「まあ、そんな……いったいどうして」

ひたすら困惑していると、ポーラの夫が現れた。

驚いたことに国王も礼装だった。

しかも公式の場以外では滅多に被《かぶ》らない正式な王冠を被っている。

ポーラは反射的に軽く跪《ひざまず》いた。妻であっても、王の臣下であることに変わりはない。

娘たちも母親の真似をして、軽く膝《ひざ》を折る。

国王は笑顔で、妻に向かって手を差し出した。

「さ、行こうか。王妃が待っている」

ポーラにとってそれ以上の理由は必要ない。

「はい」

頷《うなず》いて、国王の手を取った。

二人の少女も、シェラも女官長も後に続いた。


本宮にはさまざまな趣《おもむき》の庭がつくられている。

大小の花壇《かだん》や草花の小道、一面の芝生もあれば、ちょっとした森もある。

高い生垣で区切った人目に触れない庭もある。

ルウがロッテと出会った噴水の庭もその一つだが、国王が向かったのは、もう少し大きな薔薇の生垣に囲まれた庭だった。

丸く囲った生垣の入口は左右に交差しているので、その中にいると、庭の他の部分から、完全に視線が遮《さえぎ》られるようになっている。

本宮の出入口から外れた場所にある上、外からは丸い生垣にしか見えないので、この庭に気づかない人も多いくらいだ。

ここの薔薇は実はラティーナが手がけたもので、ポーラのお気に入りの庭でもあった。

『薔薇の小部屋』と名前をつけて、芙蓉宮に飾る薔薇を切らせてもらったり、親しい人同士で日頃からお茶会を楽しんだりしているところだ。

国王と連れ立って、交差した入口を通って中に入ると、その『薔薇の小部屋』に驚くほど大勢の人が集まっていた。

サヴォア公爵がいる。ラモナ騎士団長がいる。

ドラ将軍も、宰相《さいしょう》ブルクスもいる。

賓客《ひんきゃく》のタンガ国王夫妻、サンセベリア国王夫妻まで顔を揃え、彼らの王子王女たちまで勢揃いしている。

そうそうたる顔ぶれだった。

しかも、皆、正装しているのだ。

イヴンでさえ、黒一色の装束《しょうぞく》には違いなくても、あらたまったものを身につけている。

国王の妻として公《おおやけ》の席に出るようになって十年、晴れやかな席にも慣れたつもりでいたポーラだが、この不意打ちにはさすがに驚いた。

しかし、長年の修練で驚きは顔に出さず、国王に手を預けながら、挨拶《あいさつ》代わりに軽く膝を折った。

この場にはもちろん、ポーラと親しい女性たちも顔を揃えていた。

ラティーナがいる。アランナも、シャーミアンもロザモンドもいる。

ただ、驚いたことに、いつも男装の女騎士二人が、今日は艶《あで》やかなドレス姿なのだ。

ますますもって、ただごとではない。

さらに、ポーラの息子たちも正装して待っていた。

長男のフェルナンが緊張しながらも嬉しそうな面持ちで進み出て、母親の前で丁寧《ていねい》に膝を折った。

「母上。おめでとうございます。今日の晴れの日を、心からお祝いさせていただきます」

何かおめでたいことがあったかと真剣に悩んだが、これだけの人が見ている前だ。口にはできない。おもむろに頷くだけにとどめ、賢く沈黙を守った。

国王は『薔薇の小部屋』の中央に向かった。

この小部屋はほぼ一面が芝生だが、中央にだけ丸い形に煉瓦《れんが》が敷かれて、そこにひときわ立派な薔薇のアーチがつくられている。アーチの根元は優雅な装飾の複数の鉢《ポット》で飾られ、そこにも何種類もの薔薇が植えられている。

国王はアーチの手前で足を止めた。

当然、ポーラもそこで立ち止まることになる。

そっと周りを見れば、皆、嬉しげな笑顔で自分を見つめているが、ポーラにはまだ事情がわからない。

何が始まるのか、どきどきしながら待っていると、背後で歓声があがった。

振り返って、ポーラは思わず息を呑んだ。

王妃が『薔薇の小部屋』に入って来たからだ。

しかも、この人も普段とはまったく姿が違っていた。

波打つ黄金の髪を腰まで流し、やわらかな紗《うすぎぬ》で仕立てた緑の衣裳を纏《まと》っている。

胸元を大きく開けた衣裳の袖は二の腕の半ばまでしかない。袖の先や裾へいくほど緑の色が濃くなり、裾には金箔《きんぱく》があしらわれている。

風に揺れる優雅な衣裳は、その人が足を踏み出すたびに、さやさやと音を立てて、金箔が煌《きら》めく。

奇異なことに、衣裳の腰に剣帯を下げているが、この人にはしっくりと似合っている。

見物一同、声を失い、眼を見張っていた。

その中でも子どもたちは度肝を抜かれていた。

大広間で見た王妃とあまりに違っていたからだ。

みんな眼を丸くして、ぽかんと口を開けていたが、その顔がみるみる驚愕と崇拝に染まる。

男のような身なりでも、この人は充分すぎるほど美しかったが、こうして薄く化粧をして美麗《びれい》な衣裳を纏った姿は神々しいほどだった。

(デルフィニアの王妃さまは千本の薔薇より美しく――)

(純金よりも輝かしく)

(どんな宝石よりも目映《まばゆ》く尊《とうと》く)

(あらゆる豪傑《ごうけつ》に武勇で勝《まさ》る――)

ただもう呆気にとられて、夢のように美しい人が眼の前を通り過ぎるのを見つめていた。

シェラが小声で、隣に控《ひか》えたカリンに囁《ささや》く。

「……ありがとうございます。カリンさま。よくぞ取っておいてくださいました。おかげであの衣裳もようやく日の目を見ることができました」

カリンも小声で囁き返した。

「とんでもないことでございます。——そちらこそ、よくぞ、あの妃殿下にお化粧をさせてくださいました」

「はい。至難の業《わざ》でしたが、ポーラさまのお祝いですから、きちんとしなくてはと申しあげたところ、どうにか聞き分けてくださいました」

その甲斐あってか、今の王妃は国王さえ見惚《みと》れるほどの美しさだ。

見物人の中でも、ビーパスとルシアンナは子どもたちと同じく、女性の衣服を着た王妃を見るのは初めてである。

(魂まで奪われるとはこのことを言うのだろう)とタンガ国王は厳かに考え、その妃は感動もあらわに、胸の前で両手を組んで祈りを捧げている。

(この世のものとは思えないほどお美しい。事実、この方はこの世の人ではないのだから)

オルテスとリリアも、髪を結い上げて正装した王妃の姿なら見たことがあるが、型破りなこの衣裳も、黄金の髪を流した姿も初めてだ。

戦場の王妃の無双の勇士ぶりを知っているオルテスは呆《あき》れたような吐息を洩らし、リリアはうっとりと見入っている。

ポーラにとっても、忘れがたい王妃の姿だった。

懐《なつ》かしくて嬉しくて陶然《とうぜん》と見惚れていたが、我に返って、初めて声を出して尋ねていた。

「……王妃さま。何が始まるのでしょう?」

薔薇のアーチを背にして立った王妃は言った。

「ポーラの戴冠式《たいかんしき》だ」

「は？」

ここで国王がポーラに説明した。

「本来、国王と結婚して王妃となった女性には、デルフィニアに限らずどこの国家でも同じことだが、王族に加わった証《あかし》として王冠が与《あた》えられる。王妃の戴冠式は、れっきとした国の公式行事なのだ。国王と結婚した女性は戴冠式を経て初めて、正式な王妃と認められることになるのだが……」

王妃が続けた。

「おれはその戴冠式をやってない。何しろ結婚式の途中で戦が始まって飛び出したからな。戦が終わった後はあの紙切れに名前を書くだけですませたんだ」

正しくは、戴冠式なんて面倒でやってられるかと一蹴したのだが、王妃は顎《あご》で軽く本宮をしゃくってみせた。

「一度も被ったことはないが、デルフィニア王妃の冠《かんむり》はあそこの宝物庫に収められている。本当はそれをここに持ってくるべきなんだが……」

途端、恐怖に駆られてポーラは叫んだ。

「そんなことをしていただいたら、今度こそ尼寺に入ります！」

王妃は鼻白んだ顔になった。

「……前から思ってたけど、ポーラのその『尼寺へ行きます』攻撃は卑怯《ひきょう》だぞ」

「お言葉ですが……王妃さまの『いやなら離婚だ』攻撃に比べたら、ちっとも卑怯ではないはずです」

国王を含めて、見物一同、ポーラが正しい――と頷いた。

それどころか、王妃に向かってそれが言えるとはすばらしい――と全員が賞賛の眼差《まなざ》しを送っている。

当のポーラだけはそんな周囲の様子に気づかず、熱心に訴えた。

「王妃さま。誓《ちか》って申しあげます。わたしは陛下のお側に仕えることを許されているだけで、それだけで本当に幸せなのです。それ以上のものを、まして王冠を望んだことなど、ただの一度もございません」

「知ってる」

微笑して、王妃は優しい声で言った。

「ポーラが王冠を欲しがっていないのも、ウォルの妻としてよく尽《つ》くしてくれているのも、今のままで充分幸せだと思っているのもわかってる。――だけど、これからは、それじゃあ困ることになるんだよ」

この人には珍しい、あらたまった口調だった。

ポーラの表情も自然と引き締まった。

「……どういう意味でございましょう」

「フェルナンは国王の長男で、この国の正当な王位継承者だ。おれが決めたことだからな。ヤーニス神にも文句は言わせない。そうなればフェルナンは、これから国王の世継《よつ》ぎとして公式行事にも出席することになる。ウォルの側に控えて諸外国の要人にも挨拶をするだろう。そんな時に、フェルナンの生みの母親が息子より立場の低い臣下席にいたんじゃあ、格好がつかないんだ」

王妃の言う通りだった。

妾腹の生まれであっても国王の子には名誉《めいよ》が与えられる。父王の愛情次第で公の席に同席することも珍しくないが、その子は世子《せいし》と同格には扱われない。

常に一段低い場所に位置することになる。

フェルナンは王妃と養子縁組をした結果、今後は正当な国の世継ぎとして認められようとしている。

ポーラは今まで頑《かたく》なに、自らの処遇をあえて低く抑えて、公式の場でも、常に国王から離れた下座《しもざ》に位置していた。

そうすることで臣下に徹していたが、これからは、それでは息子との釣り合いが取れなくなってしまうというのである。

「フェルナンにとっても、母親がいつまでも他の臣下にへりくだっているのはいい傾向じゃない。何より、ポーラが侮《あなど》られることは、おれが侮られることと一緒だからな」

王妃の言い分は全面的に正しかった。

怯《ひる》みながらも、ポーラはまだ抵抗した。

「フェルナンのためにというお言葉はごもっともですけど、わたしは陛下の左に座ることは……本来王妃さまのお席に座るのは……いやでございます」

「――ほんっとに、どこまでも頑固《がんこ》だな」

王妃は呆れて言った。

「まあ、そういう人だから、この馬鹿の奥さんにはちょうどいいと思ったんだけど」

国王がぼそりと呟いた。

「褒めるか、けなすか、どちらかにしてくれ」

ポーラはこれを褒め言葉だと――それも最大級の『お褒めの言葉』と受けとったらしい。顔を輝かせて、王妃を見つめて言ったものだ。

「恐れ多くも王妃さまに選んでいただいたことは、わたしの誇りです」

「わかってるから、そんなに何度も念を押さなくていいよ。おれはポーラの気持ちを疑ったことなんか一度もないぞ」

国王がまたしても、そっと嘆《なげ》いた。

「……夫がここにいることを忘れんでくれよ」

この訴えを頭から無視して、王妃は続けた。

「座席に関しては、ポーラの椅子を新しくつくることにする。玉座の横に、椅子が二つ並ぶことになるわけだが、この国でならそんな型破りもありだろう。本物の王妃は天界にいて、国王の側にはいてやれないんだからな。その椅子はこれからもずっと空《から》のままだ。だから、今後は王妃の腹心の友が王妃の代理を務める。それならいいだろう？」

　ポーラはすかさず言った。

「王妃さま。恐れながら、わたしのことは腹心の部下と言ってくださいませ。それでしたら喜んでその椅子に座らせていただきます」

　王妃は拍子抜けしたらしい。

「部下ならいいのか？」

「はい。事実でございますから。その立場を、どうかわたしにお与えくださいませ」

「欲のない愛妾だな」

「とんでもないことでございます」

　王妃は呆れ顔で笑い、ポーラははにかんだように微笑《ほほえ》んでいる。

　眼を合わせてにっこりと笑い合う后《きさき》と愛妾の間に挟まれてしまった国王が青い空を見上げ、またしてもぼそりと嘆く。

「……俺はこの場に必要か？」

　すかさず王妃が断言した。

「いるに決まってるだろうが。結婚式と同じことだ。男は黙って置物をやってろ」

「うむ。わかった」

　そこで真面目に返事をする国王がどこにあるかとバルロは密かに嘆いたが、今さらだ。

見物一同、ここは笑うべきなのか、呆れるべきか、思案にくれている。

黒い衣裳のルウが進み出た。

両手に薔薇の花冠《はなかんむり》を捧げ持っている。

「気に入ってもらえるかな？　ここの薔薇で、さっき、つくったんだ。ポーラには似合うと思うんだけど」

きれいな花冠だった。白とピンクの薔薇を細い蔓《つる》で編みつなぎ、緑もあしらわれている。

ポーラにとってはどんな宝石や黄金より尊い花の冠だった。

「これを……わたしに？」

王妃が頷く。

「そう。王冠の代わりだ。そして、この薔薇の庭が臨時の神殿だ」

「……………」

「王妃の戴冠式は結婚式と同様、本来ならオーリゴ神の管轄《かんかつ》だけど、今回はオーリゴ神には頼めない。あれは誓約の神だからな。現実と法が食い違っていたとしても、法の味方をしなきゃならない立場だ。ウォルと結婚していないポーラの戴冠は認められないだろう。だから、おれが代わりにやる」

シェラがそっと進み出て、ポーラの足下に小さなクッションを置く。

「こちらに、お膝を……」

その言葉と王妃の視線に促される形で、ポーラは慎重《しんちょう》にクッションの上に跪いた。

ドレス姿の王妃がすらりと腰の剣を抜き払った。
一、二歩、近づいて、剣先をポーラに向ける。
跪いたポーラは眼を見張ったまま動かない。

その状態で、王妃は優しく言った。

「──おれは戦士だからな。他のやり方を知らない。恐いか？」

「いいえ」

即答して、ポーラは両手を合わせて軽くうつむいた。

王妃は剣の平《ひら》を、跪いたポーラの肩に当てた。

女性のポーラに、抜身《ぬきみ》の真剣を身体に当てられた経験などあるわけがない。

この世界の人々にとって、剣は単なる装飾品などではなく、確実に人の命を奪う武器だ。

他の場合なら、恐ろしくて震えたかもしれないが、今は少しも恐くなかった。

鋭いはずの刃物の感触がむしろ心地いい。

肩に触れる固く冷たい鋼《はがね》から、あたたかな王妃の心が伝わってくるようだった。

聞いたこともないような厳粛《げんしゅく》な声で王妃が言う。

「バルドウの娘にして現世のハーミアたるこのおれ、グリンディエタ・ラーデンは、国王の守護者としての権限において宣言する。メイバリーの領主デッサン・ダルシニの娘ポーラは、デルフィニア国王ウォル・グリーク・ロウ・デルフィンの正当な妻であることをここに認め、おれの庇護《ひご》を与え、おれが不在の間は国王の妻として、デルフィニアのすべての公務、及び公式の行事に出席する権利と義務を与えるものとする。——今この場にいる者たちが証人だ。異議のあるものは申し出ろ」

一同、沈黙を守った。

小さな子どもたちでさえ、直立不動の姿勢で息を呑み、ひそりとも物音をたてなかった。

薔薇の花びらが、ひらひらと舞い落ちる。

静かな緊張に満ちた充分な沈黙が続いた後、王妃は剣を腰に戻した。

隣に佇《たたず》むルウから花の冠を受け取ると、もっとも厳《おごそ》かな言葉とともにポーラの頭に載せてやった。

「デルフィニア国王の妻に、祝福を」

花の王冠を授けられたポーラはまだ両手を合わせ、うつむいたままだった。

その状態で、はっきりと言った。

「わたし、ポーラ・ダルシニはデルフィニア国王の妻として、いかなる時も王を支え、王を敬い、王に尽くし、全身全霊を捧げ、王に恥《は》ずかしからぬ振る舞いに生涯努めることを、今ここにお約束致します。そして——」

顔を上げたポーラの眼には涙が浮かんでいた。

その眼でひたと王妃を見上げ、晴れやかな笑顔で、何とも言えない声で宣言した。

「デルフィニア王妃グリンディエタ・ラーデンに、この命のある限り、変わらぬ忠誠を誓います」

王妃が微笑し、ポーラに手を貸して立たせてやる。

周囲から大きな祝福の歓声がわき起こった。

「おめでとうございます。ポーラさま」

「おめでとうございます」

四人の子どもたちは感動に眼をきらきら輝かせて、母親とその隣に立つ父親を、そして母親を祝福した王妃を見つめていた。

「ありがとうございます。本当に。ありがとうございます」

ポーラは立会人の一人一人に丁寧に感謝の言葉を述べていった。他国の王妃二人には特に恐る恐るお辞儀をした。

「お二方のお手を煩《わずら》わせるなんて、恐れ多いことを……申し訳ありません」

「とんでもない。わずかでもポーラさまのお役にたてて、何より嬉しく思っております」

微笑を浮かべたリリアが感動にかすれた声で言い、ルシアンナも興奮気味に言《い》い募《つの》った。

「わたくしも、一生の自慢に致します」

嬉しそうな明るい笑顔で言われて、ポーラはまた深々と頭を下げている。

王妃は、いつぞやの式典の時のように呆れて言った。

「そんなにばたばた頭を動かすと、せっかくの髪が台無しになるぞ」

ルウが懐《ふところ》から何か取り出して、ポーラに手渡した。

「はい、これ」

薔薇を象《かたど》った髪飾りだった。

髪に挿《さ》す櫛《くし》の部分は金色で、飾りは透明感のある薔薇色の石を花びらの形に加工してある。

それが一列に並んだ見事な薔薇の造形をつくっている。

受け取ったポーラは眼を見張った。

「まあ、なんてきれいな……。硝子《ガラス》……ですか？」

「水晶じゃないかな。たぶん」

曖昧《あいまい》に笑って、ルウは言った。

「公式の場で花の冠ってわけにもいかないでしょ。そういう席ではこれを臨時の王冠として髪に挿すといいよ」

王妃も同意した。

「そうだな。それがいい。ルーファがつくったものなら充分、お守りになる」

ポーラは再び感激して、美しい髪飾りをしっかり抱きしめた。

天界の人のつくった、こんなに見事な品をいただけるなんて、恐れ多くて声も出ない。

大きく喘《あえ》ぎ、かすれた声で、どうにか言った。

「……ありがとうございます。たいせつに致します」

ルウはさらに、竪琴《たてごと》を手にして一同を見渡した。

「お祝いに、一曲、歌わせてね」

目の色を変えたのは、先日ブラシアの戦いに参戦した人々だ。

王妃も笑顔になって、一同に座るように促した。

知らない女性や子どもたちは、不思議そうな顔をしながら芝生に腰を下ろしたが、竪琴の音に続いて黒髪の人の喉《のど》から発せられた歌声を聞いて、身動きすらできなくなった。

決して声を張りあげて歌っているわけではない。

銀の鈴《すず》を振るような美しい歌声が空気を震わせ、『薔薇の小部屋』をひたひたと満たし、聴衆の心を潤《うるお》していく。

歌詞はわからなくても、祝福の歌であることは、充分すぎるほど伝わってくる。

この声を既に知っていた聴衆はあらためて思った。

到底、人の為《な》せる業ではないと。

これこそは神の声だと。

図《はか》らずも、薔薇の小部屋はまさしく臨時の神殿であったのだと、ポーラの戴冠は正しく『天』に祝福されたのだと、この奇跡の歌声は人々に語り継がれることになった。


王妃とその相棒、二人に従う侍女が天界に帰った後、コーラル城の謁見《えっけん》の間《ま》にはちょっとした改造が加えられた。

国王と王妃の椅子の間に——正確に言えば王妃の椅子の斜め後ろに、新たな椅子が設けられたのだ。左右の椅子ほど立派ではない質素《しっそ》な椅子だ。

以後、ポーラ・ダルシニは国王の妻として公務に就く時は、必ずその椅子に座り、髪には必ず薔薇の飾りを挿した。

本物の薔薇の冠は丁寧にほどいて、押し花にしつらえ、元通り冠の形に整えて額《がく》に入れ、居間に飾った。

押し花にしたその薔薇は、いつまで経っても色褪《いろあ》せることはなかった。それを見た人は皆感心して、つくり方をポーラに尋ねたが、彼女はいつも笑って首を振った。

「つくり方は何も変わりません。お花が違うのだと思います。これはルウさまが……天界の方がお手ずからこしらえてくださったものですから」

あの一風変わった戴冠式の後、ポーラは新しい紋章をつくった。

薔薇の花輪を自らの印《しるし》として用いるようになったのだ。

身分のある人は皆、自分を表す紋章を持っている。

デルフィニア王家の紋章は交差した剣に獅子《しし》の横顔を記した雄々しいものだが、愛妾のポーラにはそれは使えない。

王はかまわず使うようにと言ってくれるが、そんな僭越《せんえつ》な振る舞いはできないとポーラは思っている。

代わりに、王妃が授けてくれた薔薇の花冠を自らの印としたのだ。

小さな薔薇の意匠《デザイン》の封蠟《ふうろう》をつくらせて、手紙には必ずそれを捺《お》し、自分用の馬車の扉にも薔薇の花輪の紋章を入れた。

人が見れば、ポーラの馬車だとすぐにわかる。

その薔薇の紋章はデルフィニア王家の獅子の紋章とともに、王妃に愛された奇特な愛妾の証として、広く世間に知られるようになったのである。

第十一話　来世の約束

――ある日の夜

丸い敷物の上にちんまりと座した老婆は、今日もゆっくりと鍋《なべ》をかき回していた。

「よもや、こうして、再びお目にかかれるとはのう。夢にも思わなんだよ」

「おれもさ」

リィはあぐらを掻《か》いて、小さな家の中を見渡した。

謎の書物やら巻物やら、何に使うのか用途も不明な小道具であふれかえっている。最後に見た時と少しも変わっていなかった。雑然としながら、不思議と居心地がいい空間である。

ここへ来る道も以前と変わらず静かだった。

空には星が輝き、人っ子一人いない。

通り一本外れた街中では、勝ち戦《いくさ》に浮かれた市民がこの遅い時間でも賑《にぎ》やかに騒いでいる。その喧噪《けんそう》を通り抜けてきたので、余計にひっそりとした静謐《せいひつ》さが際立《きわだ》っているのかもしれなかった。

「ここも、おばばも全然変わってないな」

「そうでもない。おまえさまには見えぬところで、いろいろと変化もあったんじゃよ」

十年も経っているのだ。それも当然かもしれない。

リィは真顔になり、姿勢をあらためて言った。

「今日は訊《き》きたいことがあって来たんだ」

「何かの？」

リィはちょっと考えて、遠慮《えんりょ》がちに尋《たず》ねた。

「……おばばは、あのオーロンに気づかなかったのか？」

曖昧《あいまい》な問いかけだが、老婆には充分に意味が通じたらしい。

沈黙の後に、ゆっくりと答えた。

「……西のほうで、何やら不気味《ぶきみ》な気配が強まっていることは感じておったよ」

「それを、ウォルには言わなかった？」

「わしらには、許されておらぬことじゃからの」

「………」

「おまえさまは、ある意味、この世のお人ではない。ゆえにこそ、こちら側の事情も話せる。

――じゃが、王はこの世の代表のようなお人じゃ。語れることは限られる」

「責めているわけじゃないんだ。ただ、疑問だった」

リィは片手をあげて、困ったように言った。

「自分で言うのも何だけど、あのオーロンは、おれとルーファでも手こずるくらい厄介《やっかい》な代物《しろもの》だったんだ。あんな真っ黒なものがコーラルに乗り込んできたら……この街にも影響が出たんじゃないか？」

「いかにも」

老婆は重々しく頷《うなず》いた。

「その懸念《けねん》は正しい。あの闇《やみ》に呑《の》み込まれていたら、コーラルもこの街も、恐らくただでは すまなかったはずじゃ。現に表の魔法街には、難儀《なんぎ》を避けて、早々に街を離れた者もおる」

「おばばは、どうして逃げなかった?」

「わしは、見届けるのが役目じゃからの」

「……見届ける?」

「さよう」

老婆は再び頷いた。

「世を動かすことはできぬ。変えることもできぬ。闇が広がれば闇の中に、光が射せば光の中に潜《ひそ》む。──わしらは、そういう生き物じゃ」

「…………」

「おまえさまには、言わぬでもおわかりじゃろうが、光と闇とは何よりも均衡《つりあい》が肝心《かんじん》じゃ。人の暮らしも、昼と夜があって成り立っておる。一年の半分ほどが昼、半分ほどが夜という辺境の土地も含めて、その両方が人には必要じゃ。この世の理《ことわり》も同じこと。闇ばかりでは世界は病《や》むが、光ばかりでは滅びる」

「わかるよ」

リィは真面目に頷いた。

「だから、おれにはルーファが必要で、ルーファにはおれが要《い》るんだ」

すると、老婆は意味深な含み笑いを洩《も》らした。

「何とも、華々《はなばな》しい登場じゃったのう……」

「あの黒い稲妻《いなずま》のことか？」

ちょっと驚いてリィは訊いた。

「ここから見えたのか？」

「見えはせんよ。ただ、世界が揺《ゆ》れるのを感じた。あまり、強引な真似はして欲しくないんじゃが……ま、此度《こたび》のことに関しては、致し方あるまいな」

「非常事態だったんだ。いつもなら、あんな無茶はやらないよ」

「たびたびやられては、たまったものではないわ」

「まったくだ」

リィも心から同意して、少し身を乗り出した。

「そうだ。それで思い出した。もう一つ訊きたかったんだ。あいつは……ウォルは本当に、この世界の人たちの思念だけで向こうまで飛ばされたのか？」

「他に考えようがないのでのう……」

老婆は何とも言えない吐息を洩らした。

「あの時は、心底、たまげたよ。この家にいながら、腰を抜かしそうになったくらいじゃ。王はまったく何の前触れもなく、忽然《こつぜん》と姿を消した。こちら側の術者の仕業《しわざ》でないことだけは明らかじゃった。時が時だけに、これはもしや、神代《かみよ》の人が関わっておるのではないかと訝《いぶか》しんだのじゃが……」

「ルーファは絶対に何もしていないと言ってる」

「では、そういうことじゃ」

リィは深いため息を吐《つ》いた。

「……参ったなあ」

しかし、言葉とは裏腹に、それほどへこんでいる様子はない。

口調には安堵《あんど》のような響きがある。

それは老婆にも伝わっていて、話の続きを無言で促《うなが》し、リィは応《こた》える形で微笑した。

「自然の摂理《せつり》とやらに反しているのかもしれないが、おれはあいつを死なせたくなかった」

「さよう」

「あいつが生きていてくれて、嬉《うれ》しい」

「わしもさ、王妃」

「そうなのか？」

「あの王は得がたい人物じゃからのう。この十年、口出しはせなんだが、王がどんな施政を行うのか、王としてどのように成長するのか、この街から興味深く眺《なが》めておったよ。実際、見事なものじゃった。あの王を脅《おびや》かす者など、当面は現れまいと思っておったのじゃが……

わしもまだまだ、修行が足りぬな」

皺《しわ》の深い口元に何とも言えない笑みを浮かべて、老婆は言った。

「おまえさまが戻ってこなければ、恐らく王の命はなかった。結果、オーロン王のあの闇はこの国を呑み込んでいたはずじゃ。そうなれば、しばらくは暗い時代が続いたじゃろうな」

「しばらく？」

「さよう。少なくとも、オーロン王の寿命が尽《つ》きるまでは続いたじゃろう。その後も、闇が晴れるまで……五十年か、百年か……」

普通の人間にとって『しばらく』と言えるような単位ではないが、リィは納得して頷いた。

自然の流れの中では一瞬にも等しい時間だからだ。

「おれが最初に、こっちに落ちてきた時も、そんな感じだったのかな？」

「いかにも。――あの当時、こちらの世界では、闇がいささか強くなりすぎていた。太陽であるべき王の力は極限まで弱まっていた。じゃからこそ、おまえさまという、もう一つの太陽を必要としたのじゃ。闇を払うためにな」

「当時のオーロンはただの人間だったのに？」

「それとはまた少し違う。先も言ったが、光と闇は表裏一体じゃ。その両者が均等にあってこそ平穏が保たれるわけじゃが、どんな不具合が作用するのか、時折、急激《きゅうげき》にその均衡《きんこう》が崩れることがある」

「それもわかるな。――残念ながら」

苦笑しながら、リィはため息を吐いた。

「星の巡《めぐ》りもそうだよな。計ったみたいに正確に、同じ軌道で動くものがほとんどだけど、その時計の針がどういうわけか、急に大きく乱れることがある」

「いかにも。それも、大いなる流れの中では些細《ささい》な出来事に過ぎぬのじゃが……」

「ちっぽけな人としては、たまったもんじゃない」

「まったくじゃ」

「だけど、それなら、ウォルが王さまをやっていたこの十年は、どこに闇があったんだ？」

「わしは、この街こそが、その役目を担《にな》っていたと思うておったのじゃが……いささか闇が弱すぎたかの」

茶目っ気のある老婆の口調にリィは笑って、首を振った。

「いいや。充分、均衡がとれていたんじゃないか？　オーロンが闇に染まるまでは」

「さよう」

小さな家の中に、やや重い沈黙が満ちた。

やがて、躊躇《ためら》いがちに口を開いたのはリィのほうだった。

「……もう、あんなことにはならないか？」

「それぱかりは、何とも言えぬよ。ただ……」

「ただ？」

「前の時は、おまえさまは何年もこちらにおった。無論、それはそれで必要なことだった。その歪《ひず》みがああいう形で出現したのだとしたら……今回はさほど長い滞在ではない」

「そうだな」

リィは肩《かた》をすくめて、小さく息を吐いた。

「どうせなら、もっと早く呼んでくれたらよかったんだ。——ヘンドリック伯爵を助けられなかった」

「致し方あるまい。人には誰しも寿命というものがある。——おまえさまにも」

「おばばにも？」

「無論のことじゃよ」

「おばばはずいぶん長く生きていそうだけどな」

「さよう。この街に根を下ろして、ずいぶんと長い年月が過ぎた。その間、何人もの王を見送ってきた。わしらのようなものは、当たり前の人とは異なる時間を生きているものではあるがな。いずれ、必ず終わりはくる」

何を思ったか、リィは居住まいを正した。

「おばば」

「何かな？」

「初めてここへ来た時、この街の人間は客を名前で呼んだりしないものだと言ったよな」

「いかにも。それが礼儀じゃ」

「おれの名前はエディ・リィ」

「………」

「ラーの仲間たちがつけた名前はグリンディエタ・ラーデン。生みの親にあたる人たちがつけた名はエドワード・ヴィクトリアス・ヴァレンタイン。他にヴィッキーっていう通り名も使ってる」

急に自己紹介を始めたリィを前にしても、老婆は黙って座っている。

そんな老婆に、リィは遠慮がちに言ったのだ。

「生きている間は名前を呼ばないのが礼儀でも、前の時は、ここで過ごした六年が向こうの十日だった。今度はここの十年が向こうの一年だ。もしかしたら、おばばのほうが先に終わりを迎えるかもしれない。もちろん、おれのほうが先かもしれないけど……。そうしたら、その時はおばばに会いに来るよ」

老婆は静かに、楽しげに笑った。

「では、わしのほうが先に終わったら、そちらまで、会いに行こうかのう」

「来られるのか？」

「おまえさまや王が通った道じゃ。今は無理じゃが、肉体を離れれば通れるやもしれん」

リィは頷いて、言った。

「その時は、やり方をあらためたいんだ」

「…………」

「だから、もし、訊いてもいいのなら、今のうちにおばばの名前を教えてもらえないか？」

「エルセラ」

「…………」

「アフェランドラ街のエルセラ。――それがわしの名前じゃよ、王妃」

リィは嬉しそうに笑って頷いた。

「──ありがとう」

「どういたしまして」

老婆も軽く頭を下げて、含み笑いを洩らした。

「生きている人に名乗るのは何十年ぶりかのう」

言い換えれば肉体を離れた人には名乗っているということだ。

それを踏まえた上で、リィは尋ねた。

「……また、会えるかな？」

「生きている間にかえ？　さて、どうかのう」

老婆はゆっくりと微笑を浮かべて言った。

「おまえさまにわからぬものが、わしにわかろうはずもない。じゃが……また会えたなら、嬉しいな」

「おれもさ」

リィも笑って、ちょっと困ったように付け加えた。

「できることなら、その時は、こんな大事《おおごと》になっていないことを願いたいよ」

「わしもさ」

この世のものではない王妃と、この世の人と違う時間を生きている老婆は、楽しげに顔を見合わせ、しばらく穏やかな時を味わっていた。

第十二話　新たなる日々

――――――数か月後

ウォルは生まれたばかりの赤子を抱いて『王妃の間』に立っていた。

ほんの数時間前に大きな産声《うぶごえ》をあげた赤ん坊は、産湯を使い、たっぷり乳を飲んで、今はすやすや眠っている。人払いをしてあるので、壮麗《そうれい》な部屋に佇《たたず》むのはウォル一人だけだ。

眼の前には、壁を占める王妃の肖像画がある。

起こさないように気をつけながら、ウォルは腕の赤ん坊を、肖像画に向かって高く掲《かか》げてみせた。

「――リィ。見えているか？　エドワードだ」

もちろん答えはない。

ウォルは赤ん坊を慎重《しんちょう》に抱き直し、絵を見上げて報告を続けた。

「ポーラはまだ産屋《うぶや》だが、ありがたいことに極めて軽い産《さん》だったそうだ。――妻を放ったらかしにして何をしているのかとは言ってくれるなよ。赤ん坊を産み落とした後の第一声が『早く王妃さまに見せてさしあげてください』なのだからな」

苦笑しながら、感慨《かんがい》深げにウォルは続けた。

「……そのくらい、ポーラも元気だ。五度目とはいえ、こればかりは男にはどうすることもできないからな。無事に生まれてくれて、ほっとした」

静かな口調で話しかけていたウォルは言葉を切り、王妃の姿を描いた絵に見入った。

何度となく見てきた肖像画だが、二度、その姿を見送った今は特別な感慨がある。語りたいことは尽《つ》きないが、こうしているだけで通じてしまうような気がする。

無言で佇んでいると、背後で小さな足音がした。

「父上……」

振り返ったウォルは、赤ん坊を抱きながら器用に唇《くちびる》に指を当ててみせた。

「静かにな。エドワードが起きてしまう」

子どもたちに笑いかけると、フェルナンを先頭に、ポーレット、セドリック、アラベルは忍び足で、そっと近づいてきた。

みんな興奮《こうふん》に眼をきらきらさせながら一生懸命《いっしょうけんめい》息を呑《の》み、父親の腕に抱かれた赤ん坊に見入っている。

フェルナンが尋《たず》ねた。

「この子が、弟ですか？」

「ああ、そうだ。エドワードだぞ」

フェルナンは下の妹が生まれた時、四歳だった。

幼いながらにその時のことを覚えているが、他の子にとっては、生まれたばかりの『自分の兄弟』というものを目の当たりにするのは初めてだ。

もうじき七歳のアラベルは眼をまん丸にしている。

「うわあ、小さい。こんなに小さいの？」

九歳のポーレットは声を抑えて話しかけた。

「こんにちは、エドワード。よろしくね」

八歳のセドリックは弟の誕生が嬉《うれ》しくてならないらしく、早くもお兄ちゃんぶって言ったものだ。

「早く大きくならないかなあ。そうしたら、ぼくが弓を教えてあげるよ」

アラベルも負けていない。

「それじゃあ、あたしは馬を教えてあげる」

ポーレットが弟と妹をたしなめた。

「何を言ってるの。まだずっと先でしょ」

子どもたちのやりとりにウォルは微笑を浮かべた。

「いいや。あっという間だぞ」

嘘《うそ》ではない。フェルナンが生まれたのは、まるで昨日のことのような気がするからだ。

そのフェルナンはもうじき十一歳になる。

王妃の肖像画に一礼し、父親の腕に抱かれる弟を見て、また尋ねてきた。

「父上。妹だったら、マーガレットと……妃殿下のお母上のお名前をいただくはずだったのでしょう？　では、エドワードは？」

ポーレットが頷《うなず》き、兄と同じ疑問を言ってきた。

「王妃さまのお父さまのお名前なの？」

「いいや。王妃のお父君はアーサーという。立派な方だが、今回はお父君のお名前はいただかなかった」

長男長女はもとより幼い次男次女も不思議そうな顔になった。

「それじゃあ、エドワードは誰？」

セドリックの疑問を、ポーレットがたしなめる。

「どなたですか、と言わなきゃ失礼よ。王妃さまのお身内ではないとしても、天界の方なのだから」

フェルナンが尋ねた。

「そうなのですか、父上？」

すまして答えたウォルだった。

「それは言えん。内緒にすると王妃と約束したからな。その約束を破ったりしたら、天罰がくだる」

途端、子どもたちは震えあがった。

数か月前のことだが、生まれて初めて見た自国の王妃は光り輝くように美しかった。

自分たちにも優しく話しかけてくれた。

しかし、一度怒《ひとたびおこ》れば、父国王をも圧倒するほどの凄《すさ》まじさだったのだ。

あの人の怒《いか》りを買うなど、考えただけで恐ろしい。

子どもたちが青くなって硬直してしまったので、少々脅《おど》しすぎたかと思った父親は笑いを噛《か》み殺しつつ、もったいぶって付け加えた。

「誰の名前であるかは言えんが、エドワードというその名前は王妃にとってかけがえのないものなのだ。ある意味、ご両親よりもたいせつな名前だぞ」

子どもたちは揃《そろ》って顔を輝かせ、しばらく無言で、王妃を描いた壁の絵に見入っていた。

ものごころついた頃から見てきた絵だが、実物を見た後だけに、以前とは表情が違う。

先日の王妃との邂逅《かいこう》がどれだけ衝撃的《しょうげきてき》なものであったかがよくわかる。

ウォルも、生まれたばかりの息子を抱いたまま、王妃の姿を描いた絵を見上げていた。

ポーレットが真摯《しんし》な口調で言う。

「……また、来てくださるかしら」

セドリックも熱心に言った。

「来てくださるといいな。エドワードにも、会っていただきたい」

フェルナンもアラベルも同じことを考えながら王妃の肖像に見入っていると、静かな足音とともに、女官長が入って来た。

「陛下。お子さまをこちらへ……。あまり長い間、母君から離しているのはよくありません」

「おお、すまん」

ウォルは女官長と一緒にいた乳母《うば》に赤子を託した。

アラベルが遠慮《えんりょ》がちに女官長に問いかける。

「……お母さまに会ってはいけない？」

「それはもうしばらくお待ちください。お母さまは出産という大仕事を終えたばかりです。ゆっくりお休みになる必要があるのですよ。アラベルさまが生まれた時もそうでした」

生まれた時のことを言われても困ってしまうが、アラベルは素直《すなお》に頷いた。

王家の子は生まれたらすぐ乳母に預けられ、国によっては母親とは滅多《めった》に顔を合わさずに育つことも珍しくない。デルフィニアにも、もちろん乳母や子守はいるが、ポーラは自分の手元で子どもたちを育てたがった。

国王もそれに賛成だった。

「王家のあるべき姿ではない」と眉《まゆ》をひそめる人も少なくないが、二人とも、自分の生まれ育った家を基準にして、新しい家庭を築いたのである。

そして今日、五人目の子どもであるエドワードが朝日を浴びて生まれてきた。

子どもたちは朝食を食べ終えると同時に、新しい家族の誕生を知らされ、『王妃の間』へやって来たわけだが、国王の子ともなると、庶子《しょし》でもなかなか忙しい。

廊下で待機していたそれぞれの守り役と家庭教師が入って来て、控《ひか》えめに告げた。

「お勉強の時間です」

今日はセドリックは書き取りをするという。

女の子たちは手芸と読書だ。

ポーレットは馬にも好んで乗るが、本を読むのも手芸も好きな少女なので、読書の時間も楽しい授業のようだが、アラベルは馬に乗るほうがずっと楽しいらしい。セドリックもだ。

二人とも顔に「やだなあ……」と書いてあるが、父親の前なので文句は言わない。

王妃の肖像画の前では、なお言えない。

あの宝石のような緑の視線は、子どもたちの心に今も強く焼き付いている。

自覚はしていないようだが、子どもたちにとって王妃の存在は、『神』とまでは言わないとしても、日々の生活の正しい規範に等しい意味を持つようになっている。

母親のポーラが日頃からそうしているからだ。

王妃さまに恥《は》じないように。

どんな時でも王妃さまのお顔をまっすぐ見つめることのできる己《おのれ》であるように。

今この場にいなくても、あの人は天上から自分たちを見ているのだから。

アラベルがおずおずと家庭教師に問いかけた。

「……午後はお外で遊んでもいい？」

「はい。今日はお天気も良いので、お昼はお庭でご兄弟みんなで召しあがりましょう」

「——ほんと⁉」

「やった！」

幼い二人はたちまち機嫌をなおして、家庭教師について行った。

ウォルも『王妃の間』を出て執務室《しつむしつ》に向かおうとしたが、その背中に声をかけられた。

「父上」

振り返ると、フェルナンが一人で立っている。

迎えに来た家庭教師は少し離れたところに控えているので、父親に何か話があるらしい。

「どうした？」

尋ねると、フェルナンはちょっと口ごもった。

どう切り出そうか、迷っているようにも見えたが、顔を上げて、はっきりと言った。

「お祖父さまのお話を聞かせてください」

父親はちょっと首を傾げた。王妃が天界に帰ってからというもの、王妃の話はさんざんねだられたが、祖父の話は初めてだ。

ウォルが何か言うより先に、フェルナンは急いで付け加えた。

「今すぐでなくていいんです。お仕事が終わったら。——お願いします」

ウォルは少し困ったように答えた。

「俺はおまえの本当のお祖父さまには——実の父のドゥルーワ王には会ったことがない」

厳密《げんみつ》に言えば、旅の貴族を装ったドゥルーワ王と、少年の頃に顔を合わせているそうだが、ウォルにはその記憶はない。

「語れるのは、おまえと同じ名前のスーシャの父のことだけだが、それでいいかな？」

「はい」

しっかりと頷いたフェルナンだった。

王妃が再び天界へ戻った今、フェルナンは事実上、『国王の世継《よつ》ぎ』として扱われている。

それまでも一般的な貴族階級の子としての教育は受けてきたフェルナンだったが、そこに王位を継ぐための教育が加わった。いわゆる帝王学だ。

しかし、帝王学というものの第一は、個人よりも家、家族よりも系統を重んじることだ。さらにはそれを後世に残して繁栄《はんえい》させることが何よりも重要な義務であるという使命感を植え付けることである。

ウォルは、そんな教育はしなくていいと言った。

「俺自身、教わっていないことだ。親の俺が信じていないものを息子にやれとは言えん」

家庭教師たちは困惑したが、国王の指示である。

やむなく、それ以外の、未来の国王に必要な知識を教えるようにした。

アベルドルン大陸にある国家の数々、その地理や君主、それら諸外国とデルフィニアとの関係や主要な貿易《ぼうえき》、王国の主な儀礼祭典《ぎれいさいてん》とそれに伴う作法などである。

ウォルもかつて学んだことだ。

フェルナンは物覚えのいい熱心な生徒のようで、教師たちも感心している。

思えば、この子は自分の名前のことで、ずいぶん悩んでいたのだ。

父親と母親が正式に結婚していないから……。

名前をもらった人は、単なる父親の教育係に過ぎないと周囲に吹き込まれていたから……。

気づかないでいたことを王妃にひどく怒《おこ》られたが、ウォル自身、忸怩《じくじ》たる思いだった。

「……俺の慢心《まんしん》だな」

「えっ？」

一人言のような父親の言葉に、フェルナンが眼を瞬《しばたた》いて問い返してくる。

ウォルは何とも言えない表情で続けた。

「庶出であるが故《ゆえ》の周囲の視線の冷たさも、無下な扱いも痛いほど思い知っているのにな。おまえが同じ立場に置かれているとは考え及ばなかった」

フェルナンは息を呑んだ。

たちまち顔色を変えて、怒りさえ滲《にじ》む口調で訴《うった》えた。

「父上は立派な国王です！」

思わず微笑したウォルだった。

「そうだな。少なくとも、今では俺を、面と向かって軽んじるものは誰もいない。おまえは俺の息子だ。必ず同じようにできる」

力強く言ったのだが、息子はまた眼を伏せた。

何やら苦しげに言い淀《よど》んで、ぽつりと呟《つぶや》いた。

「父上は……負けなかったのでしょう？」

「冷たい視線や、王冠泥棒《どろぼう》とそしられることにか？　とんでもない。何度も負けそうになったとも」

フェルナンは、はっと顔を上げた。

「俺一人だったなら負けていたかもしれん。だが、数こそ少なくとも、俺には心強い味方がいてくれた。従弟《いとこ》どの、ナシアス、カリン、ブルクス。何より、スーシャの父がいた」

「——妃殿下と独騎長《どっきちょう》は？」

すかさず指摘してくるのがおかしくて、ウォルはつい笑ってしまった。

「案ずるな。忘れているわけではないから。二人が味方に加わってくれたのは、俺が一度、王位を追われた後のことだ」

安心したような息子に、ウォルは言った。

「彼らがいてくれたからこそ、今の俺がある。良き友は何よりの宝だぞ。だから、おまえも友を持て」

フェルナンの顔がたちまち引き締まった。

緊張《きんちょう》さえ窺《うかが》える長男に、ウォルはあくまで優しく言い諭《さと》した。

「ユーリーやエミール、エルウィンたちとは仲良くしているのだろう。タンガのクルト王子もおまえの友達のはずだ。彼らをたいせつにしなさい」

すると、フェルナンは今度は苦しげに言ってきた。

「……ユーリーを、困らせてしまいました」

「うん？」

「……ユーリーのほうが、王にふさわしいって」

幼いながらに、重大な罪を告白する口調だった。

十歳の少年は父親に叱責《しっせき》されることも覚悟の上で、本当に思い切って打ち明けたらしいが、そこはこの父親もただものではない。真顔で言い返した。

「それなら、俺も常々思っていることだぞ」

「えっ？」

「血筋から言っても、王の施政をすぐ傍《そば》で見てきた経験からしても、俺よりもサヴォア公のほうがよほど国王にふさわしい。立派な王になれるはずだ」

またしても顔色を変えたフェルナンを、ウォルはやんわりと、身振りで抑えた。

「だがな、ほとんどの人が突然現れた庶出の俺に眉をひそめる中で、そのサヴォア公だけが、俺に即位すべきだと言ってくれたのだ。おまえが苦しい時に頼みになる人こそ、真の友人だと覚えておきなさい」

「はい」

幼いなりに真剣な顔で頷き、フェルナンは気になっていた祖父のことを尋ねてきた。

「お祖父さまは父上に、立派な国王になるようにとおっしゃったのですか？」

「いいや、逆だな」

「逆⁉」

びっくりして眼を見張っている。

そんな息子の様子を愛しく思いながらも、こうした話は今まで一度もしてこなかったなと、ウォルは思った。

言い換えれば、長男はもうそんな話ができる歳になったのだ。

「スーシャの父は、俺が即位した後も、相談役として傍にいてくれた。俺にとっても降って湧いた王冠だ。どう扱っていいのかわからず、王としての心構えを尋ねると、立派な君主になろうなどとは間違っても思うなと言い諭された。どれほど心を尽くしても、すべての人を満足させることなどできないのだから。ただ、何もせぬよりはましだろうと、少しでもよくしようとする努力を怠《おこた》らないことが肝心《かんじん》だとな」

本当は、これも少し違う。

フェルナン伯爵は亡くなる間際《まぎわ》に、立派な国王になってくれと言い残した。

自分とリィだけが聞いた父の言葉だ。

息子にとっても、父親からこうした話を聞くのは初めてだ。真剣な表情で耳を傾けていたが、ウォルはふと、あることを思い出して言った。

「おまえはスーシャに行ったことはないと、王妃に話していたが、少し違う。厳密に言えば訪ねたことがあるのだ」

「本当ですか？　でも……」

「覚えていないのも無理はない。まだポーレットが生まれる前のことだから、おまえはエドワードよりほんの少し大きいくらいの赤ん坊だった」

フェルナンは目に見えて狼狽《うろた》えた。

「……知りませんでした。それではあの、妃殿下に嘘を申しあげてしまったのですか」

「大丈夫《だいじょうぶ》だ。王妃はそんなことで怒ったりはせん。安心しなさい」

「──その時、母上は？」

「もちろん、一緒にいたとも。そもそも、ポーラが行きたがったのだ。おまえも知っているだろうが、スーシャには父が眠っている」

非業《ひごう》の最期を遂《と》げたフェルナン伯爵は、コーラル郊外の小さな寺院に埋葬《まいそう》された。

ウォルは再度の王座に就いた後、あらためてその寺院に丁重な礼をした上で、伯爵の遺体《いたい》をスーシャに埋葬し直した。

父はきっと、生涯愛した故郷で、早くに亡くした妻の隣で眠りたいだろうと思ったからだ。

しかし、何やら長男の表情が暗い。

それに気づいて、ウォルは不思議そうに尋ねた。

「どうした？」

「一度も、お祖父さまのお墓参りには行ったことがありません……」

「そうだな。いささか距離があるからな」

すると、フェルナンはぱっと顔を上げた。

「遠いから？　それだけですか？」

「なに？」

どうにも息子の言いたいことがよくわからない。

首を捻《ひね》っていると、フェルナンはまた眼を伏せて、躊躇《ためら》いがちに打ち明けてきた。

「父上は……ドゥルーワ王の法要は欠かさないのに、フェルナン伯爵のお墓参りには一度も行かれない。――それは、ただの守り役だから当然だと……」

覚えず呻《うめ》いて、天を仰《あお》いだウォルだった。

誰が息子にそんなことを吹き込んだかは、この際、問題ではない。

己の慢心どころではない。痛恨《つうこん》の大失敗だ。

「……王妃がいなくて幸いだと、初めて思ったぞ」

「えっ？」

「今ここに王妃がいてみろ。『ほらみろ、やっぱりおまえのせいだ！』と一喝《いっかつ》されて、顔が変わるほど殴《なぐ》られているところだ」

「ええっ⁉」

フェルナンのほうが慌《あわ》てふためいている。

ウォルは大きな息を吐《つ》いて、話を続けた。

「先代国王の法要を盛大に執り行うのは君主として当然のことだ。だがな、スーシャに赴《おもむ》こうとしない俺の態度のせいで、俺がフェルナン伯爵を軽んじているように見えたとしたら、それは違うと、今ここではっきり言っておく」

「……はい」

「スーシャの父は俺が墓詣《はかもう》でをしないからと言って、腹をたてるような人ではない。そんな暇があったら政務に勤《いそ》しめと言う人だ。間違いなく。王妃が言ってくれたように、俺を今の俺に育てあげたのはスーシャの父なのだからな」

「だから、おまえが生まれた時も、ポーラは、この子を伯爵に見せてさしあげたいと言ってくれてな。墓参を兼ねて、俺の育った家にしばらく滞在した」

「お祖父さまの館は今もあるのですか？」

「もちろんだとも」

領主を失ったスーシャは現在、国王の直轄地《ちょっかつち》という扱いになっている。

ウォルは地元の信頼できる有力豪族《ごうぞく》を代官に据え、領地とフェルナン伯爵邸の管理を任せている。

この代官は律儀《りちぎ》な人物で、スーシャでの出来事を細かく知らせてくれるし、今でも毎年、秋になると、栗《くり》や胡桃《くるみ》、林檎《りんご》などの作物が王宮に届く。

亡き父の人徳をあらためて知る思いだった。

「最後に訪ねたのは十年も前だが、地元の者たちが折に触れて掃除《そうじ》や手入れに通ってくれて、俺が暮らしていた頃と少しも変わらない状態を保っているそうだ。つい先日も、いつこちらへ戻られても大丈夫ですと、手紙を受け取ったばかりだぞ」

フェルナンは眼を輝かせて、一歩前に出た。

「父上。それなら、今度、お祖父さまのお墓参りに行きませんか？　エドワードも連れて。ぼくは父上が育った家を——お祖父さまの館を見てみたいです」

「そうだな」

「……はい」

ウォルも笑って頷いた。

「しかし、今からでは寒いだろうな。スーシャではもう一月《ひとつき》もしたら雪がちらつき始める」

「えっ⁉」

コーラルではまだ秋晴れの気持ちのいい好天気が続く頃合いのはずだから、フェルナンは驚いた。

「……厳しいところなのですね」

「そうだ。だからこそ、その雪に耐えた後に見る緑は何とも言えず美しい。夏には湖で泳ぐこともできる」

「湖？」

「ああ。海と違って波も穏やかだから、小舟を浮かべて、よく釣《つ》りもしたものだ。初めて荒れたコーラル湾を見た時は驚いたぞ。あれほど暴れる生き物のような大波はクレナ湖では見たことがなかったからな」

田舎《いなか》育ちのウォルにとって、コーラルは華《はな》やかな大都市であり、未知の自然との遭遇《そうぐう》でもあった。

湾の至るところに帆を広げた大型船が並ぶという壮大な光景も、こちらへ来て初めて見た。

「比べると、スーシャの景色は厳しいながらも静かな印象がある。夏のクレナ湖は日射しを一面に浴びて眩《まぶ》しいくらいに輝き、秋になれば、色とりどりの森の果実が実り、山の獣《けもの》も鳥たちも丸々と肥《こ》えてな、女たちは木の実集めに、男たちは狩りに精を出す。冬の間の食料を確保する必要があるからな。その後は村中総出で干し肉作りに大忙しだ」

フェルナンは憧《あこが》れの眼差《まなざ》しで父親を見上げていた。

祖父が王妃の瞳《ひとみ》のようだと讃えた緑も見たいが、泳ぎや釣りも捨てがたい。いや、狩りもしてみたい。

そんな少年らしい悩みを察して、ウォルは笑いを嚙み殺しながら言った。

「だがな、雪深い真冬にこそ、スーシャの真価があるとも言えるのだ。人も館も、それどころか森すらも埋《う》もれてしまう。見渡す限り一面、吸い込まれそうな『純白』だ。銀世界とはあのことを言うのだろうな。春が近づくと、まだ凍えるような寒さの中で楓蜜《かえでみつ》を取るのだ。何より、橇《そり》遊びが楽しみでなあ」

長男はいっそう眼をきらきらさせたが、ますます困ってしまったようだった。

「父上のお話を聞いていると、一年、スーシャに住んでみたくなります」

小さく吹き出して、ウォルは言った。

「欲張らなくても、スーシャは逃げはせん。来年になったら、春か夏かは今は決めがたいが、みんなで行くことにしよう」

「はい！」

元気よく返事をすると、フェルナンは家庭教師の元に小走りで戻っていった。

ウォルも執務室に向かおうとしたが、思い直して、再び『王妃の間』に足を向けた。

あらためて肖像画を見上げて、そっと呟く。

「俺は世界一の果報者だと思うぞ、リィ」

絵はもちろん何も答えない。

それでも、あの明るい声が聞こえた気がした。

「当然だろう。おれのバルドウなんだから」

ウォルは嬉しそうに微笑《ほほえ》んで、今度こそ『王妃の間』を後にした。

『ポーラの戴冠式　デルフィニア戦記外伝3』
二〇一八年十月　C★NOVELSファンタジア（中央公論新社刊）

中公文庫

デルフィニア戦《せん》記《き》外《がい》伝《でん》3
——ポーラの戴冠式《たいかんしき》

2021年12月25日　初版発行

著　者　茅《かや》田《た》砂《すな》胡《こ》

発行者　松田陽三

発行所　中央公論新社
〒100-8152　東京都千代田区大手町1-7-1
電話　販売 03-5299-1730　編集 03-5299-1890
URL http://www.chuko.co.jp/

DTP　ハンズ・ミケ
印　刷　三晃印刷
製　本　小泉製本

Published by CHUOKORON-SHINSHA, INC.
Printed in Japan　ISBN978-4-12-207148-3 C1193

定価はカバーに表示してあります。落丁本・乱丁本はお手数ですが小社販売部宛お送り下さい。送料小社負担にてお取り替えいたします。

中公文庫既刊より

各書目の下段の数字はISBNコードです。978-4-12が省略してあります。

か-68-1
デルフィニア戦記　第Ⅰ部　放浪の戦士1　茅田砂胡
やがて『獅子王』と呼ばれる漂泊の戦士と『姫将軍』と呼ばれることとなる異世界の少女。アベルドルン大陸を震撼させる二人の冒険譚が、はじまる。
204147-9

か-68-2
デルフィニア戦記　第Ⅰ部　放浪の戦士2　茅田砂胡
偽王の濡衣を着せられたウォルを慕い次々と集結する仲間たち。国王軍を名乗り進軍する彼らに立ち塞がる敵。圧倒的な戦力差にリィがとった奇策とは⁉
204162-2

か-68-3
デルフィニア戦記　第Ⅰ部　放浪の戦士3　茅田砂胡
軍を解散せよ、さもなくば——国王軍の進撃に恐れをなした改革派は脅迫の手段に出た。苦悩の末、ウォルがリィに難攻不落の城への侵入を託すのだが。
204173-8

か-68-4
デルフィニア戦記　第Ⅰ部　放浪の戦士4　茅田砂胡
ついに王都に迫った国王軍だったが、宿敵ペールゼンによってウォルの出生に疑問が投げかけられた。混乱する国王軍の運命は⁉　第一部完結。
204191-2

か-68-5
デルフィニア戦記　第Ⅱ部　異郷の煌姫1　茅田砂胡
デルフィニアの内乱より三年——国王と王女となったウォルとリィに、新たなる争乱と暗殺の危機が。隣国の罠と対決する新デルフィニアの面々の活躍！
204216-2

か-68-6
デルフィニア戦記　第Ⅱ部　異郷の煌姫2　茅田砂胡
名門貴族サヴォア一族の内紛に隠された主家失脚の陰謀。裏にひそむ隣国タンガとパラストの執拗で巧妙な罠に、騎士バルロは敢然と剣を取り出撃した！
204229-2

か-68-7
デルフィニア戦記　第Ⅱ部　異郷の煌姫3　茅田砂胡
リィとウォルの国を挙げての結婚式の最中、タンガから宣戦布告が届く。先陣をきり飛び出した王と王妃はこの危機をどう乗り越えるのか⁉
204243-8

か-68-8
デルフィニア戦記
第Ⅲ部
動乱の序章1
茅田砂胡
皇太子を人質に取られたタンガに国王率いる援軍が到着した。迎え撃つデルフィニア国王。パラストも加わり、三国は三つどもえの戦いに突入するのか⁉
204286-5

か-68-9
デルフィニア戦記
第Ⅲ部
動乱の序章2
茅田砂胡
三国を隔てるタウ山が銀鉱と知り、タンガ・パラスト両王はそれまでの遺恨を振り捨て、デルフィニアに牙を剝く。国境に出撃した国王軍に危機迫る。
204313-8

か-68-10
デルフィニア戦記
第Ⅲ部
動乱の序章3
茅田砂胡
タンガ・パラスト両国は同盟を結び、デルフィニアに宣戦布告。国王ウォルは囚われの身に。この風雲急を告げるとき、王妃リィの姿が消えていた……。
204339-8

か-68-11
デルフィニア戦記
第Ⅲ部
動乱の序章4
茅田砂胡
王妃リィの獅子奮迅の働きと、駆けつけた仲間たちの活躍により危機を脱したデルフィニア軍。だがそれは、大戦乱の前の一時の安らぎにすぎなかった。
204363-3

か-68-12
デルフィニア戦記
第Ⅲ部
動乱の序章5
茅田砂胡
隣国の版図拡大をおそれる両国王からの暗殺依頼により、コーラル城の喧噪にまぎれ、巧妙に、精緻に張りめぐらされる暗殺の罠。リィに最大の危機が迫る！
204393-0

か-68-13
デルフィニア戦記
第Ⅳ部
伝説の終焉1
茅田砂胡
豪華な式典の陰で、パラスト・タンガ両国王は飽くことなき権力への執念を燃やす。リィとウォルは互いの手をとり大広間に踏み出した――。偽りの宴が始まる。
204475-3

か-68-14
デルフィニア戦記
第Ⅳ部
伝説の終焉2
茅田砂胡
デルフィニア領となったカムセンの元領主が失地回復を叫んで挙兵する。最前線で戦う戦女神リィに、ファロットの暗殺者が忍びより――必殺の矢が放たれた！
204502-6

か-68-15
デルフィニア戦記
第Ⅳ部
伝説の終焉3
茅田砂胡
トレニア湾にはスケニアの大艦隊、国境にはタンガ軍――デルフィニア包囲網は強固に完成しつつあった。この危機に黒衣の独騎長は単身大海に乗り出した！
204532-3

各書目の下段の数字はISBNコードです。978－4－12が省略してあります。

か-68-16
デルフィニア戦記 第Ⅳ部 伝説の終焉4
茅田砂胡
生きて戻れ——リィの言葉に送られ、一族と決着をつけるためシェラは北を目指す。一方、意識をなくした戦女神に、レティシアは必殺の針を手に忍び寄る！
204553-8

か-68-17
デルフィニア戦記 第Ⅳ部 伝説の終焉5
茅田砂胡
王位を捨てたウォル、異世界の相棒ルウ、己の意思で行動するシェラ。三騎は王妃奪還のため、タンガへの途をひた走る——最後の奇跡が始まった！
204584-2

か-68-18
デルフィニア戦記 第Ⅳ部 伝説の終焉6
茅田砂胡
放浪の戦士と異世界の少女の出逢い——全てはここから始まった。盟約で結ばれた二人は大国の王と国の守護神となった。獅子王と妃将軍が紡ぐ伝説、堂々完結。
204612-2

か-68-21
デルフィニア戦記外伝 大鷲の誓い
茅田砂胡
のちにデルフィニアの獅子王を支えることになる二人の騎士団長は、いかにして出会い、身分の違いを超えて絆を結んだか。若武者たちの青春物語を描く外伝。
205291-8

か-68-28
デルフィニア戦記外伝2 コーラル城の平穏な日々
茅田砂胡
ポーラのお忍びでの市内見物や、シェラが偶然出逢った小貴族の結婚問題等、なにげないコーラル城での日々（でも事件だらけである）を描く二中篇他を収録。
206705-9

あ-87-1
ダーティキャッツ・イン・ザ・シティ
あざの耕平
「BBB」や「東京レイヴンズ」シリーズで人気を博す、あざの耕平が新たな吸血鬼ものに挑む！ 新宿や六本木の〝夜〟に潜む現在の吸血鬼たちの姿とは——。
206688-5

た-85-1
煌《こう》夜《や》祭《さい》
多崎礼
ここ十八諸島で、冬至の夜、語り部たちが語り明かす「煌夜祭」。今年も人と魔物の恐ろしくも美しい物語が語られる。読者驚愕のデビュー作、ついに文庫化！
205795-1

た-85-2
叡智の図書館と十の謎
多崎礼
古今東西の知識のすべてを収める人類の智の殿堂。鎖に縛められたその扉を開かんとする旅人に守人は謎をかける。知の冒険へ誘う意欲作！ 文庫オリジナル。
206698-4